JN074708

# 吉本隆明『マス・イメージ論』を読む

宇田亮一 著

小鳥遊書房

吉本隆明『マス・イメージ論』を読む／目次

# 序　論　5

# 本　論　35

# 序　論

## はじめに

### （1）1980 年、歴史的な転換が始まっていた

『マス・イメージ論』とは、いったいどういう本なのか。

それを簡単に言えば〈現在というものを、言葉の意味ではなく、像（あるいは地形図）でとらえようとした書物〉だということができる。1980年という「現在」は、歴史的大転換期にあり、言葉の意味ではとうてい語ることができない正体不明なものであった。そのため吉本は、1980年という歴史的な転換を像として描き出そうとしたのである。

また、『マス・イメージ論』を別の角度から語るとすれば、『共同幻想論』『言語にとって美とはなにか』の "「現在」イメージ版" だということができる。ただ、正確に言えば『マス・イメージ論』が序説で、続いて刊行された『ハイ・イメージ論』が本論ということになる。このことはあとで少し触れる。

本書『「マス・イメージ論」を読む』では、『言語にとって美とはなにか』『共同幻想論』『心的現象論序説』を前期吉本の主要著作と位置づけ、『マス・イメージ論』『ハイ・イメージ論』『心的現象論本論』『母型論』を後期吉本の主要著作と位置づけることにした。前期吉本とは西欧近代の原理を超える理論を構築するために書かれた著作群であり、後期吉本とはその理論を「現在」から「未来（未知）」に向けて適用するために書かれた著作群ととらえるのである。こういう押さえ方をすれば、吉本の考えの流れが非常にわかりやすくなる。

西欧近代の基本原理は "分離対象化" "個体化" であるが、これに対し

吉本隆明『マス・イメージ論』を読む　5

て、前期吉本の基本概念である "自己表出" "対幻想" "共同幻想" は "非分離非対象化" "非個体化" の原理である。これらの基本概念によって、吉本は西欧近代と対峙したのである。そして後期吉本においては、これらの基本概念を「現在」から「未来（未知）」に向けて適用するのだが、『マス・イメージ論』がその起点になるのである。だから、本書では、**前期吉本と後期吉本とのつながり**を明らかにし、そのうえで**後期吉本の方向性**を見定めることを目指すことにした。『マス・イメージ論』では〈共同幻想―対幻想―個人幻想〉、〈自己表出―指示表出〉という基本概念がまったく登場しないのだが、本書ではこれらの基本概念を用いて『マス・イメージ論』を解読することにした。

　実は、わたしが『マス・イメージ論』を最初に読んだのはずいぶん昔のことである。おそらく1984年の発刊直後だったと思う。ただ、その時の記憶はほとんどない。いや正確に言えば、「吉本が遠くへ行っちまったな」という印象だけが頭をよぎり、読み切ることさえしなかった。なぜ、その時、そう思ったのか……実はそれもよくわからない。もしかしたら、吉本が現実から逃げているように感じたのかもしれない。

　しかし、それから約40年の年月が流れ、『心的現象論』『共同幻想論』『言語にとって美とはなにか』を読み直すうちに、あらためて『マス・イメージ論』をもう一度、読みたいと思うようになった。メモを取りながら『マス・イメージ論』を読み始めているうちに、ようやく気づいたことがある。それはわたしが当時、1980年という「現在」を知らず知らずのうちに1970年代の延長線上にみていたということである。だが、吉本は1980年という「現在」を1970年代までの時代とは隔絶した時代の到来と考えていたのである。だからこそ、『マス・イメージ論』を書いたのである。もし吉本が1980年を1970年代以前の時間の延長線上と考えていれば、『マス・イメージ論』ではなく、『マス・メッセージ論』になったはずである。たとえて言えば、吉本にとって1980年とは江戸から明治に時代が変わるほどの大きなインパクトだったのだ。しかし、わたしは江戸時代のまま1980年代を生きていたのである。だから『マス・イメージ論』の価値がわからなかったのである。わたしのように感じていた人は、たぶん、わ

たし一人ではなかったはずだ。なぜなら、1980年当時、目に見える風景として、薩長が江戸を目指して進軍したわけではなかったからである。だから、多くの人は『マス・イメージ論』『ハイ・イメージ論』は吉本のいわば亜流作品にすぎず、吉本の真骨頂は前期の主要三部作にほかならないと思っているはずだ。しかし、それは違うのである。前期三部作は江戸時代に書かれ、明治に入ってからは明治という「現在」を取り扱う書物が必要だったのである。吉本はそのことを見抜いていたのだ。だからこそ、『マス・イメージ論』で次の問いを発したのである。

　　「現在」という作者ははたして何者なのか
　　　　　　　　　　　　　（『マス・イメージ論』単行本あとがき）


　『マス・イメージ論』はこの問いから出発する。なぜ1980年当時、吉本は「現在」という作者を探す必要があったのか。
　ひとつには先ほど述べた通り、1980年という「現在」がとんでもない転換の場面だったということである。どんな転換の場面だったのか。その問いにこたえるためには人類史をマクロ的に俯瞰する必要がある。そしてその場合、生活様式の変化に焦点をあてて人類史を振り返ることがわかりやすい。図にすれば、【図1】のとおりである。この図は最近、科学技術基本法で「Society5.0」と呼ばれ、未来社会のあり方を提唱する基

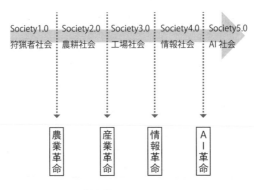

【図1】Society 5.0

盤になっている図であるが、1980年当時、「Society4.0」だとか「Society5.0」という言葉はなかった。もちろん、ここで取り上げる内容も科学技術基本法のことではない。その背後にある人間社会の歴史的転換を取り上げるのだが、吉本は『マス・イメージ論』執筆当時、実はそのことを言葉にしようとしていたのである。吉本は『マス・イメージ論』でそのことを語り始め、次に『超西欧的まで』（1987年刊行）、『ハイ・イメージ論』（1989年刊行）でその内容を深めていくのである。このことは第5論考「差異論」であらためて触れることにし、ここではまず、【図1】の内容をざっくり説明することにしたい。

　【図1】で示した人類史をひと言でいえば、"人間が自然から離脱する過程"だということができる。違う言い方をすれば、"人間が自然を分離・対象化する過程"だといってもよい。自然という存在は、すべての生き物に豊かな恵みを与えてくれるかけがえのない存在であるが、同時に、地震、火事、飢饉といった猛威を容赦なく浴びせる存在でもある。だからこそ、人類は"死のリスク"を少しでも軽減させるために知恵をしぼるのである。そのプロセスが【図1】なのである。狩猟採集という自然への依存度100％の生活様式から農耕社会へ、農耕社会からさらに工業社会へ、人間は"食"と"安全"の確保を求め続けてきたのである。そして1980年、とうとう先進諸国は基本的に"飢えることのない社会"を実現させる。【図1】で言えば、工業社会が終わり情報社会が始まる……この時点が1980年という「現在」なのである【図1-1】。

　この工業社会から情報社会へという構造変化は一般には通信システムの高度化ととらえられるのだが、吉本はこれを産業構造の転換ととらえるのである。このことに留意したい。産業構造の転換ととらえることで、1980年以降、先進国社会において身体生理の"飢餓"が基本的に終わり、同時にここから精神現象の"飢餓（病理）"が一挙に拡大していくという動きがはっきりするのである。このことはあとであらためて触れたい。

　それからもうひとつ、吉本が、今生きていれば「Society5.0」が未来社会として描く"AI社会"をどう考えただろうかということに関心がわくのだが、これは「結語」で扱うことにして、ここではもう少し工業社会の

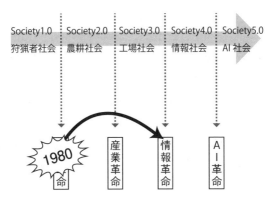

【図1-1】 Society 5.0 （1980年という時空間）

ことを深掘りしておきたい。工業社会は日本では明治維新（1868年）から始まり、1980年あたりでピリオドを打つことになる。これはいったいどんな社会だったのかということがここでの問いだ。

　一言で言えば、工業社会とは徹底的に "自然を対象化する" 社会であり、自然科学がこのことを後押しするのである。18世紀中ごろにイギリスで始まった産業革命を起点として、西欧諸国は農耕社会（第一次産業主体）から工業社会（第二次産業主体）へとシフトしていく。そして、工業社会は "ものの豊かさ" を志向し、生産性向上（効果・効率）が社会的価値基準として重視されることになるのである。この価値基準によって、それまで "神の領域" にあった自然は、人間が "対象化できる領域" になってゆくのである。"対象化"、これこそが自然科学の基本原理である。自然を "分離・対象化" することで、工業社会は人類史上、最大のテーマともいえる "モノ不足" 解消に向け一挙に動き始めるのだ。この枠組みが〈西洋近代〉なのである。言い換えれば、工業社会は〈西洋近代〉によって花開くのである。そして、日本において "モノ不足" が全面的に解消する場面が1980年だったのである。つまり、ここで産業構造が第二次産業から第三次産業にシフトするのである。ここから日本は工業社会から情報社会へと移行することになるのだが、世界史的には、この第二次産業から第三次産業への転換において、資本主義経済が社会主義経済を打ち負

かすことになるのである。

　ただ、今ここで述べていることは、1980年の全容がほぼ "既知" となった今だから言えることであって、1980年のさなかにいる時はそうはいかなかったのである。時代の変化を感じていても、その感触がいったい何を意味するのか、定かではなかったのである……実は、吉本もその一人であった。当時、吉本は〈これまでの発想では "現在" というものをとらえきれない〉という危機感をいだいていたのである（第9論考「詩語論」）。つまり、まだ「現在」を確かな手ごたえでとらえていたわけではなかったのである。

　だからこそ、『マス・イメージ論』で1980年当時のこのわけのわからなさとはいったい何なのかを吉本は問おうとしたのだ。しかし、それだけの理由で吉本は『マス・イメージ論』を書いたのだろうか。どうもそれだけだとは思えないのだ。たぶん、もうひとつ、大きな理由があったと思うのだ。


## （2）フーコーとの出会い


　それがフランスの哲学者、フーコーの存在である。吉本は1978年に来日したフーコーと対談しているが、その時のやり取りが『マス・イメージ論』執筆のひとつの大きなきっかけになっているのではないか。そう思う理由は、吉本がフーコーとの対話によって〈ヘーゲル―フォイエルバッハ―マルクス〉という思想系譜について、これまでとはまったく違う、新しい刺激を受けているからだ。それがフーコーとの対談集『世界認識の方法』（1980年刊）という本の骨格になっている。この書物は前期吉本と後期吉本との分離を予感させると同時に、前期と後期をつなぐ架け橋の役割も担っているのである。

　吉本は「フーコーの『言葉と物』は怖い本だ」という。そして、その怖さには二つのことがあるという。ひとつは富を中心にした社会分析の方法を確立したことにあり、もうひとつは人類史における言葉の役割をはっきりさせたことにある。フーコーは、このことを通じて、キリスト

教からマルクス主義、さらに科学至上主義にいたる西欧の一神教的 “党派” 思考が無効であることをはっきりさせるのである……これが『言葉と物』の怖さだと吉本は言うのである。『マス・イメージ論』に引き寄せていえば、後者の怖さ、“人間の歴史における言葉の役割” ということで、フーコーと吉本の考え方は完全に一致したのである。

　ここであらためて「“言葉” とは何か」ということを考えてみたい。わたしたちが学校で習う “国語” は基本的に “意味” の習得を目的にしているが、これに対して、フーコーや吉本（ソシュールを加えてもいいのだが）が考える “言語学” は「“言葉” とは、そんな生半可なものじゃない」ということになる。「“言葉” こそが人間の歴史を産みだすのだ」と彼らは本気で考えているのだ。それがフーコーの “ディスクール” “エピステーメー” であり、吉本の “自己表出” であり、ソシュールの “シニフィアン” なのである。ここではフーコーの “エピステーメー” を取り上げる。

　エピステーメーとは〈それぞれの時代を動かす力の根源には知の総体的な枠組みがある〉という考え方である。“知の総体的な枠組み” という言い方は一見あいまいに思えるが、このあいまいさこそがそれぞれの時代を動かす原動力なのだ、とフーコーは言うのである。

　言い換えれば、歴史を動かすダイナミズムにおいて、言葉の果たす役割をはずすことはできないということだ。このことをエピステーメーという概念にフーコーは託したのだ。『世界認識の方法』の中でフーコーが “エピステーメー” について語ったところを取り出せば、次のとおりである。

　　哲学のみが唯一の規範的な思考だとする考え方を破壊する必要があるのです。そして無数の語る主体の声を響かせ、おびただしい数の体験をして語らせねばならないのです。語る主体がいつでも同じ人間であってはいけない。哲学の規範的な言葉ばかりが響いてはならない。ありとあらゆる体験を語らせ、言葉を失った者たち、排除された者たち、死に瀕した人たちに耳を傾ける必要があるのです。というのは、我々は外部におり、そうした人たちこそが闘争の暗く

孤立した側面を実質的に扱っているからです。そしてそういう言葉
に耳を傾けることこそが、今日西欧に生きる哲学するもののつとめ
であろうと思います。

（『世界認識の方法』「世界認識の方法」 下線：宇田）

「多くの人々の言葉が人間の歴史を作る」……かつてこうした視点で "言
葉" をとらえた人がいただろうか。「聖書！」といわれそうだが、フーコー
のような立ち位置で考えた人はたぶん、これまでにいなかったはずだ。
そして、吉本が『マス・イメージ論』でなそうとしたことも、実はこの
ことなのである。もちろん、吉本は "ディスクール" "エピステーメー"
ではなく、おのれの言語理論の根幹にある "自己表出" を土台にして "時
代を動かす根源的な力" にアプローチしようとするのだ。言い換えれば、
吉本は『マス・イメージ論』において、1980年という時代の大変化を "自
己表出" から取り出そうとするのである。吉本はそのことをフーコーの考
え方に自分の文芸批評の方法を重ねて、次のように述べている。

　　フーコーを通じてみられた構造という考え方を、出来あがった言
　語表現、作品記述にたいする批評というふうに置きなおしてみます。
　そこでは、作品あるいは記述の全体性からその陰にある一人の人間
　あるいは作者をうかびあがらせるかどうかは、問題ではないことに
　なってきます。ただ表現された作品や理念の記述のなかに、それを
　表現した作者でさえ気づかなかったような、あるいは作者にとって
　さえ偶然的であるかもしれない無意識の理念をたどることは、すく
　なくとも作品を読み、作品を批評し、理念の記述を読み、記述を批
　評するということと同じになり得るんじゃないか。そういうことを
　暗示しているようにおもいます。フーコーは『知の考古学』や『言
　語表現の秩序』でそういうことをいっているのではないでしょうか。
　これは、作品の背後にひとりの作者という人間像、あるいは作者と
　いう思想があるというぼくらの一般的な考え方からはたいへん異質
　な方法のように受けとられます。垂直性にたいして水平性くらいに

ちがうことです。（『世界認識の方法』「歴史・国家・人間」 下線：宇田）

ここで吉本が述べていることは、まさに『マス・イメージ論』の方法論そのものである。吉本はフーコーとの対談で受けた衝撃を『マス・イメージ論』に結実させたのだ。ただし、厳密に言えば、両者の言語のとらえ方には違いもある。言語の時空間ということでいえば、フーコーは空間志向であり、吉本は時間志向なのだ。しかし、そこに違いがあるにせよ、"現場、現実に根を生やす" という立ち位置は同じなのである。だからこそ、吉本はフーコーとの対話を通じて、自らが考えてきたことを "世界水準の知" の中に置いてみようとしたのではないか。それが『マス・イメージ論』であり、『ハイ・イメージ論』ではあるまいか。だとすれば、私たちは、吉本の最初の問いを次のように置き換えることができるはずだ。

「現在」という作者ははたして何者なのか

「現在」のエピステーメーとはなにか。

「現在」の自己表出とはなにか。

先ほど述べたことを踏まえていえば、"エピステーメー" は〈現在という作者〉の「空間」に焦点をあて、"自己表出" は「時間」に焦点をあてるのだ。そういう意味で、フーコーと吉本はここで交差し、ここから別々の道を歩み始めることになる。フーコーは個別領域に深く潜ってゆき、吉本は逆に世界の歴史的な総合把握へと歩んでゆくのである。


## （3）「現在」をどのようにとらえるのか

### ① "サブカルチャー" という問題
本論に入る前にもう一度、なぜ吉本は「現代」と言わず、「現在」と言っ

たのか、このことを考えておきたい。この言葉の選択には大きな意味がある。「現在」は「脱現代」であり、「超現代」なのだ。そしてここでの課題は、いわばポスト「現代」ともいえる「現在」にどのようにアプローチすればよいのかということである。

　ここではまず、『共同幻想論』と『マス・イメージ論』の違いということから話を始めたい。すぐに思いつくいくつかの違いがある。時代区分の違いということでいえば、『共同幻想論』の射程は未開から古代までだが、『マス・イメージ論』の射程は近代から現代、さらに現在から近未来までを見渡そうとするのである。また産業構造の違いということでいえば、『共同幻想論』の生活基盤は狩猟採集から農耕へという流れのなかにある。つまり、第一次産業以前から第一次産業へという流れのなかにある。これに対して『マス・イメージ論』の生活基盤は製造業からサービス業へという流れのなかにある。つまり、第二次産業から第三次産業へという流れのなかにあるのだ。さらに幻想基盤の違いということでいえば、『共同幻想論』の幻想基盤は宗教、法、国家であるが、『マス・イメージ論』の幻想基盤は国家のあとの共同幻想のゆくえを見極めることにある。国家の向こう側に本当に何かがあるのか、もしあるとすれば、それはいったい何なのか。吉本はそこへたどり着こうとするのである。

　そしてもうひとつ、見過ごせない大きな違いがある。それはテキストの違いである。『共同幻想論』のテキストは『遠野物語』と『古事記』の二冊であったが、『マス・イメージ論』のテキストは、カルチャーとサブカルチャーの多数の作品なのである。1980年という「現在」をとらえるのに、なぜ、こんなにもたくさんの作品が必要なのか……と首をかしげる方もいると思うが、このことが『マス・イメージ論』を理解するうえでとても大切な問いなのだ。

　吉本はそのことについて『マス・イメージ論』「単行本あとがき」で少しだけ触れている。


　　ただ最小限はっきりしていたことは、生のままの現実をみよ、そこには把みとるべき「現在」が煮えかえっているという考えにだけ

は、動かされなかったことだ。生のままの「現在」の現実を、じかに言葉で取扱えば、はじめから「現在」の解明を放棄するにひとしい。そのことだけは自明であった。そこで制作品を介して「現在」にいたるという迂回路だけは、前提として固執しつづけた。　　（下線：宇田）

　ここに『マス・イメージ論』の秘密が隠されているのだ。「現在」をとらえようとするのであれば、さまざまな作品を取り上げるという迂回路が必要だと吉本は言っているのである。これはほんとうに驚くべきことである。なぜなら、わたしたちは誰もが主観的には「現在」というものをよく知っているつもりであり、迂回路なんか通る必要がないと思っているからだ。もっといえば、迂回路を通ることこそが現実から乖離することだと思っているのだ。
　だから、迂回路を通らなればならないという発想自体がよくわからない。まして、現代を代表する数冊の著名な本を参考にするならともかく、カルチャーだけでなく、サブカルチャーまでの多数の作品を動員する……いったい何なのだ、この意図は。
　このことは『マス・イメージ論』を読むうえで極めて重要な問いである。「現在」を把握するために個別作品の作者の想像力を頼るのではなく、これらの作者たちの背後に巨きな作者が存在することを想定する……これこそが吉本の方法なのだ。
　吉本は世界で起きている〈目に見える "出来事" "事柄" "現象"〉だけをとらえればよいと考えるのではなく、〈目に見えない水面下の動き〉をいわば目隠しのまま手触りでつかまえようとするのだ。吉本にとって、それこそが「現在」をつかまえるということなのだ。つかまえるべき最終目標は「現在」という巨きな作者である。この人物をつかまえるために、途方もない苦しい作業を強いられるのは当然のことだと考えるのだ。遠大な迂回路を通ることを抜きにして、巨きな作者を探り当てることなぞ、とてもできない、と。
　ジグゾーパズルにたとえて言えば、巨きな作者の姿がみえてくるためにはたくさんのピースが必要なのである。そして、このピース一つひと

つこそがカルチャー、サブカルチャーの数多くの作品にほかならない。吉本はこうしたたくさんのピースを組み合わせる労力を惜しむな、と言っているのである。

　ただ冷静に考えてみれば、この考え方は『マス・イメージ論』ではじめて生み出された考え方ではない。すでに『言語にとって美とはなにか』の表現転移論、構成論で吉本が考えていたことである。だから『マス・イメージ論』は『言語にとって美とはなにか』の延長線上にあるとも言える。だが、実はそう簡単には言い切れない。

　なぜなら『言語にとって美とはなにか』では、サブカルチャーの作品は通俗的な作品として考察の対象外であったからだ。これに対して『マス・イメージ論』ではカルチャー作品だけでなく、サブカルチャー作品が多数、組み込まれるのである。ここに『言語にとって美とはなにか』と『マス・イメージ論』との決定的な差があるのだ。今そのことをあえてここで説明するとすれば、"世界の地盤変え"が吉本にそのことを強いたともいえるし、フーコーが吉本の背中を押したともいえるのだ。

## ②"言説"という問題（自己表出と指示表出）

　「現在」をとらえるうえでカルチャーだけでなく、サブカルチャーの数多くの作品を用いることは了解できたとしても、ここから何を取り出すのか。先ほど、〈フーコーとの出会い〉のところで述べた通り、取り出すのは"自己表出"（沈黙のメッセージ）なのだが、"自己表出"とはいったい何か、という問いがここでもまた、ブーメランのようにもどってくるのである。これが『マス・イメージ論』の深さであり、面白さでもあるのだが、同時にわかりにくさなのだ。なぜなら、"自己表出"という概念は"対幻想""共同幻想"という概念と同様、"非分離非対象化"の概念であるため、説明が非常に難しいのだ。そこで、わたしなりの理解を本書の「結語」に書いたので参考にしてほしい。

　ここでは"自己表出""指示表出"そのものの説明ではなく、このふたつの表出の結晶体ともいえる"言説"について述べておきたい。"言説"を理論的に扱うとすれば、フーコー、ラカンの"ディスクール（言説）"を

16

はずすわけにいかないが、本書では、文芸批評家の山崎行太郎（主著『小林秀雄とベルクソン』）の"言説"を採用することにした。わかりやすいのだ。そして、『マス・イメージ論』の"言説"を扱うとき、山崎の考え方で十分なのだ。

　山崎によれば、"言説"には三つの種類があるという。情勢論、原理論、存在論の三つである。情勢論とはジャーナリストの言説であり、原理論は学者・研究者の言説であり、存在論とは思想家の言説だということになる。だとすれば、『マス・イメージ論』は、もちろん存在論の言説なのだが、わたしがここで言いたいのは、だから『マス・イメージ論』はすごいでしょ！　ということではない。だから、わかりにくいんです、と言いたいのである。

　山崎行太郎は"言説"を説明するのに、浅田彰、柄谷行人と小林秀雄、江藤淳、吉本隆明とを比較している。山崎に言わせると、浅田と柄谷の言説の素晴らしさはドゥルーズ、デリダ、フーコーを実によく読んでいて自在にその内容を語れることにある。ただし、それは情勢論、原理論にすぎないと山崎はいうのである。浅田、柄谷の言説は「西欧人のなりすましの言説で自分のことをまるで語っていない」と。だから彼らの言説は存在論ではないと言うのである。山崎が小林秀雄、江藤淳、吉本隆明の言説には存在論があると語るとき、そのことは実によくわかるのだ。小林、江藤、吉本は「自分の人生をかけて語っている」、「自分の話をしている」ということは、まぎれもなくその通りだと思うのである。

　ところで今なぜ、わざわざ"言説"という話を持ち出しているかというと、情勢論、原理論と存在論との違いを目に見える形で示したいと思うからである。実は本書で1980年当時の情勢論、原理論と存在論の違いを示そうと思い、当時の政治・経済評論家や学者の言説と『マス・イメージ論』の言説を交錯させようとしたのだが、まるっきり交錯させることができず、あきらめざるをえなかった。そこでこの交錯の話は、2020年現在のいわゆる未来社会像である"AI社会"と1980年現在の『マス・イメージ論』の"未来（未知）像"の違いとして、本書の最後の「結語」で試みることにした。そのほうがわかりやすいと思うからだ。

ただし、誤解があるといけないので言っておくが、情勢論、原理論がダメで、存在論が素晴らしいということを言うために比較するのではない。そうではなく、"目に見える世界"と"目に見えない世界"とがいかに違うかをみておきたいのである。

## ③ "倫理"という問題

　さらにもうひとつ、言説の違いによって"倫理"の質がまるで違ってくるということをあわせて述べておきたい。こう言えば「倫理とはなにか」という問いを避けることができなくなる。"倫理"にはさまざまな色合いがあって、そのイメージは人によってまるで違うのだが、基本的には"倫理"は、個々人の中に根づくものだということができる。これが"道徳"との違いである。ところが、"倫理"は一方で共同幻想からも強い影響を受けるのだ。ある時は「お国のために」、ある時は「会社（企業組織）のために」、ある時は「自分自身のために」というふうに。

　そこでここではまず、「吉本が考える"倫理"とはなにか」ということから入りたい。吉本の"倫理"は「その人にとって生きるか死ぬかという選択にかかわるもの」、あるいは「その人の存在の核にあるもの」をさしている。吉本が晩年、たどりついた"存在倫理"という倫理観について言えば、これは実に空恐ろしい概念である。どう恐ろしいのかというと、一般的な道徳律でいえば、「人を殺してはいけない」ということはある意味、当たり前の考え方であるが、吉本の"存在倫理"はそうではないのである。もちろん、人を殺さない方がいいに決まっているのだが、吉本の"存在倫理"はその一歩先にあるのだ。つまり、「たとえ人を殺さざるをえない場面になったとしても、その殺したい人以外の人間を意図的に巻き込んで殺してはいけない」、これが吉本の"存在倫理"なのである。吉本は親鸞から影響を受けており、"人間というものは殺す気がなくても、ちょっとした機縁でたくさんの人を殺しうる存在なのだ"と本気で考えているのだ。

　少し話が『マス・イメージ論』から離れてしまったので、本題に戻って"倫理"の話を締めくくっておきたい。1980年という「現在」は大きな

転換期であったため、共同幻想が揺さぶられ、新しい "倫理" が胎動し始めることになった。本書ではこの「現在」の "倫理" についても、本論の中で少しこだわってみたい。

## ④「現在」の三分割

最後にもうひとつ、「現在」の三分割ということを述べておきたい。吉本は「現在」を三つに分割して考察するのだが、それは「現代」からの移行状態（区別→差異→対立）を示している。いわば、「離現代」「脱現代」「超現代」の違いである。具体的に言えば、次のとおりである。

(1)「現代」（過去）をひきずった「現在」　　　（第1分割）
(2)「現在」のなかの「現在」　　　　　　　　　（第2分割）
(3)「未来（未知）」を組み込み始めた「現在」　（第3分割）

(1)は「現代」とつながったままの、あるいは「現代」を断ち切れない「現在」を意味している。ここでの「現在」は「現代」から離陸を始めたばかりのいわば「離現代」である。そしてここでいう「現代」とは「古典近代」からの流れをすべて含んだものをさしていて、本書では、16世紀に西欧で始まった古典近代から1980年までの時空間を "西欧近代" または "現代" とよぶことにした。吉本はこの16世紀から20世紀までの流れを『ハイ・イメージ論II』「幾何論」「自然論」の中で掘り起こし、深く考察している。

(2)は「現代」が息絶えた、あるいは「現代」を切断した「現在」（脱現代）を意味している。そういう意味で、ここでは「現代」は「現在」の中で廃墟としてしか登場することができないのだ。これが「現在」のなかの「現在」である。「現代」を完全に断ち切った、あるいは「現代」を徹底的に解体し尽くした「現在」（脱現代）を意味している。もはや「現代」に未練はないのである。

(3)は、(2)で断ち切った「現代」に代わる何かを欲求する「現在」でもある。このことは本論で具体的にみていくが、ここが吉本の見逃せない

着眼点でもあるのだ。吉本は、ここにアフリカ的段階、アジア的段階を交錯させるのである。キルケゴール風に言えば、"反復"の問題を提起するのである。そういう意味で、これまでにない新しい"未来（未知）"を模索し始めた「現在」、"未来（未知）"の多義性を組み込み始めた「現在」ということができる。そして、このことは「現在」を不安定にもするが、逆に「現在」に新しい光を与えることにもなるのである。吉本はこれを"人類史の帰り道"と呼んでいる。

　本書ではこうした視点から『マス・イメージ論』の各論考を具体的に読み込んでいく。
　このあと『マス・イメージ論』12論考の全体構成にふれた後、あらためて本書の問題意識をはっきりさせておきたい。

# 『マス・イメージ論』の全体構成

　ここでは『マス・イメージ論』の全体構成にふれておきたい。『マス・イメージ論』は「変成論」「停滞論」「推理論」「世界論」「差異論」「縮合論」「解体論」「喩法論」「詩語論」「地勢論」「画像論」「語相論」の12論考から構成されるが、これらの論考で吉本が取り上げる作品は次表のとおりである。これらの作品が各論考のテーマを具体的にかみ砕く、いわば道案内の役割を果たすのである。
　ただ、どうしてこれらのテキストが選ばれたのか、その理由を話しておきたい。各論考のテーマに沿ってテキストを選ぶのであれば、政治・経済評論家の論考や、学者・研究者の論文をテキストに用いることができたはずだ。正直に言えば、そのほうがずっとわかりやすかったのである。しかし、吉本は一切、そうしたものを選択しない。吉本はここに文化・芸術領域の作品を投入するのである。政治・経済評論家や学者、研究者のテキストでは、情勢論、原理論の"言説"にはなっても、存在論の"言

説”にはならないのだ。それでは『マス・メッセージ論』にはなっても『マス・イメージ論』にはならないのである。簡単に言えば、吉本は言葉の生命力を問題にしているのである。もちろん、存在論の言葉がもっとも生命力が強いのだ。吉本は単なる知識・技術の切り売りをここでやろうとしているわけではない。生きた人間の身体の“存在”を組み込む、つまり、生きた人間（死者も含めてだ！）の心臓の音、呼吸の深浅、血流の動きを組み込みたいのだ。そのためにここに文化・芸術領域の作品を投入するのである。そのことによって〈知識と技術〉の問題を〈知恵と技能〉の問題に転化させるのである。うまく言葉にはできないが、何かが足りない、でもそれが何なのか、よくわからない……そんな瞬間、そんな場面で叡智が噴き出てくる“立て付け”にしているのである。

　もうひとつ、述べておきたいことがある。それはいくつかのテキストに外国の文学作品、推理小説を用いていることである。たぶん、吉本は日本という空間を超える空間性（世界“同時性”“等価性”）を視野に入れたかったのだ。そのことは第4論考「世界論」で“世界”という概念を問う場面であらためてふれたい。

　このあと12論考を読みこんでいくが、個々のテキストにかなり踏み込むことにした。その意図は芸術を鑑賞するとか、味わうためではない。そうではなくて、各論考のテーマをバーバルな言語（記号言語）ではなく、ボーカルな言語（肉声言語）で取り扱いたいからである。そして、「なぜ、この論考でこのテキストを用いる必要があったのか」に、とことん迫りたいのだ。

|    | 論考   | テキスト                                         |
|----|--------|--------------------------------------------------|
| 01 | 変成論 | ① カフカ『変身』（1915年）                        |
|    |        | ② 筒井康隆『脱走と追跡のサンバ』（1971年）        |
|    |        | ③ 糸井重里・村上春樹『夢で会いましょう』（1981年）|
|    |        | ④ 高橋源一郎『さようなら、ギャングたち』（1981年）|
| 02 | 停滞論 | ① 反核平和運動（1982年）                          |
|    |        | ② 黒柳徹子『窓ぎわのトットちゃん』（1981年）      |
|    |        | ③ 大原富枝『アブラハムの幕舎』（1981年）          |

| 03 | 推理論 | ① エドガー・アラン・ポオ『モルグ街の殺人』（1841年） |
| | | ② 山尾悠子『夢の棲む街』（1982年） |
| | | ③ 眉村卓『遥かに照らせ』（1981年） |
| | | ④ 芥川龍之介『二つの手紙』（1917年） |
| 04 | 世界論 | ①「反核声明」（1982年） |
| | | ② 中上健次『千年の愉楽』（1982年） |
| | | ③ 大江健三郎『泳ぐ男』（1982年） |
| 05 | 差異論 | ① 井上靖『本覚坊遺文』 |
| | | ② 安岡章太郎『流離譚』 |
| | | ③ 加賀乙彦『錨のない船』 |
| 06 | 縮合論 | ① 荻尾望都「訪問者」 |
| | | ② 糸井重里・湯村輝彦『情熱のペンギンごはん』 |
| | | ③ 糸井重里『ペンギニストは眠らない』 |
| | | ④ 橋本治・糸井重里『悔いあらためて』 |
| | | ⑤ 川崎徹・糸井重里構成『必ず試験に出る柄本明』 |
| | | ⑥ リチャード・ブローティガン『アメリカの鱒釣り』 |
| | | ⑦ リチャード・ブローティガン『西瓜糖の日々』 |
| 07 | 解体論 | ① 椎名誠『哀愁の町に霧が降るのだ』 |
| | | ② 大江健三郎『泳ぐ男―水のなかの「雨の木」上』 |
| | | ③ 椎名誠『気分はだぼだぼソース』 |
| | | ④ 村上春樹『羊をめぐる冒険』 |
| | | ⑤ 大江健三郎『「雨の木」の首つり男』 |
| | | ⑥ レイ・ブラッドベリ『ハロウィーンがやってきた』 |
| 08 | 喩法論 | ① 望月典子「近況報告　1」 |
| | | ② 伊藤比呂美「青梅が黄熟する」 |
| | | ③ 井坂洋子「トランプ」 |
| | | ④ 中島みゆき「髪」 |
| | | ⑤ 松任谷由美「返事はいらない」 |
| | | ⑥ 神田典子「新生ナルチシズム序説」 |
| | | ⑦ 伊藤章雄「駅からみえる家」 |
| | | ⑧ ねじめ正一「ヤマサ醤油」 |
| | | ⑨ RCサクセション「三番目に大事なもの」 |
| | | ⑩ RCサクセション「キミかわいいね」 |
| | | ⑪ 荒川洋治「見附のみどりに」 |
| | | ⑫ 中島みゆき「あぶな坂」 |

| 09 | 詩語論 | ① 『償われた者の伝説のために　稲川方人詩集』より |
| | | 　「しなやかな涸渇を」「母を脱ぐ」 |
| | | ② 平出隆『胡桃の戦意のために』 |
| | | ③ 天沢退二郎『氷川様まで』 |
| | | ④ 菅原規矩雄『神聖家族〈詩片と寓話〉』XX |
| | | ⑤ 北川透「腐爛へ至る」 |
| 10 | 地勢論 | ① 『竹取物語』冒頭 |
| | | ② 『伊勢物語』冒頭 |
| | | ③ 『落窪物語』冒頭 |
| | | ④ 『狭衣物語』冒頭 |
| | | ⑤ 小島信夫『別れる理由』Ⅰ、Ⅲ |
| | | ⑥ 小島信夫『抱擁家族』 |
| 11 | 画像論 | ☆各種CM画像 |
| 12 | 語相論 | ① 山岸凉子「籠の中の鳥」 |
| | | ② つげ義春「庶民御宿」 |
| | | ③ 大友克洋「スカッとスッキリ」 |
| | | ④ 岡田史子「いとしのアンジェリカ」 |
| | | ⑤ 萩尾望都『革命』「メッシュ③」 |
| | | ⑥ 高野文子「はい―背すじを伸ばしてワタシノバンデス」 |

　吉本がこれら12論考を通じて、ずっと考えていたことはいったい何か
……それは次の問いだ。

　「現在」という作者ははたして何者なのか

　この問いを忘れるわけにはいかない。12論考で取り上げたテキストひ
とつひとつをつぶさにみていくと、それぞれの作品の質感はまったく異
なる。楽器にたとえて言えば、それぞれの作品の奏でる音はぜんぜん違
うのだ。しかし、耳を澄まして聞けば、これはオーケストラなのだ。だ
とすれば、このオーケストラの指揮者は誰なのか。言うまでもない。こ
の指揮者こそが「現在」という巨きな作者なのである。
　この吉本の発想と構成の仕方は見事である。ただし、これは吉本の独
創とはいえない。西洋近代の立役者であるニュートンも同じことを考え

ていたのである。

　　私が他の人よりも遠くを見通せていたのであれば、
　　それは私が巨人の肩の上に立っていたからだ
　　　　　　　　　　　　　　　　　　アイザック・ニュートン

# 『マス・イメージ論』を概観する

　『マス・イメージ論』12 論考は大きく分けてふたつの系列にわかれる。前半の 7 論考は「世界はどう変化したのか」という問いに、後半の 5 論考は「言語表現はどう変化したのか」という問いに焦点を当てている。言い換えれば、〈現在という作者ははたして何者か〉という問いにこたえるためには「世界はどう変化したのか」と「言語表現はどう変化したのか」というふたつの問いが必要だったということである。もっと言えば、このふたつの問いはつながっている……いわば“あわせ鏡”なのである。先に述べたフーコーの言葉、「多くの人々の言葉が人間の歴史を作る」にそって言えば、この中にある“言葉”と“歴史”という言葉が、この二つの問いを生み出しているのだ。そしてこの二つの問いは吉本流にいえば、「世界はどう変化したのか」という問いが**関係論**の問い、「言語表現はどう変化したのか」という問いが**了解論**の問いであるということができる。

　この関係論、了解論ということについて少し説明しておきたい。【図2】をみていただきたい。「吉本の心の捉え方はフレミングの法則みたいなもの」という考え方に基づいて、それを図式化したものが【図2】である（詳しくは拙書『吉本隆明 “心” から読み解く思想』を参照されたい）。「世界はどう変化したのか」という問いはX軸にあり、「言語表現はどう変化したのか」という問いはY軸にある。図の中で確認してほしいのだが、ここで大事なことは、関係論（X軸）は了解論（Y軸）で語られ、了解論（Y軸）は関係論（X軸）で語られるということである。これが吉本の論理展開の固

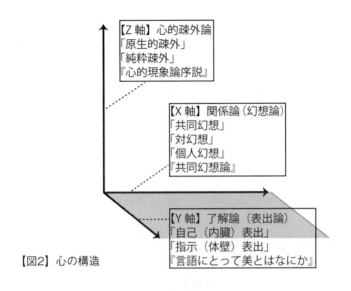

【図2】心の構造

【Z軸】心的疎外論
「原生的疎外」
「純粋疎外」
『心的現象論序説』

【X軸】関係論（幻想論）
「共同幻想」
「対幻想」
「個人幻想」
『共同幻想論』

【Y軸】了解論（表出論）
「自己（内臓）表出」
「指示（体壁）表出」
『言語にとって美とはなにか』

有性であり、特異性である。吉本はこのことを明示的には述べていない。だが、すべての主要著書において、この方法が採用されているのだ。とても分かりにくいのだが、そもそも吉本の主要著作は誰かに説明するために書かれているのではなく、吉本がぶつぶつと自問自答を繰り返している、と思っていたほうがよい。つまり、言葉は最初から意味を超えたところで用いられているのである。『マス・イメージ論』で言えば、前半の7論考の問いは「世界はどう変化したのか」なのだが、まるで「言語表現はどう変化したのか」という問いを追いかけているかのような錯覚を覚える。逆に後半の5論考の問いは「言語表現はどう変化したのか」なのだが、まるで「世界はどう変化したのか」という問いを追いかけているかのような錯覚を覚えることになる。これを【図2】で要約していえば、吉本はX軸の問題をY軸に転化し、Y軸の問題をX軸に転化して語るということだ。この方法は"時空転換"（X軸＝空間、Y軸＝時間）にほかならないのだが、このことはこのあと、第10論考「地勢論」で具体的にみていきたい。

　ここで述べたことを前期吉本の枠組みにそって述べれば、"共同幻想論"は「世界はどう変化したのか」という問い（X軸）につながっており、"言

語にとって美とはなにか"は「言語表現はどう変化したのか」という問い（Y軸）につながっているのである。そしてこの両者の関係を同時に扱うことが後期吉本の着想なのだ。こう書けば、"心的現象論序説"（Z軸）はこれにどう絡んでくるのかという問いが飛んできそうだが、そのことはしばらく待ってほしい。第4論考「世界論」で述べたい。

　ここではまず、『マス・イメージ論』12論考全体の概要と流れをみておきたい。

# 12論考の概要と流れをおさえる

## ①【変成論】

　『マス・イメージ論』はこの論考から始まるが、「世界はどう変化したのか」という問いの起点となる論考である。ここで形成された問いが第7論考【解体論】まで続く。【変成論】では4作品が取り上げられるが、先頭のカフカ『変身』は「現代」の変成を象徴する作品として取り上げられ、ここから残り3作品によって「現代」から「現在」までの「世界はどう変化したのか」をとらえていく。そして、そこではカフカ『変身』の"毒虫"は、次第に単なる前提にすぎなくなっていくのである。

## ②【停滞論】

　第2論考【停滞論】では、「現在」の変化を"停滞"させるものは何かがテーマになる。テキストは『反核平和運動』、黒柳徹子『窓ぎわのトットちゃん』、大原富枝『アブラハムの幕舎』の三作品（反核平和運動は作品とはいえないが）だが、この3作品には共通点がある。それは"倫理"を問うことだ。実はこれが"停滞"といういわばコインの裏側にあるテーマなのである。そして、吉本隆明の"倫理"は世間の規範からいえば"反倫理"としか言えないものであることがよくわかるはずだ。もちろん、吉本の"反倫理"は新しい"理念"の問題を含んでいるのだが。

## ③【推理論】

　第 3 論考【推理論】では "推理" がテーマになるが、この論考は不思議な論考である。吉本が推理小説を取り扱うことはほとんどないのである。ところが、ここで吉本は真正面から推理小説に向きあうのだ。取り上げる作品は、エドガー・アラン・ポオ『モルグ街の殺人』ほか三作品である。『モルグ街の殺人』が「現代」を象徴する作品として取り上げられ、そこから残りの作品が「現代」から「現在」までの流れの中で「推理小説がいかに原型から逸脱していくか」を示すことになる。またこの論考には、もう一つ大きな問いが隠されている。それは作者の世界認識における〈既知〉とは何か、〈未知〉とは何か、を問うことである。そして、この問いが次の【世界論】のテーマへそのままつながっていくのである。

## ④【世界論】

　第 4 論考【世界論】では、第 3 論考【推理論】における作者の〈既知〉が〈世界認識〉としてモデル化されることになる。吉本は本論考において〈古典近代（優等生）モデル〉、〈古代モデル〉、〈廃墟モデル〉という三つの世界モデルを提示する。そして、吉本はこれら三つの世界モデルの考察の中で、〈古典近代（優等生）モデル〉を停滞モデルとして厳しく批判し、〈古代モデル〉と〈廃墟モデル〉を新しい時代のモデルとして高く評価する。しかし、もっと大きな文脈でいえば、1980年という「現在」はこうした多種多様なモデルが入り乱れて交錯し「現実を構成する」ということである。そのことが大事なのである。フーコーの言葉でいえば、ここに 21 世紀のエピステーメーの基盤をみることができるはずだ。

## ⑤【差異論】

　第 5 論考【差異論】では、文字通り "差異" がテーマとなる。井上靖『本覚坊遺文』、安岡章太郎『流離譚』、加賀乙彦『錨のない船』をテキストとして用いて "差異" を追いかけるのだが、【差異論】の面白さはこれらの作品から "差異" がまったく出てこないことにある。吉本はこのことを

“差異消失”とよび、作者に向かって「何も差異を生み出していないではないか！」「このノッペラボーさは何なんだ！」と一喝する。ただし、ここでも「世界論」と同じことが言える。大きな文脈でいえば、「現在」という巨きな作者が“差異消失”という事態をわたしたちに強いているのだ。

## ⑥【縮合論】

　第6論考【縮合論】は、前論考【差異論】とは対照的な論考である。【差異論】では巨匠の純文学が“差異消失”によって、「現在」の世界モデルを提示できない様子をみることになるが、【縮合論】ではポップアート、エンターテインメントというサブカルチャーが「現在」の新しい価値を生み出す様子をみることになる。用いられるテキストは、荻尾望都『訪問者』、糸井重里・湯村輝彦『情熱のペンギンごはん』、糸井重里『ペンギニストは眠らない』、橋本治・糸井重里『悔いあらためて』、川崎徹・糸井重里構成『必ず試験に出る柄本明』、リチャード・ブローティガン『アメリカの鱒釣り』、リチャード・ブローティガン『西瓜糖の日々』であるが、これらのサブカルチャーから生み出されたものを【世界論】の世界モデルになぞらえて言えば〈縮合モデル〉と呼ぶことができる。

## ⑦【解体論】

　第7論考【解体論】は前半7論考の最終論考であるが、吉本はここで〈システム価値とは何か〉という新たな問いを発して、これまでの論考を振り返る。“システム価値”という「現在」の目に見えない秩序に無意識がどう反応するか……ここに目を凝らすのだ。この無意識の反応を【変成論】から【解体論】までの流れに沿ってみていけば、筒井康隆の闘争・空回り型、中野孝次の近代優等生型、中上健次の逸脱・再産出型、加賀乙彦・安岡正太郎・井上靖の差異消失型、椎名誠の固着・煮詰め型、糸井重里・高橋源一郎の縮合型、村上春樹の“縮合—解体”振幅型などが生まれていることがわかる。用いられる具体的なテキストは、椎名誠、大江健三郎、村上春樹、レイ・ブラッドベリの作品だが、途中、太宰治と椎名誠、村

上春樹との違いを吉本が読み解いていく場面には思わず唸ってしまう。いずれにしても【解体論】までが『マス・イメージ論』の前半部分であり、〈世界はどう変化したのか〉というテーマはここで終了し、このあと「言語表現はどう変化したのか」というテーマが始まる。

## ⑧【喩法論】

　後半のトップバッター、第8論考【喩法論】は「喩の使い方」と「物語の使い方」がテーマとなる。『言語にとって美とはなにか』においても「喩の発生」と「物語の発生」は重要なテーマであったが、【喩法論】では〈現在という巨きな作者〉をつかまえる方法として「喩の使い方」と「物語の使い方」が考察されるのである。これが吉本の着想のすごさなのだ。特に「喩の使い方」では“全体的な暗喩”という概念によって「現代（過去）」から「現在」への変化のあり様を見極めていくことになる。ここで注目すべき点は、テキスト12作品を3グループに分類したうえで、きめの細かい論及がなされることだ。そういう意味で【喩法論】は【解体論】に並ぶ『マス・イメージ論』の代表的な論考といえるだろう。

## ⑨【詩語論】

　第9論考【詩語論】の最大の見どころは冒頭の吉本の独白である。詩作に関する吉本の独白を要約していえば、「今、詩を創作しようと思っても、もはやうまく創作できない」ということになる。この「うまく創作できない」ということに吉本は執着するのだ。このことを「現在」という巨きな作者が個々の作者に強いている何かだと考えるのである。これが【詩語論】という論考のいわば骨格である。ここから、吉本は「これまでと同じように詩を作り続けようとする時、感じる“空虚さ”には固執した方がいい」と言う。誤解はないと思うが、吉本は「いままで通り、詩作することに固執しなさい」と言っているのではない。「“空虚さ”に固執しなさい」と言っているのである。“空虚さ”に固執しながら、それでもなお「現在」において創作したいと思うのであれば三つの詩作方法があると吉本は述べる。

## ⑩【地勢論】

　第10論考【地勢論】は、第5論考【差異論】と第7論考【解体論】の〈世界はどう変化したのか〉というテーマを〈言語表現はどう変化したのか〉というテーマに置き換えて、さらに考察を深めていく論考である。その深め方をあえて言葉にすれば、【差異論】【解体論】では、まだ「差異消失の物語」「解体廃墟の物語」という物語が成立していたのだが、【地勢論】では、もはや物語そのものが成立しなくなるのである。ここでは物語が完全に壊れるのだ。テキストはいくつか準備されているが、焦点があたるのは小島信夫『別れる理由』である。吉本は、まるでこの作品が「現在」の言語表現の行きついた最後の場所であるかのように、この作品を読み解いていく。そこに何があるのか。"何もない"のである。

## ⑪【画像論】

　第11論考【画像論】ではテレビCMの画像を扱うことになる。そして、次の第12論考【語相論】では劇画を扱うことになるのだが、この二つの作品領域（CM、劇画）は『言語にとって美とはなにか』には存在しなかった作品領域である。ではなぜ、こうした作品領域を吉本は取り上げたのか。それは「現在」という巨きな作者を探し当てるために、これらの作品領域を避けて通ることができなかったのである。【画像論】では、テレビCM、約30年間の推移を4段階に分けて、その"差異"を追いかける。そして、そのプロセスで驚くべき変化が生じるのである。この変化を簡単に言えば、当初、テレビCMは商品PRからスタートするのだが、最後は商品PRを否定するところへ行きつくのである。さらに驚くべきことは、この変化に吉本がある種の希望を抱くということだ。ここが【画像論】の見逃せないポイントである。

## ⑫【語相論】

　第12論考【語相論】は『マス・イメージ論』を締めくくる最終論考であり、取り扱う対象領域は劇画である。それはまるで〈言葉からイメー

ジヘ〉という「現在」を象徴する最終章だということができる。ただこ
こでも、吉本があくまで固執するのは "言葉" であることを忘れてはいけ
ない。本論考では 6 人の劇画作家の作品を取り上げるが、吉本は個々の
劇画作家の "表現方法" にまず注目し、次にその "表現方法" の違いが、
実は作家それぞれの "自己表出" の違いと密接な関係にあることに迫って
いくのである。このことによって、「現在」という巨きな作者の姿を多面
的に浮かび上がらせるのである。第 6 論考「縮合論」でもサブカルチャー
が取り上げられたが、この時は "差異の同一性" に焦点が当てられた。こ
れに対して、「語相論」では "差異の差異性" に焦点が当てられるのである。
それはサブカルチャーが「現在」、どれだけのことを成し遂げたかの証で
もある。

　このあと、各論考での吉本の丹念な仕事をひとつずつ具体的にみてい
くが、その前にどんなことに留意して、本論を読みすすめるかを先に整
理しておきたい。

# 問題設定

　わたしはこれまで吉本隆明について 4 冊の本を書いた。そのうち、前
期主要三部作に関する本は『吉本隆明「心的現象論」の読み方』、『吉本
隆明「共同幻想論」の読み方』、『吉本隆明「言語にとって美とはなにか」
の読み方』というタイトルをつけたのだが、今、思えば恥ずかしい限り
である。というのは『〜の読み方』という表現には、どこか「こう読めよ」
「こう読むのが正しいんだよ」という自己表出 (沈黙のメッセージ) が混じっ
ているような気がするのだ。
　それで今回は『〜の読み方』ではなく、『〜を読む』にすることにした。
それが本書のタイトル『吉本隆明「マス・イメージ論」を読む』である。
ただ、そのことはわたしが謙虚になったということではない。『マス・イ

メージ論』を読み始めたものの、まったく手探りの状態で読み進めるしかなく、本書をいったん書き終えた後も「この本の読み方はこうでしょ！」とはとても言えない……ただ、それだけの理由である。たぶん、『マス・イメージ論』は 100 人の人が読めば 100 通りの読み方がある。こういう言い方自体がなんだか教科書的でイヤなのだが、一番伝えたいことは「わたしの読み方が正統なんだという思いはこれぽっちもない！」ということである。これから『マス・イメージ論』の各論考を読み込むことになるが、それはわたしの個人的な読み方にすぎない。「わたしはこんなところに注目して読みました」ということだ。今後、そうでない読み方が次々と出てくるにちがいない。そもそも『マス・イメージ論』とはそういう本なのだ。

　そのことを断ったうえで、わたしの読み方のポイントを以下に記す。

| 区分 | 〈論点〉 |
|---|---|
| 〈Ⅰ〉<br>『マス・イメージ論』全体 | ①「世界はどう変化したのか」と「言語表現はどう変化したのか」という二つの問いを軸にして読む。<br>②吉本の基本概念である〈自己表出―指示表出〉、〈共同幻想―対幻想―個人幻想〉を用いながら読む。 |
| 〈Ⅱ〉<br>「各論考」 | ①「現在」を以下の三つに分割しながら読む。<br>　(1)「現代」（過去）の流れを引きずった「現在」<br>　　（第1分割）<br>　(2)「現在」のなかの「現在」（第2分割）<br>　(3)「未来（未知）」を組み込み始めた「現在」<br>　　（第3分割）<br>②サブカルチャーが「現在」にもたらしたものは何かという観点を大切にして読む。<br>③「現在」の"倫理"はどのように変化したかという観点を大切にして読む。 |

| 〈Ⅲ〉<br>「結語」 | ①「自己表出／指示表出」とは何かについて自分なりの考えを述べる。<br>②「言説」によって未来社会の見え方がどのように違ってくるのかを2020年現在において考える。<br>③「現在」において精神病理がどんなふうに変容したかを考察する。 |
| --- | --- |

　以上のことを個人的な目印にして、『マス・イメージ論』の各論考をこれから読んでいく。ただ、そのまえに『マス・イメージ論』について、非常に示唆に富む考察をひとつだけ紹介しておきたい。

　それはフランス文学者、鹿島茂が『マス・イメージ論』文庫解説文として書いた「"必敗の戦い"に挑んだ偉大なファイター」である。10分ほどの時間があれば読める短い論考なので、ぜひ読んでいただければと思う。『マス・イメージ論』の本質を見事にえぐり出した論考である。

　鹿島は、19世紀末から20世紀の"未知"を解き明かす書物としてベンヤミンの『パサージュ論』を取り上げたあと、20世紀末から21世紀の"未知"を解き明かす書物として『マス・イメージ論』を取り上げる。これが本質を見抜く力だ。ただ、今回、わたしは鹿島の文庫解説を土台にして、吉本の守備範囲をさらにもう少し引き延ばしたいのだ。つまり、20世紀末から21世紀の"未知"を解き明かす書物ということをもう少し先へ引き延ばしたいのである。16世紀から20世紀までの5世紀をけん引してきた"西洋近代"がとうとう終わりを告げ、その向こう側にようやく「現在」が顔を出してきたわけだが、この「現在」が暗示するものが今後、数世紀を見通すうえで役立つはずだ……『マス・イメージ論』をそうした書物として位置づけたいのだ。1世紀ではなく、数世紀の時間を超える書物として位置づけたいのである。シェイクスピアの『ヴェニスの商人』が数世紀を貫き通し、「現在」もなお脈々と生命を保っているように、だ。

# 本　論

## 『マス・イメージ論』12論考を読む

## 【1】「世界はどう変化したか」

### 〈1〉変成論

　第1論考「変成論」は四つの作品を通じて「この世界はどう変化したか」を追うことになる。その最初に登場する作品がカフカ『変身』である。まずこのことに驚く。なぜ、20世紀初頭に出版されたこの作品が『マス・イメージ論』のしょっぱなに出てくるのか。吉本の意図は何なのか。『マス・イメージ論』が読み手に問いかけてくる最初の問いはこれだ。たぶん、吉本は『変身』によって「現代という作者ははたして何者なのか」を示そうとしたのだ。そしてここから「脱現代」「超現代」へという「現在」の変成のあり方を残り三作品によって示そうとしたのである。

#### （1）カフカ「変身」（1915年）

　「現代の変成」を象徴する小説『変身』はこんなふうに始まる。主人公グレーゴルが「ある朝、たて続けに苦しい夢を見て目をさますと、ベッドのなかで自分がいつのまにか巨大な毒虫に変身しているのに気づいた」というふうに。そしてここから、グレーゴルの中で "精神としての人間"、"身体としての虫" が交錯することになるのだが、この交錯のなかで感じる、痛ましさ、もどかしさ、これこそが「現代」の変成感なのだ。

この毒虫はいったい何者なのか。単なる虫なのか、あるいは人間そのものなのか、あるいは、グレーゴルの精神を宿した虫なのか。この三択問題に対して、「カフカはこの毒虫を"人間そのもの"として描いている」と吉本は言い切る。"人間そのもの"としての毒虫……吉本は、この毒虫に変身した兄グレーゴルを統合失調症の病者が感じる体感異常によく似ているというのである。これこそが「現代」の像化である。そして吉本は、この作品の特徴をカフカ個人の文学の理念に還元するのではなく、**現代という時代の一般性へ転換させる**のである。つまり、カフカ『変身』を介して**現代社会の変成のありさまを押さえ**ようとするのだ。吉本はそのことを次のように述べる。

　　徐々に一般化しようとする手つきをつかえば、どこまでいっても人間の心や判断や感情をもちながら、虫の身体としてしか行動できない状態。……（中略）……この状態は暗喩でもなければ寓喩でもない。まさに如実にその状態なのだ。時代が閉塞し、ゆき詰っているため、人間が虫のようにしか行動できないとか、虫のようにみじめだというのでもない。……（中略）……虫の身体をもって、それを離れられない人間の心、判断をもった存在、どこまでもそういう存在としておかれる状態を意味している。この変成の内部では喋言ったつもりでも、音声が奇異にかすれていて、自由にコミュニケートすることができない。誰も意図の所在をほんとうには伝達できないのだ。あるいはじぶんは人間のつもりで振舞っているのに、父親も母親も間借人も、また潜在的には親愛感をもった妹も、一匹の毒虫が這っている姿としかみてはくれない。つまり自在さを制約された状態なのだ。わたしたちの想像力のなかで、じぶんが虫になったところを想定し、もぐもぐと口を動かして喋言っているつもりなのに、いっこうに人語にならないで焦燥にかられているところとか、恰好いい姿で近寄っているつもりなのに、たくさんの手足をもぞもぞ動かして歩いているだけのじぶんをおもい描いて、虫になった人間の心という変成を実感しようとする。

他者のイマジネエションや視線のなかでは一匹の虫として存在し
　　ており、自分のイマジネエションのなかでは思うがままに振舞い、
　　感ずるがままに感応している人間。これが変成のイメージを語る第
　　一条件だ。
　　　　　　　　　　　　　　　　　　　　　　　　　（下線：宇田）

　吉本は "虫の身体としてしか行動できない状態"、"虫の身体とは暗喩で
もなければ寓喩でもない" と述べているのだが、これはいったいどういう
ことなのか。さしずめ、哲学者の山本哲士なら、こう言いそうな気がする。
"社会的代行為者（ソーシャル・エージェント）" の状態だと。
　生徒という役割、会社員という役割、役人という役割、総じていえば、
与えられた**社会的役割をあらゆる人間が自ら主体的に担い始める**のであ
る。この**主体的な役割意識**こそが "虫の身体としてしか行動できない状態"
をつくるのだ。グレーゴルの役割意識は彼が服地のセールスマンとして
貧しい家族を支えようとしたとき、すこしでも仕事を休んだり、無断で
遅刻したりすれば、すぐに経営者や支配人からにらまれてしまう職場の
環境の中で身体にすりこまれていったということができる。しかし、『変
身』の "虫の身体" は、この "社会的代行為者" よりもっと深い苦しみを
味わうことになる。吉本は続けてこう言う。

　　虫に変身したグレーゴル・ザムザが、閉じこもっていた部屋をでて、
　　父親や母親や妹や間借人たちの視線がとどく世界に入ってゆくと、
　　そこでは分裂病的な体感異常の世界が出現する。グレーゴルに接触
　　した他者は間借人のように、巨大な一匹の毒虫が醜怪な姿でのさばっ
　　ているのを視るのだし、近親たちは父親や妹のように、一匹の毒虫
　　を視ているのに人間として近親グレーゴルをみなくてはならない。
　　まだそのうえに微細な区別がある。父親や母親にとっては一匹の虫
　　になぜか化身してしまった息子とみえるのに、兄妹相姦的な愛の欲
　　望をもつ妹からは、虫の身体表出を介してすべての行為がじぶんに
　　たいする愛であるような対象をみなくてはならない。この変成のイ
　　メージは世界のシゾフレニー化である。
　　　　　　　　　　　　　　　　　　　　　　　　　（下線：宇田）

先ほど、"虫の身体としてしか行動できない状態"を"いい生徒であろう"、"いい会社員であろう"、"いい役人であろう"というような思いの身体化だと述べたが、話がそれだけならば、共同幻想と個人幻想の問題にすぎない。だが、吉本がここで述べていることは、それだけの話ではない。ここに対幻想が絡んでくるのである。

　グレーゴルという一家の働き手を失った家族は、家のなかの一部屋を3人の間借人に貸し出すのだが、毒虫が勇気を出して間借人の前にでてきたとき、グレーゴルは毒虫として他者の視線にさらされ、ここから対幻想と共同幻想の"関係構造"が交錯することになる。他者（間借人）にとっては単なる虫にすぎないが、家族にとっては息子であり（両親）、愛の対象であった（妹）のだ。

　妹は兄グレーゴルという毒虫に愛情深いまなざしを注いでいたのに、毒虫が勇気を出して、間借人の前に出てきたとき、妹は一転して、兄グレーゴルを単なる毒虫として扱うのである。兄グレーゴルの環境はここから一変する。家族の崩壊である。社会的には毒虫としてしか存在できない兄が公然と社会に現れたとき、妹は兄を見捨てるのである。これが『変身』の核心なのだ。本来的に言えば、家族は社会とも、個人とも全く違う次元に存在するのだが、『変身』では共同幻想と個人幻想との噴流を浴びて、対幻想も砕け散るのである。兄グレーゴルは社会との関係（共同幻想）で挫折し、次に家族との関係（対幻想）で砕け散るのだ。このふたつのプロセスをたどって壊れていくのである。

　ここではいったん、『共同幻想論』のテキストへ寄り道して、対幻想と共同幻想との関係を整理しておきたい。『共同幻想論』では、家族と社会はどのように扱われたか。原始未開から前古代へという歴史過程において、人間社会は親子の近親相姦を法的に禁じる。このことによって、家族という対幻想は"世代"という時間性を獲得するのだ。つまり、祖父母⇒父母⇒子⇒孫という家族（世代）の時間性が生じるのである。この時間性は親子の近親相姦を法的に禁じないかぎり確立できないものである。

　次に前古代から古代へという歴史過程において、人間社会は兄弟姉妹の

近親相姦を法的に禁じる。このことによって、家族という対幻想は遠距離に耐える空間性を獲得することになる。兄弟姉妹の近親相姦を法的に禁じることによって、日々会うことができない空間的距離にあっても兄弟姉妹は家族であり続けることが可能になるのだ。つまり、対幻想は、今ここで述べたふたつの禁忌（親子、兄弟姉妹）によって時間性と空間性を獲得することになるのである。

　一方、共同幻想は〈永遠に存在するという時間性〉と〈領土という固有の空間性〉によって成立しているため、人間社会は古代社会への移行によって、対幻想と共同幻想とが共に時間性と空間性を確立することになるのである。

　言い換えれば、対幻想と共同幻想が共に時間性と空間性を確立することによって、人間社会は家族と社会を次元の違うものとして社会の中に両立させること（棲み分けること）ができるようになるのである。サルは家族を持たず社会だけを持ち、ゴリラは社会を持たず家族だけをもつと言われるが、人間だけが前古代、古代の近親相姦の法的禁忌を通じて、家族と社会とを両立させることができるようになるのだ。吉本のこの考え方は、フロイトの考え方とは全く違う。フロイトは『トーテムとタブー』の中で、息子たちが強大な権力を持つ父親を倒すというドラマを紡ぎ出している。つまり、フロイトはエディプス・コンプレックスを媒介にして、いわば対幻想を共同幻想に一直線に連結させるのである。ここが吉本とフロイトとの決定的な違いなのだ。吉本にとって、エディプス・コンプレックスとは単なる対幻想の確執にすぎず、共同幻想とは無関係なのである。吉本が『共同幻想論』において紡ぎ出したドラマは、巫女が神（共同幻想）の妻になることで神と同じ力をもつというものである。天皇制でいえば、天皇が大嘗祭において、共同幻想（神）と添い寝して（性交して）、神と同じ力をもつことになるのだ。これが吉本の考える対幻想と共同幻想のつなぎ方なのである。吉本にとって、フロイトの考えは氏族社会（血縁集団）までしか通用しないということになる。人間社会が部族社会（非血縁集団）を形成するには、共同幻想に対幻想を擬制として組み込むことが必要だと吉本は考えるのだ。つまり、フロイトが対幻想と共同幻想を連続的に

つなぐのに対し、吉本は対幻想と共同幻想とは次元が違うことを前提としたうえで、この二つの幻想を擬制としてむすびつけるのである。

この『共同幻想論』の枠組みを踏まえて『マス・イメージ論』に戻ろう。近代から現代へという歴史過程において、現代人は象徴的に言えば、社会的に "虫の身体としてしか行動できない状態" に追い込まれ、そこからさらに家族崩壊の危機に瀕することになるのだ。これを関係構造で言えば、現代人はまず、共同幻想の問題で壊れ、次に対幻想の問題で打ち砕かれるということになる。ダブルパンチの打撃を受けるのである。これが「現代」の変成だとすれば、ここから「現在」の変成が始まるのである。それではここから、筒井康隆『脱走と追跡のサンバ』、糸井重里・村上春樹『夢であいましょう』、高橋源一郎『さようなら、ギャングたち』という三作品をたどりながら「現代」から「現在」へという新しい変成のあり方をみていくことにしよう。

## （2）筒井康隆「脱走と追跡のサンバ」（1971年）

筒井康隆『脱走と追跡のサンバ』では〈世界の被害妄想化〉が暗喩として表現されることになるが、物語の展開は概ね次のとおりである。

「おれ」と「正子」がボートに乗っていると、いつの間にか「おれ」は見知らぬ世界にまぎれこんでしまう。そのまぎれこんだ世界は以前の世界と何もかもそっくり同じなのだ。ただ何となく異和感がある……この感覚こそがこの世界を以前の世界と分ける境界線なのである。しかし、この二つの世界に異和を感じない人間もいて、そういう人間はそっくり同じ外見をしていても実は〈にせの人間〉にちがいないと「おれ」は思うのである。

ここからこの作品は一挙に動き始める。「おれ」はこの見知らぬ世界にまぎれこんで『本質テレビ』というテレビ局を見学することになり、そのテレビ局のスタジオに入る。すると、スタッフから「スタジオに入ったからには見学者だって出演者なんだ」と告げられ、その瞬間、「おれ」は隠し撮りのテレビカメラがあって、そのカメラによって視られている

にちがいないと考え、カメラを探すことになる。するとやはりカメラがあるのだ。その瞬間、「おれ」はそのカメラを突き破ってカメラの向こう側にある世界に一挙に飛び込む。するとそこで「おれ」はまた気づくのだ。この部屋にもどこかにテレビカメラが据えつけてあり、そこから監視されているにちがいないと。実際、壁や窓の仕切りの上を探してみると、やはりテレビカメラがあるのだ。「おれ」はふたたびカメラに向かって突進し、これを突き破ると、カメラの向こう側にある世界は元に戻ってしまう。つまり、最初に「正子」とボートに一緒に乗っていた河べりのビルの中に「おれ」はいるのである。そして、そのビルの管理人の部屋で管理人と揉めているうちに火災が起きる。そこで、あわてて河の上でボートに乗っている「正子」を呼んで、そのボートに乗り移り、ボートを漕いで河の中央部に出るのだが、実は、その「正子」も「模造品」だったのである。

　この作品が言葉の意味を超えたところで発しているメッセージはいったい何だろうか。「おれ」が『脱走と追跡のサンバ』で体験していることは、"虚構の世界（仮想空間）"が生活全体に浸透してくるという事態の体験である。「おれ」はその世界にすっぽり入ってしまい、それを監視するカメラの眼が、世界のどこかに備わっていて、その監視する眼に入りこむと、さらにそれを監視するカメラの眼がある。そこでさらにその眼に突入すれば、またもうひとつ次のカメラの眼から監視されている……という虚構の無限連鎖がどこまでも続くのだ。この暗喩が意味していることは、虚構世界に対する不安と恐怖である。絶えず自分は「にせ人間」や虚構の人間なのではないか、どこか異次元のところから別の眼によって監視されているのではないか、そう考えながら存在するしかないところに人間は追い詰められていくのである。これが現在の変成の姿なのだ。こうした世界にわたしたちは足元からひたり始めているということである。この不安感は、被害妄想や追跡妄想の病者が、世界から視られているという意識によって実現する世界と酷似しているということができる。発症するかどうかは別として、「現在」、誰もがこの病理と向きあうことになるのだ。

『脱走と追跡のサンバ』が『変身』よりも“現在”的な位置にあるのは、『変身』では、人間は“虫の身体としてしか行動できない状態”であったが、『脱走と追跡のサンバ』では、一見、“人間の身体として行動できる状態”になっている……しかし、実はまったく違う苦しみを抱えるのだ。いくらカメラを叩き壊しても、無限連鎖の視つづけられる虚構世界にしか存在できないのだ。そうした中で不安と恐怖に顔をこわばらせているのである。つまり、私たちの病理はシゾフレニーからパラノイアに移行しているのである。毒虫がシゾフレニーを象徴する映像ならば、監視カメラへの突撃がパラノイアを象徴する映像なのだ。そして、大事なことは『脱走と追跡のサンバ』では、家族はすでに最初から“虚構”だということである。

吉本は「現在」のこうした無限連鎖の虚構世界の中で、病者にならないためには次の二つの覚悟が不可欠だと述べる。

ひとつは“視られている私”についてである。これについては、テレビカメラの眼の向こう側の世界を「まったく存在しない世界」と思い定めることが大切だと。もうひとつは“スタジオ的な世界にいる人間を視ている私”についてである。ここでは「スタジオ的な世界にいる人間を完全に虚構の人間だ」と思い定めることが大事だと。病者とならないためには、この覚悟をもって生きるほか道はないと吉本は断定するのである。

## （3）糸井重里・村上春樹『夢で会いましょう』（1981年）

『夢で会いましょう』という作品は、〈あ〉から〈わ〉まで33チャネルあるテレビを5分から10分くらいで次々と切り替えながら、いろいろなものを見ている気分にさせる作品である。それは変成世界の寸劇ともいうことができる。

たとえば、〈あ〉というチャネルでは今、「アレルギー」というドラマをやっている。ドラマの内容は、「ぼく」がどうやって女性アレルギーを治療したかという話である。「ぼく」は半径2メートル以内に女性がいるとアレルギーを起こし、身体中に蕁麻疹ができる。「ぼく」はこのアレル

42

ギーを克服しようとしてさまざまな工夫をする。まずは女性の風下に立って、その匂いになれるところからはじめ、次には女性の匂いのする空気をビニール袋に閉じ込めて、シンナーを吸うようにその匂いを鼻と口をつけて深々と吸う。さらに次は女性に触れることに慣れるために……。やがて「ぼく」は女性の手を握れるまでになり、着衣で抱き合えるようになり、裸で抱き合っても平気になっていく。それだけではおさまらない。ついには女性なしではいられなくなり、逆に女性から毛嫌いされ、相手の女性にアレルギー症状が起きる……というドラマなのである。真面目に冗談を言うことで一瞬、倫理の表層をかすめるのだ。

　この作品では、この〈あ〉チャネルから次のチャネルに切り替えることで、こうした話が次々に繰り出される。テレビ画面は即座にその話の中心に入り、そこを通過していく。これが、『夢で会いましょう』という作品なのだ。なぜ吉本はこの作品を「変成論」で取りあげたのだろうか。ここまで『変身』と『脱走と追跡のサンバ』では、分裂と被害妄想化のイメージを追いかけていたのに、ここでは一転、まったく系列の違う作品に移ったように思える。しかし、これらの三つの作品には共通点がある。すべてが〈虚構世界（仮想空間）〉だということだ。ただ、『変身』と『脱走と追跡のサンバ』では "虚構" そのものに焦点が当たっていたのに、『夢で会いましょう』では "虚構" は当然の前提にすぎず、その "虚構" は単なる笑い飛ばす道具にすぎなくなっている。

　逆に言えば、『夢で会いましょう』では、挿話をチャネルの切り替えのように素早く転換させないと "虚構" を維持できなくなるのである。"虚構" を当然の土台として維持することで、わたしたちは病理に落込むことを防ぐのである。これが『夢で会いましょう』という作品に張り巡らされた "沈黙のメッセージ" なのだ。吉本はそのことを次のように述べる。

　　スイッチとチャネルによって一瞬に中心に到達できる映像の世界、また一瞬のうちにべつの系列の映像に転換し、また恣意的にスイッチを切って消滅させることができる映像の世界、〈出現〉〈転換〉〈消滅〉がす早くおこなわれるというイメージ様式は〈意味〉の比重を極端

に軽くすることではじめて衝撃に耐えられる世界である。このイメージ様式を言葉の世界に移す方法が、現在の若い作家たちによって捕捉されることは、いわば必至だといっていい。ただどうしても言葉を軽くしなければ、このイメージ様式と等価な世界は成り立ちそうにない。これは、『夢で会いましょう』のような作品が、内容的な重さの限界ではないかという制約感をあたえずにおかない。

（下線：宇田）

　吉本がここで語っていることは、"虚構"を前提とした映像世界を言葉で表現する場合、言葉は映像と等価となるが、この映像を素早く別の系列（テレビで言えば別チャネル）に転換することが必要になるのだ。そうでなければ、重たすぎて耐えられないのである。だから『夢で会いましょう』は33編ものチャネルが必要だったのである。

## （4）高橋源一郎『さようなら、ギャングたち』（1981年）

　「変成論」の最後の作品は高橋源一郎『さようなら、ギャングたち』である。吉本はこの作品を「高度なイメージ様式を用いることで、かなり重い比重の〈意味〉に堪えることができた作品である」と評している。この作品は『夢で会いましょう』と同じく、テレビ的であるが、テレビのチャネル系列でいえば3チャネルしかない。つまり、かなり重い比重の〈意味〉に堪えることができたので、33チャネルを必要とせず、3チャンネルですんだということだ。

　この3チャネルには、第一部「『中島みゆきソング・ブック』を求めて」、第二部「詩の学校」、第三部「さようなら、ギャングたち」という名前がついているが、この三つのチャネルの間には一切、文脈的な関係はない。関係はないのだが、それでもここに一貫したモチーフを探せば、それは「〈空虚〉で〈荒唐無稽〉なことを語ることが、そのまま真剣な倫理になっている」ことだ。

　この作品では劇画的な描写と映像的な描写が交錯するが、ここではま

ず、映像的な描写をご覧いただきたい。引用する描写は、登場人物の"わたし"と"かの女"が、その当時、求愛行為として流行っていた「相手に名前をつけてもらうこと」をやり取りする場面である。

4
「君に名前をつけてもらいたい」とわたしはかの女に言った。
「いいわ」とかの女は言った。
　そして
「わたしも名前を頂だい」とつけ加えた。
　ミルクとウオツカのカクテルを飲んだ。「ヘンリー4世」はバスケットの中ですすやねむっていた。
　わたしたちは初めて愛し合った後で、心地よく抱き合っていた。
　わたしは自分の机へ行って、原稿用紙にかの女の名前を書いた。
　ベッドの上でかの女は向こう側をむいて、小さな手帖にわたしの名前を書いていた。
　わたしはかの女の裸の背中をながめていた。
　わたしは女の背中がそんなにきれいなものだとは知らなかった。

5
　かの女はわたしの書いた原稿用紙をうけとって読んだ。
中島みゆきソング・ブック
「ありがとう」とかの女は言った。

6
（この節は全部入れ替え）
　船を出すのなら　九月
　誰も見ていない　星の月
　人を捨てるなら　九月
　誰もみな　冬の支度で　夢中だ

あなたがいなくても

愛は　愛は　愛は　愛は　まるで星のようにある

船を出すのなら　九月

誰もみな　海を見飽きた頃の　九月

（中島みゆき「船を出すのなら九月」）

### 7

わたしはＳ・Ｂ（ソングブック）の書いたメモを読んだ。

| さようなら、ギャングたち |
|---|

「ありがとう」とわたしは言った。

（高橋源一郎「さようなら、ギャングたち」第一部Ⅰの4～7）

　この描写には、どこにも言葉の意味として〈空虚さ〉は述べられていない。また、どこにも言葉の意味として〈真剣な倫理〉は述べられていない。つまり、ここに語られた言葉は意味として読み取れば、男女の平べったい淡々としたやり取りが述べられているだけなのだ。しかし、映像のスイッチが入り、切れ、また入り……を繰り返しているうちに、膨大な〈空虚さ〉が真剣な眼差しをしたまま、津波のように押し寄せてくる……吉本はこう言っているのである。これがこの作品の高度な自己表出（"沈黙のメッセージ"）、つまり、〈高度なイメージ様式〉なのである。

　この作品の残り二つのチャネルも現在のイメージの変成に欠かせない話なので、ここでは二つとも取り上げる。ひとつは、主人公「わたし」の娘キャラウェイの死と埋葬の話であり、もうひとつは、「わたし」が4人のギャングにマシンガンをつきつけられながら、詩の作り方を教える話である。まず、死と埋葬の話から始める。この話は三つのチャネルのうち、一番、起承転結のある劇画的な話で、これを意味としてたどれば、ある日、突然、役所から黒枠のハガキで「謹んで御令嬢の逝去をお悔やみ申し上げます」という死の予告がやってくる。つまり、役所は「わたし」の娘が死ぬ日を正確に知っていて、「わたし」は娘キャラウェイのドレスの肩に小さな赤いリボンをつけて一緒に散歩に出かけることになる。赤

いリボンをつけることが、その日に死ぬことを意味しているのだ。だから、遊園地の切符係は、死のしるしの赤いリボンを肩につけているキャラウェイを見て「無料です」といって、ポプ・コーンと風船をわたすのである。遊園地から家に帰ったあと、「わたし」はキャラウェイをお風呂に入れて一緒に眠るのだが、キャラウェイは朝までに死ぬ。

　吉本はこの話について、次のように述べる。

　　　たぶん事実としては、期待していた子供を流産させたとか、幼いうちに死なせたとかいう体験の哀調があればこういう挿話はつくれる。<u>けれどあらかじめ決定されていた死が、幼児にやってくるという変成のイメージと、死が予めその日にしるしを付けられているという設定は、現在のイメージ様式が、SF的に未来をさきに奪取しておかねば不安でやりきれないという占星術的な性格をもつことを象徴している。</u>

　　　　　　　　　　　　　　　　　　　　　　　　　（下線：宇田）

　さきほどの "名前を付けあう" 話の "沈黙のメッセージ" が〈膨大な空虚が真剣な眼ざしで貯水池のようにたたえられている〉ことだとすれば、この "死と埋葬" の話の "沈黙のメッセージ" は〈膨大な空虚が真剣な眼ざしで貯水池のようにたたえられていることに、作者が不安、恐怖を感じている〉ことだといってよい。ただし、そのことは意味として語られてはいない。より正確に言えば、語れないのだ。現在のイメージ変成は、不安、恐怖を意味として表出することが既にできなくなっているのである。そのことは前の作品、『夢で会いましょう』も同じであった。これに対して、冒頭の作品、『変身』（1915年）とその次の作品、『脱走と追跡のサンバ』（1971年）では、〈分裂の苦しさ〉や〈被害妄想的な視線〉に伴う不安や恐怖を隠す様子はみじんもなかった。これはどういうことか。最初は、現在の変成イメージの苦しさをはっきり語ることができたのだが、次第にこの変成イメージが呼び起こす不安や恐怖が大きくなり、ついには黙りこくるしかなくなるのである。

　最後のチャネルに入ろう。「わたし」が "4人のギャングにマシンガン

をつきつけられながら詩の作り方を教えることを強要される"話である。この話の描写は以下のとおりである。

　　わたしは「おしのギャング」に話しかけた。
「立って下さい。おねがいします」
「おしのギャング」はのろのろと立ち上がると片手を腰のケースに入っているルガー・オートマティックの上に置き、いつでもわたしを撃ち殺せる準備をした。
「あなたが思っていることを話して下さい。あなたが考えていることを、感じていることを言葉にして下さい。どんなことでもかまいません。あわてずに、おちついて、ゆっくり話して下さい」とわたしは言った。
「おしのギャンク」の唇はいつも閉じっぱなしで、コーヒーとサンドイッチをながしこむ時以外には開けたことがないみたいだった。
「おしのギャング」はソフトの下から、わたしの顔を見ると、コーヒーとサンドウィッチ以外のことを考えるのは苦手だと言うように悲しみにみちた顔つきになった。
「むずかしく考えないで」とわたしは言った。
「何でもいいんですよ」
「おしのギャング」は自分の頭の中に書いてある言葉を探しはじめたが、どの頁もまっ白だった。
　　まっ白。まっ白。まっ白。まっ白。
　　まっ白。まっ白。まっ白。まっ白。
「コーヒーとサンドイッチ」「おしのギャング」の唇から荘厳な音がもれた。
「そうです、それでいいんですよ。つづけて」
　　まっ白。まっ白。まっ白。まっ白。
　　まっ白。まっ白。まっ白。まっ白。
「コーヒーとサンドイッチ」「おしのギャング」はもう一度、悲哀をこめて呟いた。

残り三人のギャングたちも、感心したように「おしのギャング」
　の唇の動くのをながめていた。

　　　　　（高橋源一郎「さようなら、ギャングたち」第三部のⅠの3）

　吉本は、この話は『脱走と追跡のサンバ』とは全く違うと言う。『脱走
と追跡のサンバ』は被害妄想的なイメージで変成された世界であり、そ
こではひとつの監視された世界の向こう側に、また別のもうひとつの世
界があるにちがいないと考えられていた。監視装置をつき破ると、また
そこには監視された世界があるだけなのだが、もうひとつ向こう側の世
界が想定されていること自体が救済の意味をもっていたのである。しか
し、『さよなら、ギャングたち』はそうではない。そのことを吉本は次の
ように述べる。

　　　だが『夢で会いましょう』や『さようなら、ギャングたち』の世
　界では、救済の世界のイメージなどはじめから何もない。被害妄想
　的な視線なども、どこからも感知されていない。無意味化された空
　虚なイメージの世界を、出たり入ったりしてみせるときのスタイル
　が、見世物のように売りに出されているのだ。どうしてそれが見世
　物でありうるのだろう。分裂病者の世界に似ていて、つぎのような
　ことを思わせるからだ。もしもわたしたちが突然、どこかで観念の
　スイッチを切られたとしたら、いくらかの不安を伴なった空虚な世
　界を氾濫させるだろう。そのなかに身をまかせている状態は、肯定
　する判断力も否定する判断力もうしなって持続されてゆく。ときど
　きどこかに緒口があって、そこから脱出できれば何とか常態の世界
　へもどれる気がする。脱出口の向う側の世界が、ぼんやりとみえて
　くることがあり、そのときに努力の倫理みたいなものが、微かに病
　者の世界にやってくることがある。だがやがてしばらくすると、も
　との空虚な世界に身をひたしているじぶんにかえってしまう。この
　病者の世界に似た世界は、平穏で空虚なラジカリズムを出現してい
　る。なぜかといえば、微かに意識が正常になった瞬間に集中されると、

脱出口が視えるようにおもえるが、そこを脱出口としてみれば、シ
ステム化された管理者の世界の入口に当たっているからだ。脱出口
は管理の入口である。脱出口まできた病者に管理者は投薬し、審問
するだろう。カフカの『変身』の世界は病者だけの世界の風景では
ないが、病者と病者の管理者の撚りあわされた世界で、脱出口と入
口の境界のところで妹グレーテの突然の変貌が位置している。妹は
病者を管理する者の哀れな愛を演じている。　　　　（下線：宇田）

　「変成論」を締めくくる吉本の言葉は難しく聞こえるかもしれないが、
話している内容はシンプルだ。毒虫になったグレーゴルも、もしかする
と人間に戻れるという瞬間が訪れるかもしれない、監視されている「おれ」
も監視から解放されるという瞬間が訪れるかもしれないという期待が背
景に存在していたのである。しかし、女性アレルギーの「ぼく」は女性
とは親しくできないことが前提で、「わたし」と「S・B」は別れること
が前提で、娘「キャラウェイ」は死ぬことが前提で、「おしのギャング」
は詩を語れないことがすでに前提なのだ。ただそれでも、もしかしたら
……という思いが、一瞬の見世物を成立させるのである。もとの前提を
超えられるかも……と思えた瞬間、脱出口が視えたようにおもえるのだ
が、その脱出口はシステム化された管理者の世界の入口なのだ。脱出口
が脱出口でなく、そのまま管理の入口なのである。これが「現在」の変
成の姿なのである。
　最後に「変成論」における変成の動きを「現在」の３分割の視点から
もう一度、振り返っておこう。「現代」をひきずっている「現在」（第１分割）
が『脱走と追跡のサンバ』に象徴されているとすれば、この作品では世
界に対する不安、恐怖から逃れるために、仮想空間をはねのけ、現実空
間にもどろうとするのだが、どこまでいっても仮想空間を抜けだすこと
ができないのだ。ただ、ここには「抜け出せるかもしれない」という希
望がまだ存在していたのである。わたしたちはここから「現在」のなか
の「現在」（第２分割）、つまり、「現在」のど真ん中へ入っていくことに
なる。これが『夢であいましょう』に象徴されているとすれば、ここで

50

は "倫理" は既に信じられていない。あるいは "信じないふり" を前提に
しなければ、もはや、うまくやっていけないのだ。一貫性を持ち続ける
ことなど、とてもできないのだ。その場その場、その瞬間その瞬間を場
つなぎでしのいでいくしかないのである。

　そして最後に「未知」が組み込まれる「現在」（第3分割）が『さよう
なら、ギャングたち』に象徴されているとすれば、この世界は〈空虚さ〉
が充満した場所であり何もないのだ。しかし、何もないにもかかわらず、
そこに〈真剣なまなざし〉が宿り始めるのである。そのことによって新
しい "倫理" が胎動するかもしれないのである。

　いずれにしても「変成論」は「この世界はどう変化したか」という問
いに対して、「現在」の大きな枠組みを提示し、ここから『マス・イメー
ジ論』が始まるのである。

# 〈2〉 停滞論

　「停滞論」の骨子を一言で言えば「"停滞" とは "倫理の言葉" によって
引き起こされる」ということになる。"倫理の言葉" とは何か。「みんなが "正
しいこと" を言い始める」……これを吉本は "倫理の言葉" とよぶのであ
る。言い換えれば、"倫理の言葉" は「現代」のマス・イメージ（共同幻想）
であり、これが「現代」から「現在」への移行を "停滞" させるのである。「現
在」の3分割でいえば、「現代」をひきずる「現在」（第1分割）で "停滞"
が起きることになる。逆の言い方をすれば、旧い "倫理の言葉" を乗り越
え、新しいマス・イメージ（共同幻想）を生み出すことが「現在」から「未
来（未知）」へ入ること（第2分割、第3分割への突入）なのだ。

　すでに序論でみてきたとおり、吉本が最も本質的な意味で "倫理" を取
り上げる時、"倫理" とは「人間がみずからの存在をかけて "生きるか死
ぬかを決める価値基準"」をさしている。たとえば、戦時中の若者たちが
「国のために命を投げ出して死ぬ」と考えたことや、オウム真理教の信者

が「人類最終戦争に命をささげる」と考えたことは良し悪しはべつとして、すべて "倫理" の問題なのである。吉本が戦後、ずっと考えてきたことは、いったい人間にとって普遍的な "倫理" は存在するのかということであった。そして、長い思索の末に吉本がたどりついた最後の場所、それが "存在倫理" である。現在のマス・イメージとしての倫理が "人権" という言葉に象徴されるとすれば、吉本の倫理は "人を殺すとしても殺し方が問題だ" という、ある意味、とんでもない考え方なのである。

　ここでは吉本の "倫理" を離れて、「停滞論」の "倫理の言葉" に入ろう。"倫理の言葉" はわかりやすく言えば、その時代の道徳律（共同幻想）ということになる。個人幻想としての "倫理" ではないのである。"社会的に立派に聞こえる言葉" や "社会的正義" といった、その時代の規範言語（共同幻想）を "倫理の言葉" と位置づけているのである。その "倫理の言葉" を投げ込まれたら、その場で誰もが正面切って反論できず、黙るしかない。こうした "正論の言葉" を吉本は "倫理の言葉" とよぶのである。別の言い方をすれば、"停滞" とは、こうした "倫理の言葉" が大手を振って闊歩するときなのだ。吉本は本論考のテキストに、文学者の反核平和運動、黒柳徹子『窓ぎわのトットちゃん』、大原富枝『アブラハムの幕舎』を採用しているが、まず最初に吉本が取りあげる "倫理の言葉" は反核平和運動のそれだ。吉本にいわせれば、これこそが1980年の "停滞" を象徴するものなのである。

## （1）反核平和運動（1982年）

　"反核平和運動" については、まず最初にわたしの個人的な思いを述べておきたい。1982年当時、わたしはサラリーマン生活を送っていて、"反核平和運動" をめぐる論争は耳には入っていたが、身を乗り出して聞いていたわけではない。むしろ、ある種のやりきれなさを感じていた。このやりきれなさは、"反核平和運動" を推進している人たちに対してというより、むしろ、吉本に対してであった。それは吉本の立ち位置が間違っていると思ったからではない。そうではなく、なんで今更、こんな論争

をするんだ、スルーすればいいじゃないか……こんなくだらない議論は
とっくの昔に終わったはずじゃないか、そんな思いであった。今回、『マス・
イメージ論』を通じて、この論争を読み返すことになったが、やはりムキ
になって行う論争とは今も思えない。ただ、わかったことがある。それ
は、吉本にとってこの論争は、吉本が当時かかえていた "関係の絶対性"
の問題なんだということである。つまり、この論争は吉本にとって骨が
らみの "倫理" の問題だったのである。だからこそ、"反核平和運動" の "倫
理の言葉" は見て見ぬ振りすることができず、戦うしかなかったのだ。

　"反核平和運動" について、吉本はこう述べている。「誰からも非難され
ることもない場所で「地球そのものの破滅」などを憂慮してみせること
が、倫理的な言語の仮面をかぶった退廃、かぎりない停滞以外の何もの
でもないことを明言しておきたい」（傍点：宇田）と。"反核平和運動" は
「アメリカの挑発による核戦争の危機」が最重要課題だと主張するが、吉
本は「ソ連とポーランド軍部官僚は、ヨーロッパで、もっとも先進的な
社会主義の要求を提起したポーランドの労働者、知識人、市民の運動を
「非核」武装力で、もっとも徹底的に苛酷にたたきつぶして」いることこ
そが最重要課題なのだと述べる。反核平和運動の中にすりこまれた "沈
黙のメッセージ" が「アメリカをたたき、ソ連を擁護する」ことだと思っ
ている吉本にとって、この欺瞞が許せなかったのだ。

　ただ、ここで吉本が "停滞" とよんでいるのは、ポーランドの理念的な
運動がソ連の非核武装力によって徹底的に苛酷にたたきつぶされたのに、
そのことをまったく取り上げていない、ということではない。そのこと
をさしあたって問題にしていないのだ。そうではなく、反核平和運動団
体が現実の状況とはまったくかかわりのないところで、「反米、親ソ」の
"倫理の言葉" を掲げ、運動を展開すること、これこそが "停滞" だと言っ
ているのである。ソ連が崩壊した現在、このことを取り上げる意味はほ
とんどない。しかし、〈停滞はいつでも "倫理の言葉" を身にまとって登
場する〉ということはしっかり噛みしめておく必要があると思うので、
この話をもう少し続ける。

　吉本は第二次世界大戦中、スターリン主義（ソ連の一党独裁主義）がリ

ベラリズム（アメリカ、イギリス、フランスの自由主義）を味方に誑しこんで、自分の双生児である社会ファシズム（ナチズム）を曲がりなりにも打倒した状況、つまり、スターリン主義とリベラリズムとの協調関係が1980年、ソ連と“反核平和運動”との間で再現されていると見做すのである。

いや、第二次世界大戦中よりもっと悪質だ……と吉本は考えたにちがいない。第二次世界大戦中、スターリン主義とリベラリズムは手を組んだとはいえ、社会ファシズム（ナチズム）を打倒するという大きな成果をあげることができた。しかし、1980年代の“反核平和運動”は、本来、守るべきもの（ポーランドの運動）を圧殺する状況を生みだしていたのである。目も当てられない状況だったのだ。まずここでは“反核平和運動”が、どんな流れで生まれてきたかをたどっておこう。署名依頼文書に刻まれた言葉は以下の通りである。

　　さて今春、アメリカでレーガン政権が発足して以来、軍備増強論がにわかに高まり、限定核戦略が唱えられ、中性子爆弾の製造が決定され、核戦争の脅威が人類の生存にとっていっそう切実に感じられるようになってきました。
　　ご承知の通りヨーロッパでは、一九八三年末にアメリカの新しい戦域核兵器が配備されれば、核戦争への歯止めが失なわれるという危機感から、歴史に例を見ないほどの幅広い反核、平和の運動が広がっております。
　　　　　　　　（中野孝次ら「著名についてのお願い」〈文藝〉一九八二年三月号）

　吉本は“反核平和運動”発起人の中野孝次らのこうした状況認識を次のようにとらえる。

　　中野孝次らの情勢認識はひと口に要約すれば、アメリカがレーガン政権になってソ連にたいし軍拡の無限競争に踏み切り、ソ連の対ヨーロッパ核配置に対抗して、ヨーロッパに対ソ連の戦略核配置を決定した。そのために、ヨーロッパには危機感が横溢し、反核、平

和の「歴史に例を見ないほどの幅広い」運動が拡がっているということになる。もっとニュアンスをつきつめればアメリカがソ連の対ヨーロッパ核戦略にたいし、ヨーロッパ大陸に乗り出してまで対ソ連核戦略配置に踏み込んだのが、核戦争の危機感を招いた原因だといっている。<u>いったい悪いのはソ連なのかアメリカなのか？　中野孝次らの文意は明瞭に答えを出そうとしていない。しかしわたしの感受性が正常ならば、アメリカが悪いというニュアンスをうけとることができる。そして事実、ヨーロッパの昨年来の反核平和運動は、ソ連は平和勢力だが、アメリカは軍拡狂奔勢力だ、というソフト・スターリン主義の同伴者から起こった運動のようにおもえる。</u>

（下線：宇田）

　ここで吉本が中野孝次に対して語っていることは「アメリカが悪い、アメリカが悪いと言っている間に、ソ連が公然とポーランドの最も先進的な運動をたたきつぶしたぞ。それがお前には見えないのか」ということである。

　ここには「“ヨーロッパ”をどうとらえるか」という隠されたテーマがあり、そのことは21世紀の価値につながる話だと思うので、もう少しこの話を続けたい。吉本は“ヨーロッパ”についてこう述べる。

　現在わたしたちが「ヨーロッパ」というとき重層的な意味をもっている。ひとつは、さまざまな意味で〈マルクス主義〉が無化（無効化）されたあと、中心を喪って、活力をアメリカにもとめざるをえなくなって、深く混迷と模索の過程をつみ重ねつつある地域としての「ヨーロッパ」である。だが「ヨーロッパ」はもうひとつの意味をもっている。世界史のいちばん高度な段階から必然的に国家を超えられて、欧州共同体として振舞わざるを得なくなった、いわば普遍的な「ヨーロッパ」である。この後者の普遍的な「ヨーロッパ」は、現在もまだ世界史の鏡である。そこから眺望されるソ連官僚専制国家圏の姿は、かつて人類が視たことのない普遍的な意味をもってい

る。その意味は半世紀まえに、スターリン主義がリベラリズムを味
方につけて社会ファッシズムと死闘を演じた時期の理念の構図の意
味を、はるかに超えてしまっている。　　　　　　　　（下線：宇田）

　吉本がここで主張していることは、1980年代の “反核平和運動” が「ヨー
ロッパのリベラリズム」と「スターリン主義」とを新たな構図の中で手
を握らせて、こんどは「社会ファッシズム」ではなく、「アメリカ」と死
闘させようとしているが、1980年代、欧州共同体として振る舞わざるを
得なくなったヨーロッパにはそんな構図は全く通用しないということだ。
吉本はこの時、“国家”（共同幻想）を超える姿をEUにみていたのである。
それはもちろん、未来の共同幻想の在り方のひとつである。2020年、イ
ギリスがEUから離脱したが、今後も共同幻想が国家を超えることができ
るかどうかというせめぎあいは続くにちがいない。吉本はこうした自ら
の “ヨーロッパ” 理解の仕方を披歴したあと、こんどは「人間性」とか「人
間」という概念を持ち出し、“反核平和運動” の「声明」にとどめを刺し
にいく。

　　「人間性」という概念も「人間」という概念もそう簡単に消滅する
　とはおもわれない。だがその実体は不変なものではないにちがいな
　い。高度に技術化された社会に加速されたところでは「人間性」や
　「人間」の概念は「型」そのものに近づいてゆくようにおもえる。そ
　して現在わたしたちが佇っている入口がそこにあるような気がする。
　「人間性」や「人間」を不変の概念だとみなせば、わたしたちは過去
　の「人間」や「人間性」の風景への郷愁に左右されて停滞するので
　はないだろうか？　だがわたしたちは〈停滞〉の意味を情緒的に曖
　昧にしないではっきりさせておかなくてはならない。わたしたちが
　〈停滞〉というとき、起源的な概念でふたつの意味をあたえている。
　ひとつは農耕的な共同体の意識形態にまつわるものだ。もうひとつ
　は現在の諸産出の物質的な形式に附与されるイメージに関するもの
　なのだ。わたしたちの現在は〈停滞〉している。そうだ。その停滞

56

は共同体的な意識としてか、あるいは物質的な形式のイメージとしてか、何れかを指しているのだ。中野孝次らの「声明」が停滞しているのは、田園的な理念の共同性を、現在の社会に対置させようとしているからである。　　　　　　　　　　　　　　　　（下線：宇田）

　吉本がここで言っていることは、〈近代を超えるためには、新しい「人間」とか「人間性」という概念を生み出していくしかないのだ〉ということである。農本主義に立ち戻って、あるいは理性的現代人というイメージに依拠して「人間」とか「人間性」という概念を作りあげても、それではダメなのだ。では、どう考えればよいのか。吉本はこのことを最晩年に至るまで考え抜いたのだが、結論として言えば、吉本は科学技術の進歩を前提としたうえで、現在の新しい「人間」とか「人間性」という概念を作りあげないといけないと言っているのだ。もっと言えば、そこから現在の「倫理」も新しく組みたてる必要があると考えているのだ。そのことを象徴しているのが "原子力" の問題である。吉本の "原子力" に関する基本的なスタンスは「この科学技術を後戻りさせることはできない」ということになる。そして、これを踏まえて、「放射能の害については徹底した防御策を講じることが重要」と考えるのである。このあたりの経緯に関心があれば、三上治『吉本隆明と中上健次』を読まれることをお勧めする。吉本とは考え方の違う三上によって、問題の所在がよくまとめられている。

　吉本は "AI社会" についても、"原子力" と同じように考えているのだが、この件については「結語」でふれたのであとでお読みいただきたい。ただ、こうしたスタンスは、吉本が科学技術の進歩をすべて肯定的に考えていたことを意味しない。たとえば、"臓器移植" についていえば、吉本は発生学者（解剖学者）である三木成夫の身体論を踏まえて否定的な立場を取っている。また、吉本が究極的な問題として想定していることは、"人間が母胎から生まれてこない" ことである。『心的現象論本論』で吉本はこのことを "人間" の概念がガラリと変わるだろうと述べている。違う言い方をすれば、『母型論』『アフリカ的段階について──史観の拡張』

で吉本が語っていることは、"人間が母胎から生まれることを前提とした最後の「人間」「人間性」の問題" だということができる。

「停滞論」に戻ろう。

## （2）黒柳徹子「窓ぎわのトットちゃん」（1981年）

　吉本は次に黒柳徹子『窓ぎわのトットちゃん』を取り上げる。その理由は、この作品が現代社会の "倫理の言葉" と格闘しているからである。"反核平和運動" との比較で言えば、「反核平和運動」が "倫理の言葉" によって現在の "停滞" に加担し、時代の "理念的な問題" から目をそらしているとすれば、『窓ぎわのトットちゃん』は、世の中にあふれる "倫理の言葉" に対峙し戦うことになるのである。言い換えれば、『窓ぎわのトットちゃん』は、現在が突きつける "理念的な問題" に真正面から向き合うのである。ここでは『窓ぎわのトットちゃん』がどのように "倫理の言葉" と格闘しながら "理念的な課題" を提起しようとしていたのか、そして、そのことを吉本がどうとらえたか、これを追体験することにしよう。

　吉本は「この作品は私小説ならぬ、私童話だ」と述べている。事実、黒柳徹子は童話としてこの作品を書いたのだが、その内容は彼女の子供時代をトットちゃんにそのまま重ねているのである。だから私童話なのだ。

　では、黒柳徹子はどういう子供だったか。トットちゃんは恵まれた自由な雰囲気をもつ家庭であまり制止や禁止をうけずに育った子供であった。このため、トットちゃんは小学校にあがると、周りの空気が読めない自己中心的な生徒とみられる。教室であたりかまわず授業机のフタをバタバタさせたり、外を通るチンドン屋さんに声をかけて教室に呼び込んだり、授業中、窓の外にいるツバメに声を出して話しかけたり……そういう、いわばあまり行儀のよくない変わった子供だったのある。

　戦前の小学校の教育規範から言えば、こうしたトットちゃんの言動は教育規範を大きく逸脱しているため、とうとう退学させられることになる。しかし、両親は退学処分を受けたことをトットちゃんに内緒にし、トッ

トちゃんの振舞いを受容するのだ。そしてもう一方で世俗的な生徒としての規範を教えてくれる教育環境（「トモエ学園」）を探し、その学校へトットちゃんをそっと転校させるのである。つまり、ここでは社会規範（共同幻想）に拮抗する家族（対幻想）が存在していたのである。両親は、わが子にできるだけ心の傷を負わせずに、冷酷さや残忍さ、割なさをあわせもつ世間の規範（目に見えない規範も含め）に慣れさせようとしたのだ。これがこの作品の大きなモチーフである。トットちゃんの自己中心的な（自分勝手な）行為がひきおこす波紋を、周囲の人たちがストレートに矯正するのではなく、本人が傷つかないように、ゆっくりと環境と融和できるように働きかける、これが重要なことだ、と作者は言っているのである。トットちゃんと新しい学校（「トモエ学園」）の校長との出会いは次のように描かれている。

　　このとき、トットちゃんは、まだ退学のことはもちろん、まわりの大人が、手こずっていることも、気がついていなかったし、もともと性格も陽気で、忘れっぽいタチだったから、無邪気に見えた。でも、トットちゃんの中のどこかに、なんとなく、疎外感のような、他の子供と違って、ひとりだけ、ちょっと、冷たい目で見られているようなものを、おぼろげには感じていた。それが、この校長先生といると、安心で、暖かくて、気持ちがよかった。
　　（この人となら、ずーっと一緒にいてもいい）
　　　　　　　　　（黒柳徹子『窓ぎわのトットちゃん』「校長先生」）

　転校した学校（「トモエ学園」）では、生徒ひとり一人が"自分の「木」"というものをもっていて、その木に登って遊んだり、その木のお世話をしたりするのだが、トットちゃんはあるとき自分の「木」に同じクラスの身体が不自由な「泰明ちゃん」を招待することにし、そのことを「泰明ちゃん」に約束する。トットちゃんの「木」は下から 2m くらいのところに二股があるのだが、そこに「泰明ちゃん」と一緒に腰を下ろして景色を眺めたいと考えるのである。さんざん苦労した結果、最後にこづ

かいさんの物置からハシゴをもってきて「泰明ちゃん」を二股のところまで引き上げることに成功する。ふたりは「木」の二股のところに乗って、あたりを眺めたり、話をしたりして時を過ごす。身体障害をかかえ、やがて早死するであろう運命を持ったクラスメートをじぶんの「木」に乗せることを約束し、とうとう二人だけでその約束を成就するのである。

　この場面は「トモエ学園」の教育理念と両親の人間性あふれる弱者に対する思いやりの理念を象徴するものである。だから、作者は自分の実体験をもとに作品の主人公トットちゃんを意図的にこの理念に歩み寄らせるのだが、人は無意識のうちにじぶんの振舞いが世間智に違反したり、他者に対して傲慢な振舞いになって他者を傷つけることがありうる。そういう意味で、トットちゃんはリスクのある行為でハラハラさせるのだが、作者が言いたいことは、子供の自分勝手な行為が振りまく波紋を子供を傷つけずに融化させることが周りの環境として大事なのだということである。吉本は「こういう作者のモチーフはいい気なものというべきだろうか？　もちろんそうなのだ」と述べたうえで、この作品が膨大な数の読者をとらえた魅力を、戦前のトモエ学園の自由教育の理念と豊かで恵まれた自由主義の人のつながりに対する郷愁だろうと語るのである。つまり、この作品は、「現在」の"停滞"に苦しんでいる膨大な読者にとって、振り返るべき理念の郷愁として存在しているのである。これを吉本の言葉で言えば、次の通りだ。

　　現在ではすでに作品の主人公「トットちゃん」が体験したような、節度ある教養のようなリベラリズムの教育理念も、家族の躾けの紐帯もほとんど不可能になっている。その根本的な理由は、現在まったきリベラリズムの基盤である市民社会が、あえぐように重くのしかかってくる国家の管理と調整機構のもとに絶えずさらされてしか成立しなくなっているからだ。資本主義＝自由な競争といったマス・イメージの画像とは似てもにつかないところで、すくなくとも生産社会経済機構としての市民社会は、眼に視えない人為的な管理と操作を国家からうけとっている。またそれなしには市民社会は成立し

60

なくなっているともいえる。主観的な（主体的な）どんな安定意識も、主観や主体とはかかわりをもたない管理と調整の噴流に絶えずふきさらされている。するとわたしたちは現に存在するマス・イメージの世界との関わりを、いわばエディプス心理的に加減しながら息をつくほかなくなっている。もちろん『窓ぎわのトットちゃん』は、いまは過ぎ去って二度と戻ってはこないような、まったきリベラリズムの教育や、躾けの理念を懐かしむ追憶によって現在のイメージの停滞に拮抗しようとしているのだ。これが膨大な読者を魔法のように惹きつけるとしたら、膨大な読者もまた、じぶんの自由にならない場所から吹きつけてくる抑圧の噴流に悩まされ不安になり、どこかに安息の場所を求めていることに、当然なるのだが。

（下線：宇田）

　吉本は何を言おうとしているのか。それは1980年代、社会は経済的に豊かになり、一般家庭でも経済的には自由教育の理念と子供に対する暖かいまなざしの教育方針を実践することが可能な時代になったはずなのに、実は逆にそうしたことが不可能になっているのではないか、ということだ。"自由"とか"暖かいまなざし"という言葉もマス・イメージの画像の裏側に人為的な管理と操作を受ける時代に突入し、その重苦しさが膨大な読者を『窓ぎわのトットちゃん』に向かわせている、と吉本は考えているのだ。
　ちなみに2020年という「現在」ならば、トットちゃんはADHD（注意欠如多動性障害）の診断を受け、監視システムの目をかいくぐることはできなかっただろう。


## （3）大原富枝「アブラハムの幕舎」（1981年）

　次に吉本は大原富枝『アブラハムの幕舎』を取り上げ、『窓ぎわのトットちゃん』を愛読した膨大な読者の心の重苦しさをここで見極めようとするのである。つまり、トットちゃんの家族と現在の家族とを比較し、

現在の家族の中に潜んでいるものを掘り起こすのである。

　大原富枝『アブラハムの幕舎』の主人公田沢衿子は、〈じぶんは結婚して子供を生むという一般的な人生を歩んでいくことはできない〉と思っていて、そのことによって自分は〈一般の人より一段下の落ちこぼれだ〉と考えているのである。ただ、彼女の母親は遣り手で、衿子を社会的地位のある人物（例えば医者）に嫁がせようと執拗に迫ってくるのだ。

　つまり衿子の家族は、最初から家庭内に社会的価値基準という共同幻想が覆いかぶさっているのである。"社会的代行為者<sup>ソーシャル・エージェント</sup>"の考え方が家族の中で根をはっているのだ。言い換えれば、衿子の家族は対幻想がすでに壊れていて、共同幻想が家族を支配しているのである。そういう意味で、この家族は、最初からいわば"サル化（社会化）"しているのである。これが『変身』グレーゴルの家族との違いなのだ。衿子はこのことに苦しみ、"社会的代行為者<sup>ソーシャル・エージェント</sup>"として母親から心理的に逃れるために「アブラハムの幕舎」という信仰団体に近づいていく。なぜ近づくのか。それはこの幕舎には〈自分のことを落ちこぼれと思っている人々〉が集まってくるからだ。衿子はそのことに親近感を抱くのである。言い換えれば、「幕舎」という共同体（共同幻想）が逆に家族の暖かさ（対幻想）を温存させるというパラドックスが生まれているのだ。

　ある時、事件が起きる。祖父と父が大学教授という高校生が祖母を殺して、衿子が住んでいるマンションから飛降り、自殺するのだ。この高校生は「エリートをねたむ貧相で無教養で下品で無神経で低能な大衆・劣等生どもが憎い」と思っていて、その象徴的存在である祖母を殺すのである。衿子は、もしかしたら、この高校生は、ほんとうはじぶんとおなじように一般の人より一段下の落ちこぼれ人間だったのではないかと考える。その共感からこの高校生と殺された祖母の魂を祈るような気持ちにかられて、衿子は次第に「アブラハムの幕舎」に近づいていくのだ。

　ここで少し話が横道にそれるが、このエピソードに出てくる高校生の心性は、この作品が発表されて35年後の2016年7月に起きた相模原市の障害者施設「津久井やまゆり園」で入所者19人を刺殺した犯人、植松聖被告の心性にそっくりではないだろうか。「障害者は生きる資格がない」と

いう犯人植松聖の思いは祖母殺しの高校生の心性に間違いなくつながっている。しかし、決定的に違うところがある。それは殺意の対象が家族（対幻想）ではなく、社会（共同幻想）だということである。たぶん、ここに1980年と2016年という「現在」の違いがあるのだ。キーワード風に言えば、いわば新しいタイプの "無差別殺人" は1980年には存在せず、2016年には存在しているのだ。この新しいタイプの "無差別殺人" は人類史の新しい段階を象徴しているということができるのだが、この時代の匂いをいち早く嗅ぎ取ったのは吉本であった。1995年、オウム真理教の "地下鉄サリン事件" のとき、吉本が最も話したかったことは、おそらく「人類史に新しいタイプの "無差別殺人" が公然と登場してきたぞ！」ということであった。しかし、世間は "地下鉄サリン事件" という未知の事態に驚愕し、被害者に哀悼の意を表していたため、吉本のこの事件での発言は世間から激しいバッシングを浴びることになる。この時の吉本の思いに関心があれば、『村上春樹「アンダーグランド」批判』（「ふたりの村上」所収）をお読みいただければと思う。また、もうひとつ、「現在」の "無差別殺人" を取り上るとすれば、2008年、秋葉原通り魔事件もこの系譜の中にある事件だということを付記しておきたい。

　『アブラハムの幕舎』に話を戻す。主人公、衿子は漠然と性的なことや社会的な希望にかかわりのない心の旅をしてみたいと願うようになっていく。そして、「幕舎」が移動していった街に、衿子はついてゆき、その旅の中で、ひとりの家出を決心した初老の女性に出逢う。その女性は衿子に「家に帰らないつもりで出てきたが、あなたが祈るのを眺めていて心が和んできたので、もう一度、家に帰ってみようと思う」と語るのである。実はこの女性の家庭では、自分の産んだ娘が、いわば世間的に能力のある強い苛酷な女になり、家族の中で夫や母親であるこの老女性に暴君みたいに君臨していたのである。つまり、この家庭もすでに "サル化（社会化）" しているのだ。老女性の娘は、夫も母親もただ叱りつけ、あごで圧服し、痛めつけることしか知らない。そしてあるときじぶんが客と喰べ散らかしたあと、流しに積まれた食器の山を洗っている母親に、出かけようとした玄関で、靴が汚れていると当たり散らすのだ。娘の声

を聞きとれず問い返すと、「一度言ったことを二度言わせないで！」と怒鳴られ、老女性は「もう駄目、どうしても生きてゆかれない」と考えて自殺するのである。なぜ娘は自分を産んだ親に対して思い遣りのひとかけらも失ったのか。なぜ母親はささいにみえる娘の振舞いに絶望して自殺してしまうのか。もちろん家族は近親の寄りあうところだから、いったん関係が裏目になると、どこから噴射されるともわからない苛酷な噴流に脆弱さを突かれ、追い詰められることになる。そこに「現在」の家族の普遍的な"停滞"があるのだ。

　衿子は心の旅によって、現在の崩壊しかかった家族の人々に遭遇する、というよりも崩壊以外にはあり得ないような現在の家族の普遍性につきあたるのだ。そして「幕舎」は現在の病んで崩壊しかかった普遍的な家族の破片を吸収していくのである。

　「幕舎」の主宰者は相川という人物であるが、相川は〈貧相で自信なさげだが、幕舎に集まる人々の苦しみを全身で受けとめようとする人物〉として描かれている。

　　　神父でも牧師でもない彼は、不器用にそれを生身に受け止めて怺えられる限りは怺えようとする。秘密がいつも多かれ少なかれ持っている有毒なものを、まともに生身に引き被りながら、堪えられる限りは堪えている。このどこといって尊敬されるようなものも、頼もしげに見えるものも持っていない、少し哀しげな顔をした弱々しい男が、どうしてみんなに慕われたり、頼られたりしているのか……
　　　　　　　　　　　　　　　　　（大原富枝『アブラハムの幕舎』）

　「幕舎」の主宰者、相川とはいったい何者か。それは「現在」の社会が〈明るく健康的、知的で生産性の高い優秀な人間であれ〉という社会規範（共同幻想）を黙示的に強いているとすれば、相川はその規範からまったく突き飛ばされたところで生きている人物である。社会規範の理想像からいえば、まさに最悪の劣等生なのだ。現在という虚構社会がひそかに隠し、捨て去ったゴミ屑の捨て場所のような人物、それが相川なのである。さ

きほど挙げたエピソードにそっていえば、相川は〈娘との確執に耐えきれず自殺した老女性〉を守り切れなかったことを悔やんで次のように語る。

　　たしかに、夫婦は殺し合う前に別れることが出来る。親子の場合はどっちかが肉体的にか、精神的にか殺すまで決着がつかない。もしあのとき私に、あのひとの置かれている状態がわかっていたら、ここへ来ていなさい。ここで乏しくてもみんなで分けあって暮そう、とすすめたと思う。『アブラハムの幕舎』は、もう天幕が破れそうなほど、行き処のない人たちを抱えこんでいる。それでも、あのひとの事情がわかっていたら、私はここへ来ていなさい、といったですよ。
　　　　　　　　　　　　　　　（大原富枝『アブラハムの幕舎』）

　「現在」に入り込んでくる「未来（未知）」に理念的な生き方を暗示できるとすれば、それは実は小学校退学の "トットちゃん" や、「アブラハムの幕舎」を主宰する "相川" ではないか…… "サル化" していないのは、実は "トットちゃん" であり "相川" なのだと吉本は語っているように私には聞こえる。

　「停滞論」が取り上げたことで、まず大事なことは、"停滞" が "倫理の言葉" にリンクしているということだ。"倫理の言葉" とはなにか。それは、その言葉を投げ込まれたらその場で誰もが正面切って反論できず、黙るしかない…… "正論の言葉" "社会的正義の言葉" である。"反核平和運動" は〈地球そのものの破滅を憂慮する〉という "倫理の言葉" を用いたのだが、吉本はこれを倫理的な言語の仮面をかぶった退廃、かぎりない停滞だと断じるのである。これに対して、『窓ぎわのトットちゃん』と『アブラハムの幕舎』は、「現在」の "倫理の言葉"、すなわち、仮面をかぶった "正義の論理" に対峙し、「真に理念的な課題とはなにか」という課題を突きつけている、と論じるのである。
　言い換えれば「現在」の変成は、旧い "倫理の言葉" を乗り越えながら、

新しい "理念的な課題" を模索する "さなか" にあると言えるのではない
か。

# 〈3〉推理論

　「推理論」の構成は「変成論」と同じである。最初に「現代」の巨大な
作家の文学作品が登場し、次にその差異として「現在」の文学作品が登
場するのである。4作品が取り上げられるが、最初に取り上げられるの
はエドガー・アラン・ポオの『モルグ街の殺人』である。この作品が典
型的な「現代」の推理小説として登場する。そして、次に山尾悠子『夢
の棲む街』、眉村卓『遙かに照らせ』が「現代」から「現在」への変化を
示す推理小説として取り上げられるのである。
　さらに最後に芥川龍之介『二つの手紙』が "空間"（東京⇔マルセイユ）
をめぐる推理小説として取り上げられるのだが、この作品は本書のテー
マから少しかけ離れるので割愛する。ただ、どうして『二つの手紙』を
吉本が取り上げたのか。そのことを少し述べておきたい。「推理論」での
『二つの手紙』の登場は首をかしげるほど唐突である。それでも吉本が取
り上げたのは、"空間"（東京⇔マルセイユ）の推理をどうしても組み込み
たかったのだと思うほかない。おそらく、それは推理の "世界性"、つま
り、世界 "同時性" "等価性" というテーマにつながるのだ。この "世界性"
というテーマは、次の「世界論」の冒頭で簡単に論じられるのだが、『マ
ス・イメージ論』ではそれ以上深められることはなく、『ハイ・イメージ
論』に持ち越される。したがって、ここでは取り上げない。
　まずここで最初に問うべきことは、そもそも "推理" とはいったいなに
かということである。さらに言えば、『マス・イメージ論』が「変成論」
から始まり、次に「停滞論」へ進んだあと、なぜ「推理論」へと展開さ
れるのかということである。吉本は「推理論」の冒頭で次のように述べる。

批評が推理力を行使できるとかんがえる根拠は、言語による認識のどんな側面にも、推理による〈連鎖〉〈累積〉〈分岐〉の系がふくまれるところからきている。事実の像にたいしても、ほとんどおなじ根拠が与えられる。あるひとつの事実は、たくさんの事実の〈連鎖〉の環のひとつとみなせるか、あるいはたくさんの異種の〈分岐〉があつまってできた結節とみなせるとかんがえている。けれども批評の言語は、推理が適中し、すくなくとも推理的な理念（形式主義的な理念）が完結したという快楽に到達することはない。

　作品の言語が推理力を行使していても、これを対象にえらんだ批評は推理の理念を完結できないことはおなじなのだ。どうしてかというと推理作品と呼べるものがあるとすれば、その中心のところには推理的な理念の完結された像があるのではなく、まったく別な核心があるとおもえるからだ。論理的なものは、現実的なものであるというのは、わたしたちの「知」の根拠にある無意識の欲望のようなものだ。だが推理作品のなかでは論理的なものは想像的なものだという原則だけが流通できる。現在推理作品をつくろうとする動機はさまざまでありうるだろうが、本質的にだけ問えばそこで流通できるのはやはりこの原則だけだとおもえる。

（下線：宇田）


　吉本はここで「言語による認識というものは、推理的な〈連鎖〉〈累積〉〈分岐〉の系が必ずふくまれる」と述べているが、これは、言語認識が必然的な論理展開ではないということだ。もっと言えば、言語認識は推理を前提にしているということである。たぶん、このことは『言語にとって美とはなにか』の「自己表出は文章の〈撰択〉〈転換〉によくあらわれる」という文意につながるはずだ。そうだとすれば、ここでもう一度、自己表出とは何であったかを考えてみたい。吉本の表出概念がまったくイメージできないという方は、「結語」の"指示表出、自己表出とはなにか"の項目をまず読んでいただけたらと思う。ここでは『言語にとって美とはなにか』の吉本の言葉にフォーカスしたい。

ある時代、ある社会、ある支配形態の下では、ひとつの作品はた
んに異った時代のちがった社会の他の作品にたいしてばかりでなく、
同じ時代、同じ社会、同じ支配の下での他の作品にたいしてはっき
りと異質な中心をもっている。そればかりでなく、おなじひとりの
作家にとってさえ、あるひとつの作品は、べつのひとつの作品とまっ
たくちがっているのだ。言語の指示表出の中心がこれに対応してい
る。<u>言語の指示意識は外皮では対他的な関係にありながら中心では
孤立しているといっていい。</u>

　しかし、これにたいしては、おなじ論拠からまったくはんたいの
結論をくだすこともできる。つまり、あるひとつの作品は、たんに
おなじ時代の同じ社会のおなじ個性がうんだ作品にたいしてばかり
ではなく、ちがった時代のちがった社会のちがった個性にたいして
も、まったくの類似性や共通性の中心をもっているというように。
この類似性や共通性の中心は、言語の自己表出の歴史として時間的
に連続しているとかんがえられる。<u>言語の自己表出性は、外皮では
対他的関係を拒絶しながらその中心では連帯しているのだ。</u>

（『言語にとって美とはなにか』第Ⅳ章　表現転移論　第Ⅰ部　近代表出史
論 (1)　1　表出史の概念）　　　　　　　　　　　　　（下線：宇田）

　"吉本言語学"の核心がここに述べられている。特に〈**言語の自己表出
性は、外皮では対他的関係を拒絶しながらその中心では連帯しているの
だ**〉という最後の一文が重要なのだ。吉本はこの一文で「なぜ人は芸術
作品に心ひかれるのか」「なぜ人は芸術作品を理解できるのか」という根
拠を示しているのである。さらに、この一文はさまざまな作品が連帯し
ている場所（自己表出の共同性が存在する場所）を探り当てれば、そこにそ
の時代の巨大な作家の姿がみえてくるはずだという根拠を示しているの
である。逆に言えば、意味（指示表出）から生み出されてくる"論理性"
では、その時代の巨大な作家にたどり着くことはできないということだ。
つまり、この一文から『マス・イメージ論』が生まれたといっても過言
ではないのだ。

指示表出は "意味" の表出である。だから論理的にいえば、人と人は "意味" を通じてつながれると思うのだが、吉本はそうではないと言うのである。**〈言語の指示意識は外皮では対他的な関係にありながら中心では孤立しているといっていい〉** と言うのである。"意味" は伝わっても、そのことは表面的なことにすぎず、そこでは人は "孤立" するのだ。違う言い方をすれば、指示表出とは "分離対象化" の表出なのである。これに対して、自己表出とは "非分離非対象化" の表出なのである。自己表出は意味としては何も残さないが、"沈黙のメッセージ" をそこに残し、この "沈黙のメッセージ" が人と人とをつなぐのである。

　ここでは例文を通じて、吉本の鍵<sub>キー</sub>概念である指示表出、自己表出の理解を深めたい。

> （1）雨に降られました。
> （2）雨に降られちまったよ。

　例文（1）（2）は "意味" としてみれば、共に〈私は雨に降られた〉ということであり、何ら違いはない。しかし、（2）の語尾、「ちまったよ」という助動詞、助詞には、"沈黙のメッセージ" が多量に含まれているのだ。この "沈黙のメッセージ" が自己表出なのである。ただ、どんな "沈黙のメッセージ" が含まれているのかは全体の文脈を読み込まないとわからない。なぜなら、自己表出は "意味" を表出しないので "推理" するしかないのである。ここの例でいえば、「ちまったよ」には、たとえば、〈頭にきた〉、〈情けない〉、〈まいちゃったよ〉、〈悲しい〉といった "沈黙のメッセージ" が含まれる可能性があるのだ。だが、それは可能性にすぎない。この可能性がドンピシャだった時、人と人とはつながるのである。臨床的に言えば、これが "ラポール" なのだ。大事なことは、聞き手が "沈黙のメッセージ" を分析したり判断することで、ラポールにたどり着くのではないということだ。直感的にラポールにたどり着くのだ。いわば〈言葉そのものから "沈黙のメッセージ" が聞こえてくる〉のだ。この〈聞こ

えてくるものを聴く〉のが "傾聴" なのである。これが言葉の空恐ろしい深みだと言ってよい。

　例文（1）（2）に戻って言えば、「言葉の意味」の骨格がはっきりしている "標準語" の例文（1）よりも、"方言" 的要素がたくさん含まれる例文（2）の方が自己表出（沈黙のメッセージ）の含有量が多く、その分、わかりあえたときの人と人とのむすびつきは強まるのだ。ひっくり返していえば、標準語は指示表出の含有量が多いため、情緒的交流が成立しにくいということになる。これが先ほど『言語にとって美とはなにか』から引用した「言語の自己表出性は、外皮では対他的関係を拒絶しながらその中心では連帯しているのだ」（自己表出）と「言語の指示意識は外皮では対他的な関係にありながら中心では孤立しているといっていい」（指示表出）という二つの表出概念の枠組みである。

　余談だが、わたしは指示表出、自己表出という概念をよりわかりやすくするためには、シジヒョウシュツ、ジコヒョウシュツという表現は変えた方がよいと思っている。指示表出、自己表出という言葉は簿記における貸方、借方という言葉がわかりにくいのと同様、イメージしにくい言葉なのだ。だから、指示表出は "人と人をつなげない表出" という意味で、分離・対象化表出に変え、自己表出は "人と人をつなげる表出" という意味で非分離・非対象化表出という表現に変えたほうがわかりやすい。もっといえば、主語制言語、述語制言語という表現も、主語制言語は分離・対象化言語、述語制言語は非分離・非対象化言語という表現に変えた方が考え方の大きな枠組みがわかりやすい。もう少し違う言い方を採用するなら、指示表出は "計算して生み出す表出" という意味でシニフィエ表出、自己表出は "計算しないで生まれてくる表出" という意味でシニフィアン表出、同様に主語制言語はシニフィエ言語、述語制言語はシニフィアン言語という表現に変えた方がわかりやすい。もっと言えば、"プラクシス"、"プラチック" という動作・行動概念を転用してもよい。ただ、そのことを、これ以上深入りしても出口が見えないので、このことはあらためて論じることにしたい。

　今ここで押さえておきたいことは、先ほどの引用文の〈推理作品のな

かでは論理的なものは想像的なものだという原則だけが流通できる〉という一文をどう理解するかである。これは〈推理小説であっても文学作品であるかぎり、論理力（指示表出）が想像力（自己表出）に溶解する〉と読み替えると、わかりやすい。この論旨がひっかかるのであれば、拙書『「言語にとって美とはなにか」の読み方』で〈吉本美学とヘーゲル美学との違い〉を扱った第二部、第三章「内容と形式」の展開部分を読んでいただきたい。吉本言語学がヘーゲル美学を超え、マルクス主義芸術論を蹴り倒す、鮮やかな論理構成がわかっていただけるはずだ。

## （1）エドガー・アラン・ポオ「モルグ街の殺人」（1841年）

ポオの作品『モルグ街の殺人』について、吉本は次のように述べる。

> ここには文学を推理小説にさせているいくつかの徴候がみつけられる。このいい方が曖昧なら文学を脱けだして推理小説になっているといってもよい。ポオは推理小説を書いているのではない、ただ文学作品を書いているのだ。反対にポオは文学作品を書いているのではない、推理小説を書いているのだ。何とでもいい方はかえられる。とにかく主人公デュパンの謎解きの方法に感受できる徴候のほうが、デュパンの謎解きそのものより重要だとおもわせる箇所が、いく種類かあるのだ。そこが逆に推理小説を脱けだして文学になっている個所だともいえる。
> 　　　　　　　　　　　　　　　　　　　　　　　（傍点、下線：宇田）

ここで吉本が問題にしているのは、推理小説と文学作品の関係である。この関係は "論理" と "想像" との関係ともいえるし、"意味として表出されたもの" と "沈黙のメッセージとして表出されたもの" との関係ともいうことができる。つまり、"指示表出" と "自己表出" の関係なのだが、大事なことは先ほど述べたように、芸術作品では "指示表出" が "自己表出" に溶解するということだ。"指示表出" が "自己表出" のなかに溶け出すのである。指示表出と自己表出とが溶けあうことで、さらに大きな自己表

出が生み出されるのである。「何を言っているか、よーわからん」という声が聞こえてきそうなので、ここでは『モルグ街の殺人』の具体的な内容に踏みこみ、そのことを考えることにしたい。吉本は主人公デュパンと「ぼく」のやり取りを引き合いに出して、こう述べる。

　　　わたしたちは早速に、ポオの方法の核心に触れる。ポオはふつうわたしたちが、<u>直観とか予感とか、もっとすすんで超感覚の発現とみなしたいことどもを、あくない分析力、その産出である想像力の結果として解釈することに固執している</u>。これはふつうかんがえるより遙かに特異なことのようにおもえる。ほんのすこし神秘と超感覚をみとめさえすれば、超能力と能力のあいだの膨大な興味ぶかい場所を占めることができる。それなのにポオは<u>分析的な知性と称するものであくまでも拮抗しようとする。そして作品の興趣でさえも、分析的な操作の興趣で置きかえているのだ</u>。……（中略）……ここでデュパンの分析的な推理力が、超直観的な把握とか予知能力とかの域にせまるさまに魅せられたとする。そうなら『モルグ街の殺人』を謎解きのすぐれた推理小説として読んだことになる。だがもうひとつ読むべきことがある。<u>直観や予感や、それから超感覚の野をいくつかの断面で裁断しながら横ぎってゆく推理的な力が、やがて想像の画像を産出するまでたえているポオの方法の特異さ</u>である。

　　　　　　　　　　　　　　　　　　　　　　　　　（下線：宇田）

　吉本がここで述べていることは〈推理作品のなかでは論理的なものは想像的なものだ〉という大原則がポオの作品では見事なまでに追い求められているということである。ただ、それにしても『モルグ街の殺人』は特異な小説なのだ。一般的な推理小説であれば、論理的なものと想像的なものとは、ある段階で溶け合うのだが、『モルグ街の殺人』では最後の最後まで論理的なもので追い詰めていくのである。つまり、論理的なものが想像的なものと溶けあうことを最後の最後まで拒否するのである。
　ポオのこの論理へのこだわり方は、まさに"西欧近代"のあり方といっ

てよい。因果関係をひとつずつ徹底的に積み上げていくのだ。しかし、ポオの特異さはこの方法だけでは終わらない。ここから第二の特徴がやってくるのである。第一の特徴が『言語にとって美とはなにか』のテーマ、つまり〈指示表出⇔自己表出〉の問題だとすれば、第二の特徴は『マス・イメージ論』のテーマ、つまり〈既知⇔未知〉の問題になる。そのことを吉本は次のように語る。

　　モルグ街にあるレスパネー夫人とその娘が二人きりで住んでいる家屋の四階で、いわば動機のない惨殺が、この二人に加えられる。娘のほうは擦過傷、顔の掻き傷、のどの打撲傷と絞殺の爪の痕をつけて、暖炉に逆さに押し込まれて死んでいる。レスパネー夫人のほうは、裏の舗装された中庭に投げ落されて死んでいる。のどは切られ、首はカミソリでころりと落ちるほどかき斬られ、首と胴体は人間ともおもわれないほど切りきざまれている。
　　デュパンは目撃者の証言記事と現場の状態から犯人の「極めて異常な行動力」と「どこの国の言葉なのか、一人ひとりの意見が全部ちがっていて、誰にも一音節だって聞きとれなかった、極めて特異な鋭い（不快な）高くなったり低くなったりする声」に着目するようにと「ぼく」に語る。このあとの描写が『モルグ街の殺人』の第二番目の核心なのだ。

　吉本はこう述べたあと、『モルグ街の殺人』の第二の特徴（核心）を小説から引用する。

　　<u>こう語るのを聞いたとき、デュパンの真意が、半ば形をなしかけているほんやりした状態で、ぼくの心をかすめた。ちょうど、人々が何かを思い出しかけていて、しかも結局は思い出せずにいるときのように、ぼくは理解にひどく近づいていながら、しかも理解することができないでいたのである。</u>
　　（エドガー・アラン・ポオ『モルグ街の殺人』丸谷才一訳　下線：宇田）

吉本は『モルグ街の殺人』の第二の特徴をこう切り取った後、このことを次のように読み解く。

　　　作者は、すでに犯人を知っていて結論からはじめているのに、作品の語り手は未知の犯人にむかって推論をすすめている。それがちょうどこの個所で交叉する。あるいはすこしずらして、デュパンは犯人を推論をしつくしているのに「ぼく」はほぼわかったという感じを投射されたまま、なにかもうひとつ把めない未明の状態におかれ、ふたりの認識は交叉したまますれちがおうとしている。そういってもいい。「ぼく」はこれから知ることになるかもしれないことを、あたかも〈既視〉体験みたいな状態で体験している。この犯人はいつか視ている（知ってる）ような気がするのに、どうしてもよく思いだせないというように。だがほんとは「ぼく」にとって犯人はまだ視られて（知られて）いないのだ。……（中略）……「ぼく」を介して知ろうとする語り手の志向性と、デュパンを介して打ち明けようとする作者の志向性とが、この個所で遭遇しているのだ。この遭遇の仕方が必然の抜きさしならないものであったとすれば、その作品は文学を脱けだして推理小説になった作品、あるいは推理小説を脱けだして文学になった作品と呼ぶことができよう。　　　（下線：宇田）

　ここに第二の特徴（核心）が余すことなく述べられている。ここまでの話をもう一度、整理しておこう。『モルグ街の殺人』の第一の特徴は、推理をあくまで論理を組み立てることで想像力にたどり着こうとする執念である。これは西欧近代が生み出した自然科学の発想そのものだということができる。しかし、『モルグ街の殺人』はこれだけではない。第二の特徴があるのだ。それは〈未知〉と〈既知〉との遭遇にほかならない。この遭遇に必然性があるとき、推理小説と文学作品とは同致するのだ。吉本自身の言葉でいえば、次のとおりである。

ポオの『モルグ街の殺人』はそういう作品として、万人が納得する推理小説の原型なのだ。この作品からポオの特質を把みだすためには、いままで述べてきたふたつの核心を組み合わせればいい。既知の象徴としての作者に、未知の象徴としての語り手が出会う個所で、ポオのあくまで推理的な想像力が、自己客体視あるいは〈既視〉のイメージをあたえる。そこにポオの作品の特質があらわれる。いいかえれば、〈まだわからないところにいるのに、既にわかっている〉というイメージ、あるいは〈視えるはずがないところにいるのに、じぶんを含めたその光景が視えるところにいる〉という特質である。作品のこの箇所でいえば「ぼく」がたまたま狂暴化してしまったオラン・ウータンが犯人なのを知らないのに、すでにデュパンからそれを明かされているような錯覚を覚えることのなかに、ポオの特質があらわれている。

（下線：宇田）

　吉本がここで述べているのは、既知に未知が遭遇する仕方（既視感）を通じて、ポオは「現代」の推理小説を確立したということだ。吉本の言葉で言えば、「けっきょくわたしたちが〈推理〉とかんがえているものの本質は、はじめに既知であるかのように存在する作者の世界把握にむかって、作品の語り手が未知を解き明かすかのように遭遇するときの遭遇の仕方、そして遭遇にさいして発生する〈既視〉体験に類似したイメージや、分析的な納得の構造をさしていることがわかる」ということになる。しかし、「推理論」はこれで終わらない。「推理論」の核心は実はここから始まるのである。

　　わたしたちはこのやり方の核心のところにしばしば遭遇している。理念的にも経験的な事実としても。はじめに理念が把握した世界像は既知である。この既知の世界像から演繹された条件をたてて、現在を踏み出そうとすれば、あらゆるイデオロギストがやっているとおなじ、空虚な呪縛に到達することになる。そこで理念が把握した世界像は既知であるが、あたかも未知であるかのように、現在を踏

みだすべきなのか。そうではなくて理念が把握した世界像が既知だというのは、虚像だとみなさなくてはならないのか。この問いのなかで、わたしたちは言語の本質がもつ先験的な理念性につきあたっている。この先験的な理念は、言語が言語という意義のなかではかならず経験的な事実とずれを生みだすということに帰せられる。理念が把握した世界像は、既知でもなければ未知でもなくて、ただ〈既視〉体験のようにしか、もともと存在しないのだ。

　ほんとはこの問題は文学上ポオの作品ではじめて提起され、そこで行きどまったといってよい。現在さまざまの形で〈推理〉の、本質からの逸脱をみているだけなのだ。　　　　　　　　　　（下線：宇田）

　吉本はここで推理小説における "既知" というものを世界認識の "理念" につなげて語り始める。世界認識の "理念"、すなわち、世界認識の "既知" が、いかに危ういもの、いかに怪しいものになりかねないか……そのことを語るのである。このことは次の「世界論」のテーマであるはずなのに、なぜ吉本は「推理論」でこのことを語り始めたのか。それはしっかりした世界認識に到達するためには、あるいは「現在」という作者ははたして何者なのかという問いにきちんと向き合うためには、〈既知〉と〈未知〉との見事な出会いが重要であることをこのタイミングで語っておきたかったのだろう。

　実はこのあと、吉本は「現在」の状況下では、〈既知〉と〈未知〉とが見事な出会いを果たすことはできない……ということを語らなければならないのだ。吉本は『モルグ街の殺人』の解読後、"既知" と "未知" とがうまく出会えない「現在」の推理小説を二つ取り上げる。ひとつは山尾悠子『夢の棲む街』であり、もうひとつは眉村卓『遙かに照らせ』である。この二つの推理小説が「現代」の推理小説の原型から、いかに逸脱していくかをみていきたい。

## （2）山尾悠子「夢の棲む街」（1982年）

　この作品の主人公は〈夢喰い虫〉のバクと呼ばれている男たちである。彼らは「ドングリの実によく似た」姿をしていて街の娼館に住んでいるのだが、彼らの仕事は街の噂を収集してはそれを街中に広めることにある。小説ではそのことを次のように描いている。

> 〈夢喰い虫〉の仕事は、街の噂を収集しそれを街中に広めることである。街のあらゆる場所に散らばって、一日かかって自分の河岸の噂を集めた〈夢喰い虫〉たちは、日暮れ時になるとそれぞれ街の底に背を向けて、思い思いの方角に向かって石畳の斜面を登っていく。ドングリの実によく似た彼らの姿は、人気のない灰色の街路を影から影へとつたい歩きながらひそひそと登っていき、最後に街の最高部にある漏斗の縁に着く。街の縁の円周上に大きな円陣をつくった〈夢喰い虫〉たちは、それぞれ街の底を見おろす姿勢で口の周囲に両掌をあてがい、やがて吹いてくる夕暮れの微風を背に受けて、ひそやかに街の噂をささやき始める。　　　　（山尾悠子「夢の棲む街」）

　『モルグ街の殺人』では、作者の〈既知〉と語り手の〈未知〉とが遭遇することで物語が成立したが、『夢の棲む街』ではそうではないのだ。〈既知〉が欠如しているのである。ここに述べられた街のイメージはたしかな輪郭をもち、計量された構成をもっているが、〈夢喰い虫〉たちが街の辺縁から漏斗状のくぼんだ街の中心に向かって噂をささやきあうイメージは、ポオの推理的な知力から無限に遠ざかっていて、幼児の夢を語りたい願望にすぎなくなっているのだ。街をおおう幾何模様の空が崩れ始めて、街の空想の住人たちもなんともなしに不安に駆られたとき、この物語はカタストロフィーに近づいていく……つまり、この作品にはポオの作品のような〈既知〉（世界認識）が存在しないのである。そのかわり〈夢喰い虫〉という設定自体が象徴している不安な、つかまえどころのない喪失感と、人間を背後から消滅のイメージでとらえようとする憧憬と、

じぶんの内面を破滅につれてゆきたい願望とがこの作品に生命をふきこむのである。簡単に言えば、『夢の棲む街』は『モルグ街の殺人』の"二つの特徴"がまったく機能しないのである。論理の力で追い詰めようとしないし、また、〈未知〉と〈既知〉との見事な出会いもないのだ。

〈未知〉と〈既知〉との出会いを社会（組織的集団関係）のなかで考えるとすれば、〈未知〉から〈既知〉への働きかけをボトムアップ型、〈既知〉から〈未知〉への働きかけをトップダウン型とよぶことができるだろう。では、『夢の棲む街』はどっちの型か。もちろん、ボトムアップ型である。〈未知〉だけがあって〈既知〉がないのだ。つまり、『夢の棲む街』は行く先がわからない状態にあるのだ。言い換えれば、この作品は未来を現在の線型の延長線にしつらえるSF的な世界へ通路をひらいているのである。「未来は現在の線型の延長だ」という世界把握に制止を加えるものを、この作品はもっていない。だから、語り手は作者が筆をとめないかぎり、どこまでも時間を一方的に歩むことになるのだ。吉本はそのことを踏まえて次のように述べる。

　　わたしたちは「夢の棲む街」の空想に、ありきたりの推理小説よりも豊かな〈推理〉の現在における解体の姿をみている。<u>もう現在の世界ではポオの作品が具現しているような、世界把握の既存性が、未知を手さぐりする語り手の冒険、いわば理性と想像力による弁証法的な冒険と遭遇するといった〈推理〉を描くことはできない。わたしたちは〈世界〉を把握しようとする。すると未知をもとめるわたしたちの現実理性と想像力はこの〈世界〉に到達するまえに、その距離のあまりの遠さに挫折するほかなくなっているのだ。</u>

　　　　　　　　　　　　　　　　　　　　　　　　（下線：宇田）

この作品が〈現在という巨大な作者〉のある側面を示しているとすれば、それはたぶん、「現在」の世界が強いる視界不良に深く絶望し、挫折を味わいながらも腰を屈すまいと、必死に耐えている姿なのだ。

## （3）眉村卓『遥かに照らせ』（1981年）

　山尾悠子『夢の棲む街』では作者の〈既知〉が解体し、語り手が崩壊
と破局の願望を空想として膨らませていくことで作品が進行したが、眉
村卓『遥かに照らせ』ではこのベクトルが逆になる。つまり、〈既知〉だ
けが存在し〈未知〉が解体するのだ。そういう意味でトップダウン型の
作品だということができる。

　『遥かに照らせ』の主人公ベルトコスミリキンは、初めに"中枢"と呼
ばれる不思議な力を行使できる女から生の終末を宣告される。突然、主
人公は三日後に計量を受ける（作品のなかではこれを「人生計量」とよぶ）
ことを宣告され、計量値が一定の基準値に達しない場合、夢に転化（死
を暗示している）されるのである。ただ、三日の間に「幸運時間」という
ものが断続的に与えられ、その時は願望が何でも叶うのだが、いつ、ど
のように「幸福時間」を与えられるのかはわからないのである。"中枢"
の女が主人公のベルトコスミリキンに通告する場面をまずみておこう。

　　「それでは通告する。あなたは"中枢"の事情によって、三日後に
　　人生計量をされる。計量値が"中枢"の定めた基準に達していないと、
　　夢に転化される」

　　いいながら、女は小さな丸いものを、彼の手の甲に押しつけた。
　　それはたちまち皮膚に溶け込み、直径三センチばかりの赤い斑点に
　　なった。

　　「三日後、あなたは、そのとき一番近くに存在する計量場に吸引さ
　　れるだろう」

　　と、女。「恒例によりそれまであなたには幸運時間が断続的に与え
　　られる。また、同じく恒例により、その幸運がどんな種類のもので、
　　いつ作用するかについては、いっさい知らされない、ただ今のマー
　　クづけによってあなたの残り時間は確定した。あと三日間だ。———
　　以上通告した。失礼する」

　　女はくるりときびすを返して、立ち去って行った。

　ここまできて、吉本がなぜ『モルグ街の殺人』のあとに『夢の棲む街』と『遥かに照らせ』という二作品を取り上げたのかがはっきりする。二つの作品は両方とも『モルグ街の殺人』が築き上げた〈推理〉の原型から決定的に逸脱する作品だからだ。そして、その逸脱の方向が真逆だからだ。

　「推理論」の流れを整理しておこう。『モルグ街の殺人』は〈既知〉と〈未知〉が見事に遭遇する典型的な「現代」の推理小説であったが、『夢の棲む街』は〈既知〉が欠如するボトムアップ型の作品であり、『遥かに照らせ』は〈未知〉が欠如するトップダウン型の作品である。つまり、「現在」の推理小説は〈既知〉の欠如か、〈未知〉の欠如か、いずれかの作品になっているのだ。ここが大事だ。

　もう少し『遥かに照らせ』の描写をみておきたい。このあとの描写に出てくる「幸運時間」とは、その時間のあいだだけ超能力を与えられ、願望が何でも叶えられる時間のことであるが、これもまたその状態になったときのさまざまな現象から、「あぁー、今が幸福時間なんだ！」とわかる、ある意味、あいまいなものなのである。このあと引用する描写は、主人公ベストコスミリキンが「幸運時間」の相乗効果を得るためにエトナスルンという女性とふたりでペアになって闇の宙を飛んでいるとき、実際に「幸運時間」が起きる場面の描写である。

　　「間違いなく、ふたりの幸運時間は重なっている」
　　手をつないだままで、エトナスルンがいうのだ。「たしかに相乗効果をあらわしている。われわれはもっと強く、もっとはげしく自分を焼かなければならない」
　　彼はおのれを焼いた。
　　彼女も同時であった。
　　彼自身は幼児に還っていたが、彼女はもとのままで、しきりに彼の頬をぶっていた。彼は泣き叫び、泣くことによって炎になって行く。

代りにエトナスルンが少女となり幼女となり赤ん坊となって消えた。消えた瞬間、炎でもあり幼児でもある彼は、母としてのエトナスルンの腕に抱かれていた。エトナスルンは彼をゆすりながら、低く歌っている。それはたしかに彼自身におぼえのある光景であった。彼は眠った。眠ったのはしかし、幼児である彼であって、別の彼がそれをひややかに遠くから凝視しているのである。彼は嫉妬していた。その情景そのものに憎悪を抱いていた。だから雷電を叩きつけた。いっさいが黒くなり何もかもが落下する。 （眉村卓『遥かに照らせ』）

　なぜ『遥かに照らせ』のこの描写を引用したかと言えば、吉本の洞察のきめ細かさをみておきたいからだ。〈『遥かに照らせ』は〈既知〉だけの、つまり、トップダウン型の推理小説である〉ということでこの作品の説明を終わらせてもよかったのであるが、実は吉本はここで、この〈既知〉の中味をじっくりと吟味しているのだ。「この〈既知〉とはいったい何か」を注視しているのだ。そして、吉本は言うのだ。『遥かに照らせ』の〈既知〉は、作者自身のものというよりも、古代的な世界把握だと。正確に言えば、作者自身のものと思える幼児願望と母性への憧憬の世界を古代的な世界把握に重ねているのである。このことを吉本自身の言葉で言えば、次のとおりである。

　　作者はなによりも作品の世界の枠組みを、中世の神秘家たちや、原始仏教のいう死後遊行の意識体験の世界からしつらえたとおもえる。そのかぎりではこの作品は、作者の側の世界把握の既往性は保たれている。だがこの世界把握も、この既往性も作者に固有のものではない。原始から古代にかけて人類が宗教的な世界論としてつくりあげた普遍的な由来をもつものなのだ。そのため語り手が未知をまさぐる者として作品の物語を展開させたとしても、作品の本質的な〈推理〉を保証するものになっていない。もちろんべつにこの作品のすぐれた効果もおなじところからもたらされる。この作品の背後にある世界把握は原始的あるいは古代的な宗教の世界論としてお

おきな規模と如実感をもっている。それは作者の個人的な規模と力量を超えたところで、恐怖や不安や未知感覚のイメージを豊富に与えている。それがこの作品をどんなに優れたものにしているかはかりしれない。

（下線：宇田）

　この作品が〈現在という巨大な作者〉のある側面をさしているのだとすれば、それはいったいどんな姿なのか。それはたぶん、「現在」が〈既知〉不在のままでは収まりがつかないという不安感を抱いた姿だということができる。簡単に言えば、「現在」が「現代」という〈既知（世界認識）〉に代わる〈新しい既知〉を求めているのである。そして、ここではそれが〈古代性〉の反復なのだ。

　"古代性"が"現在"の向こう側にある"未知"領域に姿をあらわすというのは、吉本の驚愕すべき世界認識である。ここがヘーゲルとはまったく違うのだ。ヘーゲル歴史学では、"アフリカ的段階"は世界史の枠外に置かれているのだが、吉本は"超現代（未来）"の向こう側に"アフリカ的段階"の反復を想定しているのである。これは『ハイ・イメージ論』が取り扱う大きなテーマのひとつとなっている。

　わたしの推論を交えていえば、吉本はこんなふうに考えていたのではないか。"西洋近代"が"ヨーロッパ的段階"だとすれば、"現代"は"アメリカ的段階"である。そして、"現在"は"日本的段階"に入りつつあるのだ、と。誤解があるといけないので言うが、吉本の"日本的段階"とは"日本国""天皇制"といった共同幻想を指しているのではない。もっと古層なのだ。それは"アジア的段階"から"アジア的専制"という政治形態を切り落とした共同幻想……たぶん吉本は、それを『南島論』で追い詰めようとしていたのだ。これは当たらずとも遠からずだと思うが、これ以上、ここで展開できるものを今、わたしが持っているわけではないので、「推理論」に戻りたい。

　「推理論」全体を振り返って言えることは、「現在」の推理小説は「現代」の推理小説から大なり小なり逸脱せざるをえないということだ。「現代」の推理小説をポオ『モルグ街の殺人』に象徴させれば、その特徴は

二つある。第一の特徴は論理力と想像力のと見事な融合である。そして第二の特徴は作者の〈既知〉と語り手の〈未知〉との見事な遭遇である。この現代性を起点として「現在」の推理小説はスタートするのだが、「現代」から「現在」という過程の中で、この二つの特徴を見事に壊れていくのである。

　このことを「現在」の３分割という視点から言えば、「現代」をひきずった「現在」（第１分割）の段階では「現代」という〈既知〉がまだ存在したのである。しかし、「現在」のなかの「現在」（第２分割）へ移行することで〈既知〉が欠如するのである。ここで視界不良となり、これに深く絶望し、挫折を味わいながらも腰を屈すまいと、誰もが必死に耐えることになるのだ。だが一方でだからこそ逆に〈既知〉の欠如を恐れ、圧倒的な〈既知〉を欲望することになるのである。そして、ここで"未知"を〈古代性〉という既知で埋めようとする「現在」（第３分割）が登場することになるのである。

　本論考「推理論」で取り上げられた〈既知〉と〈未知〉の問題は、次の「世界論」で〈世界認識〉の問題として論じられることになる。つまり、「推理論」は「世界論」に入るための"仕込み"の役割も果たしているのだ。

# 〈4〉世界論

　「世界論」では「現代」を乗り越える"世界認識"とはなにかを問うことになる。テキストは『反核声明』、中上健次『千年の愉楽』、大江健三郎『泳ぐ男』の三つが用いられるが、吉本は、まず最初に"世界"と"国家"とを区別することから考察を始める。"世界"という概念は定義しにくいのだが、"国家"（という概念）との区別をあいまいにすると訳が分からなくなるのだ。逆の言い方をすれば、吉本の"世界"概念のとらえ方は吉本の"世界認識"をおさえるうえで外すことができないものである。

世界（という概念）についてかんがえることは、それ自体で、国家（という概念）を超えているのである。なぜならこのばあいに国家はどんな生々しい否定や肯定や批判や障害の対象、つまり**倫理**であっても、ある時期に発生しまたある時期に消滅するもの（概念）として、世界の部分にすぎないからだ。また国家は縮尺もきかないし拡大もできないものとして、それ以上具象的であることも、またそれ以上抽象的であることもできない。世界について語ることは、どんなばあいにも国家をのり超えているか、のり捨てているのだ。これは国家主義の宗派がいうように、傲慢だということにもならないし、謙虚だということともかかわりがない。また世界（という概念）は水平的な概念であり、国家という大なり小なり深層にまでとどいた概念は、いわば投影図表としてしか世界概念に登場してこられない。また逆に国家は実体的とみなされる領域では、深層にわたる構造であり、そこでは世界（という概念）は、ほとんど図式的にしか登場できない。

（下線：宇田）

　吉本がここで述べていることは "世界" と "国家" とは位相がまるで違うということである。それはナショナリストであるとか、グローバリスト（インターナショナリスト）であるとか、そういったことには全く関係がない。"世界" と "国家" との決定的な違いとは何か。それは "世界" という概念には実体概念が根づいていないが、"国家" という概念には実体概念が根づいているということにある。たとえば、"文学の世界" で言えば、〈文学の世界とは何か〉という問い自体が、すでに日本文学、英米文学、フランス文学、ドイツ文学……という実体概念をのり超えている、あるいはのり捨てているということなのだ。逆に言えば、日本文学という概念には大なり小なり深層までとどいた実体概念が根づいていて、いわば投影図表としてしか世界文学には登場できないということなのである。"世界" と "国家" との違いを歴史区分で語れば、古代と前古代を分かつものが "天津神（国家）" と "国津神（場所）" であり、近代と前近代を分かつものが "世界" と "国家" ということができるはずだ。ここからさら

に吉本は"世界"と実体概念との関係について議論を深めていく。

　　原爆文学とかベトナム文学とか部落文学とか身障者文学などとい
　うものは存在しない。世界としてみればただ文学があるだけだ。そ
　して文学は表出としてみるかぎりは、ただ関心の〈強度〉が択ばれ
　るなかで主題がきめられるだけである。かれは強い不可避の関心を
　もっていたためにその主題を択んだということ以外に、作品の主題
　には意味や重さはかくされていない。こういうすでに克服しつくさ
　れた主題主義（主題の積極性）の錯誤について、復習（おさらい）
　する必要がどこにあろうか。　　　　　　　　　　　（下線：宇田）

　　吉本は〈原爆、ベトナム、部落、身障者といった実体に基づいた文学
こそが現実倫理をもつ〉という考え方を徹底的に否定する。しかし、こ
こではしばしば転倒が起こるのだ。世界を語っているはずなのに個別の
国家を語ったり、文学の世界を語っているはずなのに個別の文学ジャン
ルを語ったりするということが。吉本はこれこそが「世界の壁」だと言
うのである。つまり、原爆文学、ベトナム文学、部落文学、身障者文学、
なんであってもよいのだが、そういう何々という限定された主題やモチー
フを無化できる力こそが本質的な意味での芸術なのだ。しかし、この壁
は厚い。吉本の言葉でいえば、こうだ。

　　その壁こそが重大な倫理の壁なのだ。この壁がつき崩されれば人
　間性についてのあらゆる神話と神学と迷信と嘘は崩壊してしまう。
　この壁は理念と現実とが逆立ちしてしまう境界であり、世界（とい
　う概念）を把握するばあいに不可避的にみえてくる差異線である。
　わたしたちはどんなにかこの壁をつき崩し、つき抜けて向う側の世
　界へでようとしただろう。だがそれに触れ、説きつくすことの煩わ
　しさをたえる忍耐力をもたずに、そこから空しくひき返すというこ
　とをいままで繰返してきた。　　　　　　　　　　　（下線：宇田）

吉本が考える世界、現実倫理、世界の壁、差異線という概念が次第に
あきらかになってきたので、ここから〈世界をどう認識するのか〉とい
うテーマに入りたい。吉本はまず、「現代」の世界認識を取り上げる前に、
その源流にある「古典近代」のそれに焦点をあてる。これをメタファー
として述べれば「世界はひとつの完結した書物」ということになる。デ
カルト以降の古典近代の基本的な考え方は〈原因→結果〉〈未知→体験（対
象化）→既知〉という論理構成で成り立っていて、この論理によってす
べての存在は静的に観察可能になるのである。したがって辞書を作るよ
うにその内容をどんどん膨らませていくことができるのだ。これが「ひ
とつの完結した書物」という世界認識なのだ。

　しかし、1980年という「現在」において、「古典近代」から「現代」に
いたる世界認識は命脈が尽きるのである。〈原因→結果〉、〈未知→体験（対
象化）→既知〉という一元的な論理構成が破綻するのである。言い換え
れば、この論理構成はワンオブゼムの枠組みにすぎなくなるのである。「推
理論」でいえば、『モルグ街の殺人』のような "完全な推理" が成立しな
くなって、『夢の棲む街』『遥かに照らせ』といった "欠如の推理" が生ま
れてくるのだ。

　ここから吉本は、世界認識を世界模型とよぶ以下の四つの系列に分解
し、組み立てようとする。これがとんでもなく難解な代物（シロモノ）なのだが、わ
たしなりの理解を述べたい。まず最初の問いは「吉本はなぜ、世界認識
の問題を解くうえで四つの系列、世界模型という概念を示す必要があっ
たのか」ということである。この難しい問いに答えるとすれば、序論で
述べた「言説」という考え方が必要になる。本書では「言説」を情勢論、
原理論、存在論という三つの枠組みでおさえてきたが、この三つの枠組
みは何が違うのかといえば、内在する世界認識の構造が違うのである。
つまり、これを同じ土俵で議論することが不可能なのである。だからこそ、
吉本は四つの系列、世界模型という枠組みを準備したのだ。まず、吉本
がこのあと取り上げる『反核声明』についての世界模型を組み立ててみ
よう。それは以下のような表になる。

【世界模型】

| 系列（1）疎外論 | ひとはいかに世界の破滅の予感と恐怖に耐えたらいいのか。 |
|---|---|
| 系列（2）了解論 | 世界の破滅の恐怖をとり除きたいという願望はどんなふうに表出できるか。 |
| 系列（3）関係論 | 世界を破滅させる手段をもつものは、世界自体ではなく、世界の〈内〉の特定の系列である。 |
| 系列（4）場所論 | 世界の破滅の恐怖感（系列1）と、それを取り除きたい願望の表出（系列2）は、それ自体としては世界の〈内〉に含まれる。だが世界を破滅させる手段をもった特定の系列（系列3）からみて〈外〉にあるかぎり、手がとどかないほど遠く隔てられることになる。 |

　ただ、この世界模型にはもうひとつ、やっかいなことがある。それはこの四つの系列で世界模型を組み立てるとき、まだ不足するものがあるのだ。そのことを吉本は「この四つの系列が倫理を生みだすためには（2）の系列と（3）の系列とを架橋する意志や情念の働きが必要である」と述べている。どういうことか。たぶん、三つの「言説」のうち、情勢論、原理論には倫理が存在しないという不整合が生じているのだ。だから、これを補完する必要に迫られる。吉本はこのことを「この世界模型が倫理を生みだすためには、どうしてもつぎの二つのものの存在がなくてはならない」と述べて、四つの系列に以下の二つ、「世界心情」と「世界理念」を付加するのである。

| 付(a) | 世界が破滅するという恐怖感の共同性は、世界全体なのだという認知（世界心情） |
|---|---|
| 付(b) | 系列（2）と（3）とを架橋するための語り手（ナレーター）の存在（世界理念） |

　言い換えれば、付(a)、付(b)が付加されることにより、〈世界の破滅をどう防ぐか〉という命題は"理念""心情"につながるのである。つまり、付(a)、付(b)を通じて系列（2）と系列（3）とが連結されるのである。

「世界論」における世界模型、四つの系列、二つの付加という概念構成はあまりにも唐突に登場してくるのでどう考えればよいのか悩んでしまうのだが、もしかすると、この世界模型というモデルは吉本の基本的な考え方をしっかり踏まえた枠組みなのかもしれない。というのは、【図2】（「序論」p.25）の構図と世界模型とのあいだに論理整合性があるように思えるからである。前期吉本の枠組みにそって述べると「ひとはいかに世界の破滅の予感と恐怖に耐えたらいいのか」という系列（1）の命題は、【図2】のZ軸＝〈“心的現象論序説”（純粋疎外）〉から出てくるものであり、同様に系列（2）は、Y軸＝〈“言語にとって美とはなにか”〉から出てくるものであり、系列（3）は、X軸＝〈“共同幻想論”〉から出てくるものなのである。そして、付(a)、付(b)の“倫理”がこの世界模型という建築物をいわば梁（横木）となって支えているのである。

　さらに言えば、後期吉本とは、この系列（1）から（3）の関係を“場所”論として系列（4）に落とし込むことなのだ。もっといえば、系列（1）〜（4）、付(a)、付(b)の全体像を外から俯瞰する視線（これが世界視線だ！）をここに持ち込むのが後期吉本の新しい観点なのだ。たぶん、世界模型はそういう構造になっているのではないか……そんな気がするのだ。

　いずれにしても、世界模型は最終的には系列（1）〜（4）に付(a)、付(b)を加えたものとなり、「世界論」では、この世界模型にそって三つの作品、『反核声明』、『千年の愉楽』、『泳ぐ男』を読み解いていくことになる。わたしは『反核声明』を〈古典近代モデル〉、『千年の愉楽』を〈古代モデル〉、『泳ぐ男』を〈廃墟モデル〉と名づけたが、その理由はこれから具体的に作品を読み解くなかで説明したい。

## （1）『反核声明』（1982年）……世界模型1、2〈古典近代モデル〉

　「反核声明」〈古典近代モデル〉は、「特定の情勢認識」と「お願いの要請」という構成で成立する（「停滞論」）が、この署名依頼の発起人を表として整理すると次の通りとなる。吉本はこれを世界模型1とよぶが、この世界模型は先ほど述べた系列（1）〜（4）の世界模型にはまだ分解

できていない。

【世界模型１】

| 井伏　鱒二 | 井上　靖 | 井上　ひさし | 生島　治郎 |
|---|---|---|---|
| 尾崎　一雄 | 小野　十三郎 | 小田切　秀雄 | 小田　実 |
| 木下　順二 | 栗原　貞子 | 古浦　千穂子 | 小中　陽太郎 |
| 草野　心平 | 高橋　健二 | 巖谷　大四 | 黒古　一夫 |
| 住井　すゑ | 中村　武志 | 夏堀　正元 | 南坊　義道 |
| 埴谷　雄高 | 林　京子 | 三好　徹 | 西田　勝 |
| 藤枝　静男 | 本多　秋五 | 中里　喜昭 | 星野　光徳 |
| 堀田　善衞 | 真継　伸彦 | 高野　庸一 | 伊藤　成彦 |
| 安岡　章太郎 | 吉行　淳之介 | 大江　健三郎 | 中野　孝次 |

　吉本は次に世界模型１の発起人36人の一人ひとりの考え方を先ほど述べた系列（１）から（４）に細かく振り分けようとするのだが、そうすると、その全体像はぐじゃぐじゃで歪曲だらけのものとなり図表化できなくなるのだ。この図表化できない模型を、吉本は世界模型２とよんでいるが、この模型の基底に〈アメリカの国際軍事戦略〉が存在することになる（「停滞論」）。そうだとすれば、世界認識の方法として、ひとつの国家の問題を基底にもってくること自体がすでに普遍性の欠如を露呈しているのだ。〈アメリカの軍事戦略〉で世界を論じることは、"文学の世界"で言えば、原爆文学、ベトナム文学、部落文学、身障者文学といった個別の実体概念に基づいた現実倫理で付(a)、付(b)を機能させ、"文学の世界"という普遍概念にたどり着こうとする行為に他ならないのである。だから、吉本は断じるのだ。これは無理筋だと。吉本は『反核声明』は世界模型になりえないとあっさり切って捨てた後、続いて中上健次『千年の愉楽』、大江健三郎『泳ぐ男』の世界模型を論じることになる。

## （２）中上健次「千年の愉楽」（1982年）……世界模型３〈古代モデル〉

　吉本は中上健次『千年の愉楽』を取り上げ、この作品の輪郭を次のように語る。

『千年の愉楽』は、誰もが古典近代的な世界からはみだし、逸脱せ
ざるをえない現在の必然をまともに受けとめて、いわば〈逸脱〉か
ら世界の〈再産出〉にまで転化させようとしている。この作品が表
出している世界は、いくつかの条件を組みあげることで完備された
世界になっている。強いて名づけるとすれば、現在の世界像に深く
かかわるために必然的に仮構された古代的あるいはアジア的な世界
なのだ。現在わたしたちを急速に囲みはじめたシステム化された高
度な世界像のなかでは、物語らしい物語が構築されるはずがない。
いわば物語の解体だけがラジカルな課題でありうる。ここでもまだ
物語を構築しようとすれば、世界像の領土を〈死者〉の領域にまで
拡張させるほかない。『千年の愉楽』の古代的あるいはアジア的な世
界の仮構はそういった必然なのだといえよう。
　　　　　　　　　　　　　　　　　　　　　　　（下線：宇田）

　吉本はこの作品を古代的あるいはアジア的な世界像の世界模型だと述
べているが、この世界模型を四つの系列の表にすれば以下のとおりとな
る。

【世界模型３】

| 系列（1）「オリュウノオバ」「主人公」 | いつも世界を透視している巫女のような「オリュウノオバ」という老女によって作品の世界像は鳥瞰されている。「オリュウノオバ」は「路地」と呼ばれた被差別の地域の若者たち（主人公たち）を母胎からこの世界にとりだした初原のひと、産婆の古蒼な果ての姿をしている。 |
|---|---|
| 系列（2）「中空」 | 主人公たちは「路地」と呼ばれる「牛の皮はぎやら、下駄なおしやら、籠編みらが入り混っている」土地に地霊のように住みついて、山林地主にやとわれて山の雑役人夫になったり、地廻りヤクザや遊び人であったり、出稼ぎ人であったりする。だか秀でた容貌や膂力や気質をもち、この世のものでない異類と交流するような不思議な心ばえをもつ「この世と死の世とにまたがった血統」のものと設定されている。 |

90

| 系列（3）「死者」 | 主人公たちはいずれも卑小だけど悲劇的な死を遂げるものとして設定されている。あるいは卑小で無意味であるがゆえに崇高な、古代的なあるいはアジア的な悲劇の死として設定される。たとえば、「半蔵の鳥」の主人公半蔵は、二十五のときにまるで絶頂に肉体が開花したところで「女に手を出してそれを怨んだ男に背後から刺され、炎のように血を吹き出しながら走って路地のとば口まで来て、血のほとんど出てしまった」体で死んでしまう。「六道の辻」の主人公三好は仲間と語らって盗っ人にはいったり、海岸で出あった女をかどわかして料亭に奉公させたりといった小悪事に日を送る地廻りとして設定されているが、人を殺して年上の女と一緒に飯場に逃げるが、やがて「路地」にもどる。だが「どいつもこいつも気が小さくしみったれて生きていると思い、体から炎を吹きあげ、燃え上るようにして生きていけないなら」と、女を奉公にやった料亭のうらの桜の木に縄をかけて首をつって死んでしまう。 |
|---|---|
| 系列（4）「路地」 | 主人公たちが住む「路地」は被差別の衆が集まった世界だが、この世界は死者たちの世界をも成員として包括した共同体世界として存在する。主人公たちは小さな悪行や、女との情事に明け暮れる無意味な日常の生を蕩尽するときにも、卑小で崇高な悲劇の死を遂げるときにも、すぐに死者の世界の成員を含んでいるような徴候に見舞われる。 |

　『千年の愉楽』の世界模型3では、系列（１）は作品全体を鳥瞰するものの存在を、系列（２）は主人公たちの**了解**の仕方を、系列（３）は主人公たちの世界との**関係**の仕方を、系列（４）は系列（２）と系列（３）を結び付ける**場所**を示すことになる。また、『反核声明』は情勢論（「言説」）のため、"倫理" が存在せず、そのため、付(a)、付(b)が必要であったが、『千年の愉楽』はいわばそれ自体が "古代的倫理" であるため、ここでは付(a)、付(b)は必要ないのだ。ただし、"死者" と "路地" をつなぐために系列（３）（４）の接続が必要となる。このことを吉本は次のとおり語る。

　　ただ死者の住む世界を隣りに包みこんでいるために系列（３）（死

者）と系列（4）（「路地」）と接続するために、世界倫理を代同する
ものが存在しなくてはならないはずである。この代同物は主人公た
ちが働く小悪事である盗み、女衒、殺人、脅迫、刀傷のような所業と、
飽くことのない野性的な情事であるといえる。こういう所業は『千
年の愉楽』の世界では系列（3）の死者の世界と系列（4）の「路地」
の世界のふたつを一体として包みこんだおおきな規模の世界である
ため、現世だけの規模の倫理に反しても、すこしも、糾弾されるこ
とはない。それは「オリュウノオバ」の同行者である陰の存在「礼
如さん」から摂取され、作品全体に撒布された浄土の理念によって
ゆるされている。　　　　　　　　　　　　　　　　（下線：宇田）

　吉本は『千年の愉楽』という作品を「現在」の解体によって生み出さ
れた〈古代モデル〉として位置づけるのだが、この論理展開も非常に難
解である。わたしにわかるのは、このモデルが「推理論」でいえば『遥
かに照らせ』の〈古代的な既知〉に重なっているということだ。吉本は『マ
ス・イメージ論』では"アジア的なるもの"を正面から取り上げていない
が、1980年当時、"アジア的なるもの"を世界思想という観点から考察し
ていたのである。吉本が言う"アジア的なるもの"は、生産様式を除外し
ていえば、アジア的な〈共同体〉とアジア的専制という〈政治形態〉の
二つの要素から成り立っている。この二つの要素が、"アジア的なるもの"
のいわばポジ、ネガ両面を指すことになるのだ。
　『千年の愉楽』を"アジア的なるもの"のネガティブな側面から追いか
ければ、はちゃめちゃに尖った作品ということになる。社会の秩序、法
律、規範、ルール、マナー、道徳なんてものは吹っ飛んだうえで、どろ
どろしたやり場のない重苦しさが渦巻く"何でもあり"のアナーキーな世
界の話なのである。主人公（若者たち）が織りなすセックス、ギャンブル、
盗み、ヤクザ、殺人、自殺……現象としては、そうしたおどろおどろし
い世界が前景化するのだ。それは『反核声明』の発起人（優等生）が読め
ば、破廉恥で許されない世界の現前化ということになるだろう。『千年の
愉楽』から具体的にそうした部分を取り出せば、次のとおりである。場

面は、半蔵が若後家の家で男に女を天鼓（小鳥の名）のようにしこんでやろうともちかけるところである。

　　男がその話にか、半蔵が耳に唇をつけるようにして言ったせいか酒の酔いで赭らんだ顔を余計赭らめ、灯りにてらてら光る額を何のつもりかかいて、面白いと言う。それで女がもどってきたのを合図に女を裸にして、灯りを消して欲しいと言うのもきかず、半蔵のやり方ではなく女が半蔵を縛るやり方で後手に紐でしばり、さらにその上から乳首が外にとび出るように乳房にくい込ませて縄をかけ、下穿きをはずした男に挑ませた。男のふぐりが尻の下からぶらぶらと所在なく腰を使うたびにゆれ、半蔵は壁際に置いた膳の上から徳利に口をつけて立ち飲みし、味気なく腰を使うものだ薄笑いを浮かべ、思いついて重なった二人を反対にしてやり女の後手をほどいてやった。女は弾き出されるように下に男を敷いたまま、半蔵の腰を抱き寄せて口をつけた。徳利に入っていた酒が熱い小便のように胸にこぼれ、男が女の乳房の谷間に伝って流れ落ちたそれをなめている。女の唇から流れ出した唾液が半蔵の陰毛にたまり、ふと見ると男が、半蔵の股の下から神経を逆なでする音をたてて女が舌を立て吸うのを物におびえたような眼で見ている。半蔵はにやりと白い歯を見せて笑う。
　　　　　　　　　　　　（中上健次『千年の愉楽』「半蔵の鳥」）

　吉本は、この動物みたいな性行為の描写はこの作品では必須だと述べる。この描写は「現在」の重苦しさから抜け出すための通路を懸命に探し出そうとする作者の生命力の躍動なのだ。そして、この破廉恥な世界の裏側に、美しく平穏でやさしさと安堵に満ちた世界が存在することを作者は想定しているのだ。つまり、この作品は"アジア的なるもの"のネガティブな側面が前景化しているが、後景にはポジティブな側面が横たわっているのである。この後景が作者の自己表出（"沈黙のメッセージ"）だと吉本は言うのである。
　吉本がここで読者に何かを発しているとすれば、それは〈現在という

時代に誰が向き合っているのか、あなたはわかりますか〉という問いだ。そして吉本はこう言うのだ。〈決して「反核声明」の発起人たちではない〉と。〈彼らは“悲惨”な生活を余儀なくされている人たちのうえに、胡坐をかいて、乗っかっているだけなのだ〉と。〈道化役者のように深刻ぶっているだけなのだ〉と。〈実際に現在という時代と真正面から向き合っているのは、実は中上健次の『千年の愉楽』の方なのだ〉と述べるのである。中上健次は「現在」が強いる重苦しさ、生きにくさを抜け出すための通路を懸命に探し出そうとして、生者も死者も同じ世界に存在する倫理なき世界を描くしかなかったのだ。

　ちなみに中上健次が亡くなった時、吉本は『追悼私記』の中で中上が文学で成し遂げた達成についてこう語っている。「中上健次の文学に思想としての特長をみつけようとすれば、第一にあげなくてはならないのは、島崎藤村が『破戒』で猪子蓮太郎や瀬川丑松をかりて、口ごもり、ためらい、おおげさに決心して告白する場面としてしか描けなかった被差別部落出身の問題を、ごく自然な、差別も被差別もコンプレックスになりえない課題として解体してしまったことだ」と。つまり、吉本がここで言っていることは、「被差別と差別の問題は中上の文学によって理念としては終わってしまった」ということである。事実、現実社会が彼の文学を後から追うことになるのである。これが中上健次が到達した“最後の場所”だということができる。

　吉本は『千年の愉楽』を論じたあと、次に大江健三郎の『泳ぐ男』を取り上げ、さらにもうひとつ別の世界模型を語るのである。

## （3）大江健三郎『泳ぐ男』（1982年）……世界模型4〈廃墟モデル〉

　大江健三郎『泳ぐ男』は中上健次『千年の愉楽』と同様、1980年という「現在」に真摯（しんし）に向き合った作品である。しかし、進む方向は中上とはまったく違う。中上健次が「古典近代」の世界像からの逸脱を古代的あるいはアジア的な世界模型として再構築しようとしたとすれば、大江健三郎は新しい世界模型を再構築しようとしないのである。もっとはっきり言

えば、新しい世界模型を構築することに関心を示さないのである。大江は古典近代の世界模型が崩壊し、それを喪失したということ、ただそのことだけに焦点を当て、それを鋭く描き出すことに注力するのだ。大江がこの作品でやったことは、古典近代の世界模型が崩れ去ったことを示すこと、すべてが焼き尽くされてたことをありのまま示すことなのだ。古典近代の世界模型が "黒焦げのまま焼け残った家屋" だとすれば、その〈崩壊した古典近代のモデルの残像〉を示すことに大江は注力するのである。だから、大江健三郎『泳ぐ男』の世界模型は、未知の不安な暗い殺意の予感の中で重層した系列を次々と連結していくことになる。しかし、結局どこへも行き着くことができないのだ。

　「世界論」と「推理論」とをここで比較すれば、世界像（世界認識）のある『千年の愉楽』は『遥かに照らせ』と構造がよく似ていて、世界像（世界認識）のない『泳ぐ男』は『夢の棲む街』と構造がよく似ているということができる。『遥かに照らせ』では明確な〈既知〉の世界を作者が持っていたが、『夢の棲む街』では作者は〈既知〉の世界をまったく持っていなかった……同じことが『千年の愉楽』と『泳ぐ男』においても起きるのだ。違う言い方をすれば、このことが「推理論」を「世界論」導入の布石の論考であるとみなす根拠でもあるのだ。

　さらにもうひとつ付け加えて述べるとすれば、大江健三郎は『反核声明』の発起人の一人であり、そういう意味では世界模型1、2のどこかに位置している人物でもあるのだ。つまり、大江健三郎は「反核声明」では〈古典近代モデル〉に位置し、文学者としては〈廃墟モデル〉に位置するという二重性の中に存在しているのである。

　ここでは吉本の言葉によって『泳ぐ男』の流れを追いかけたい。なお、次の引用文で網掛けを施した部分（宇田）は、〈ある事実〉がいくつものまったく違う物語を生み出すことを示している箇所である。重層した系列がいつまで経ってもひとつの物語に収束しないことを確認してほしい。

　　「僕」は「過去の人や事物、出来事について思いはじめるたび、心がタールにまみれ」るような心の病いを「自己治療」するためプー

ルに通っている。【事実】その乾燥室で、乳房や下半身を露出させて年下の学生スイマー「玉利君」を挑発している熟年の女性「猪之口さん」が、いつも「玉利君」を挑発しているとおなじ格好で、下半身をＭ字形にされて子供遊び場のベンチに縛りつけられたまま殺されている。そして犯人だという「僕」とおなじ東大出の後輩にあたる高校教師が、首を縊って自殺する。「猪之口さん」の体内にのこされた一種類だけの精液は、この高校教師のものと一致する。そこでもしこの作品の世界に疑念や不安がない強固な輪郭が保たれていれば、すべてはここで解決済みなはずである。だがあたかも底なしの懐疑みたいに、この作品はそこから出発する。この自明さの否認と懐疑から作者と作品は、しだいに現在にむかって姿をあらわすのだ。またそれがこの作家の作品にアクチュアリティを与えて、優れた特質をひらいている。【系列（1）】「僕」は「猪之口さん」の縛られて殺されている姿勢が、プールの乾燥室で「玉利君」と二人きりのとき挑発していた「猪之口さん」の姿勢とおなじなのに疑念をもち、「玉利君」が殺害の犯人なのではないかと疑う。そして「玉利君」を救うために、殺害現場に跡をつけて死んでいる「猪之口さん」の性器の匂いを嗅いで「玉利君」が性交を遂げていないのを確かめる。そしてじぶんが「猪之口さん」に性行為を遂げて、体内に射精することで「玉利君」の身代わりになろうとする夢をみる。【系列（2）】「玉利君」の告白を誘い出してみると、「玉利君」はたしかに「猪之口さん」を子供遊び場のベンチに「猪之口さん」のいう通りの姿勢で縛りつけ、性交を遂げようとして遂げられずに立ち去ったことを認める。そのあとに酒に酔った高校教師がやってきて「猪之口さん」を強姦して首を締めてしまい、自責にかられて縊死したことになる。だがまだ疑念はのこる。そしてこの「僕」という語り手（ナレーター）の疑念と、べつな意味で夫である高校教師の強姦と殺害の動機に疑念をもつ犯人の妻とがそれを感受する。そしてこののこされた疑念は、作者の世界模型の特異性からやってくる必然の抜きさしならない力感を湛えて、強いていえば作者の感受する現在の世界像の本格的な不安の姿を開示

している。【系列（3）】「僕」の疑念は「玉利君」が性行為を遂げられないでおわったとき、縛られた「猪之口さん」から嘲笑されて首を締めて死にいたらせ、そのあとで高校教師が性交を遂げたのではないかということにある。【系列（4）】高校教師の妻の疑念は、夫の動機にかかわっている。夫は学生時代から自己中心的な独りよがりな倫理と思い込みを、女性にたいしてもっていた。学生のころ寮の近くのバーのホステスの借金を苦労して払ってあげ、そのうえじぶんが助けたのだからじぶんに感謝して結婚するだろうと思い込んだが、逃げられてしまったことがあった。また最初の結婚はバーの美人ホステスだったが、パトロンの会社がつぶれて気の毒だから救ってやるんだといって結婚したが、やがて別の客のところに家出してしまった。そしてもしかすると「猪之口さん」の殺害のばあいも、だれか行き詰っている人を救って、じぶんが犠牲になるという気持があったのではないかという疑念を抱く。

（下線・【　】網掛け表記：宇田）


　この物語の事実は極めて単純だ。〈猪之口さんが殺され、次に高校教師が死んだ〉ということに尽きるのだが、この事実についての推理（疑念）は刻々と変化していくのである。吉本はこの作品を世界模型の表に置き換えれば、以下のとおりだという（世界模型4）。系列（1）から（4）は上記引用文の網掛けの四つの物語に対応して動いていくのだ。


【世界模型4】

| 系列（1） | 「僕」<br>ナレーター<br>（語り手） | 「猪之口さん」<br>（被害者） | 「玉利君」<br>（犯人） | 「僕」<br>（身代わり） | |
|---|---|---|---|---|---|
| 系列（2） | 「僕」<br>ナレーター<br>（語り手） | 「猪之口さん」<br>（被害者） | 「玉利君」<br>（未遂者） | 高校教師<br>（犯人） | |
| 系列（3） | 「僕」<br>ナレーター<br>（語り手） | 「猪之口さん」<br>（被害者） | 「玉利君」<br>（犯人） | 高校教師<br>（身代わり） | |
| 系列（4） | 「僕」<br>ナレーター<br>（語り手） | 「猪之口さん」<br>（被害者） | 「玉利君」<br>（犯人） | 高校教師<br>（犯人） | 高校教師の妻<br>ナレーター<br>（語り手） |

この四つの推理（疑惑）は何が正しくて何が間違っているということを問題にしていない。ここで問題にしていることは、古典近代の基本的な考え方、つまり、〈原因→結果〉〈未知→体験（対象化）→既知〉という論理構成で、すべてのことは観察可能であり、その結果、唯一無二の真実に到着できる……という考え方の否定である。実際はそうならない、着地できない……これが "すでに古典近代が崩壊して焼け跡だけが残っている世界模型" が暗示していることなのだ。これが〈廃墟モデル〉が伝える「現在」なのだ。ここにあるモチーフは、私たちの世界が「現在」、解体し脱構築にむかいつつあることを示しているのである。吉本の言葉で言えば、次のとおりである。

　　この世界の枠組が喪われ、輪郭だけの形骸がのこされたところから
　　くる語り手たちの最終的な疑念は、現在にたいする作者の疑念と遭
　　遇しているようにみえる。ひとつの系列の疑念が閉じられたとき、
　　つぎの系列の疑念が開かれる。この疑念が完結すると、またつぎの
　　系列の疑念がはじめられる。そしてほんとうはこの疑念はおわるこ
　　とはないのだ。作品という**世界**の模型が、枠組を喪っているため、
　　この疑念は世界の外から漂ってきて、属性のように離れないからだ。
　　　この作品は「猪之口さん」が殺害され、その殺害の当事者と、動
　　機のさきにくっついた不安と疑念が、探しもとめられるという意味
　　では推理小説とみることもできよう。だがむりにそうみられること
　　を作品は主張しているとおもえない。わたしたちはむしろ、喪われ
　　た輪郭を廃墟の空のように危うく保っているだけの古典近代的な世
　　界の存在感を、どこかで修復しようとする作者のかくされたモチー
　　フが、倫理ではないひとつの〈意味〉を自己主張しているような気
　　がする。世界論としてみれば、その内部ではおなじ登場人物がおな
　　じ事態に当面しながら、まったく別個の系列を構成しなければなら
　　ない。

　　　　　　　　　　　　　　　　　　　　　　　　　　　（下線：宇田）

「世界論」で取り上げた三つの世界模型を「現在」の3分割という視点で俯瞰すれば、『反核声明』〈古典近代モデル〉の世界模型は「現代」をひきずった「現在」を象徴する模型（第1分割）であり、『泳ぐ男』〈廃墟モデル〉の世界模型は、「現在」の中の「現在」を象徴する模型（第2分割）であり、『千年の愉楽』〈古代モデル〉の世界模型は "古代性" という「未知」に踏み込んだ「現在」を象徴する模型（第3分割）だということができる。

　吉本はこれらの世界模型のうち〈古典近代モデル〉を激しく批判するが、大事なことは、〈古典近代モデル〉も含めて、さまざまな世界模型が1980年という「現在」に生み出されているということである。フーコーの言葉を借りれば、これが「現在」のエピステーメーなのだ。

# 〈5〉差異論

　1980年当時、"同一と差異" というテーマが一時、流行ったが、吉本はこのことを『超西欧的まで』（1987年刊　弓立社）のなかで、わかりやすく説明している。吉本はここでヘーゲルとハイデガーの "差異" 概念の違いに焦点を当てている。ヘーゲルの "差異" は、もともとは "同一" であったものの中から "差異" が生まれる。これに対して、ハイデガーの "差異" は、"同一" から生まれるのではなく、"差異" が "同一" から追い詰められたものとして既に存在していることになる。このふたりの違いはまたあとでふれることにして、ここではまず、ヘーゲルの「同一と差異」を吉本がどう考えていたかというところから始めたい。吉本はヘーゲルの "同一" 概念について次のように述べる。

　　ヘーゲルを例にだすのがいちばんいいわけですが、ヘーゲルのなかで同一性という概念はどういう意味をもつのか、かんがえてみましょう。この同一性という概念を純粋にじぶんがじぶんに等しいとか『AはAに等しい』という同一性としてかんがえたばあいには、その同

一性の純粋なるものがヘーゲルにとってあらゆる存在するものの本質とかんがえられています。だから、ヘーゲルにおいては同一性の純粋なるものが、事物あるいは存在するものの本質なので、あらゆるものはこの本質から流れくだってくるとかんがえられています。

（『超西欧的まで』「アジア的と西欧的」）

　ヘーゲルの論理でいえば、"同一" が崩れることで "差異" の問題が生まれることになる。そして、ヘーゲルはこの "同一" 概念が崩れていくプロセスを三つに分けて考察する。まず、最初に "区別" という概念があらわれ、次に "差異" という概念があらわれ、その差異をもう少し移行させてゆくと、最後に "対立" という概念になるのである。つまり、これらは "移行" という間柄のなかですべてが結びついているともいうことができる。

　実は本書では、このヘーゲルの移行概念をすでに用いている。それは、「現代」から「現在」への移行の 3 分割である。

(1)「現代」（過去）をひきずった「現在」　　　（第 1 分割）

(2)「現在」のなかの「現在」　　　　　　　　（第 2 分割）

(3)「未来（未知)」を組み込み始めた「現在」　（第 3 分割）

　ヘーゲルの移行概念でこれを説明すれば、(1)は "区別" であり、(2)は "差異" であり、(3)は "対立" だということができる。そして何より大事なことは、「現在」は「現代」という同一性の中から生まれてきたということだ。では、吉本自身が考える "差異" とは、いったいどんなものだろうか。吉本はこんなふうに言う。〈「生活を営む」ということと、そこから「世界のイメージが生まれてくる」こととの間に線を引くことができるとすれば、その線が "差異" 線なんだ〉と。つまり、「生活を営む」ということを根源的な "同一" 性として、そこから「世界のイメージが生まれてくる」ことを "差異" として取り出すことになるのだ。吉本が当時、よく使っていた言葉でいえば、"差異" とは "25時間目" ということになる。生活時間の一日24時間を超えるところに "差異" は存在するのである。吉本は「現

在」の25時間目をみつめながら、こう述べている。

　　世界（という概念）の解体が、すでに世界のもっとも鋭敏な個所
では、ひとつの地平線を形づくりはじめているとわたしたちはかん
がえてきた。世界は生成をつづけ、凝集する力を発現して、無限に
産出のイメージを与えつつあるとは、誰もかんがえはしないだろう。
生成がすでに死を呼び込んでいるのがみえる。また死がみえるとそ
の向う側に、また未知の生成がなければならないようにみえる。死
がみえないときは、死は終末のようにおもわれる。死がみえるよう
になってからは、その向う側にある未知の生成が姿を現わすかもし
れない。わたしたちはかつて引かれたことのない差異線をもって、
できるならこの世界の本質とみなすものを引きなおそうとしている。

（下線：宇田）

　吉本は1980年当時、"西欧近代"というものが音を立てて崩れ始めた局
面（それが、「現在」だ！）に遭遇して、「現在」をこれまでとは違う方法
で測量しなおし、そこに"差異線"を引くことで新しい"世界イメージ"
を切り出そうとしたのである。だが、この測量はいわば"未知の測量"で
あるため、困難を極めることになる。吉本はそのことを次のように語る。

　　誰もじぶんが先行する測量師でないことに苛立たしい焦慮と不安
をおぼえる。だが先行する測量師たちもまた未知をまえに不安なの
だ。ほんとにわたしたちに見えているのは、この世界の構図のひと
齣の地形でしかない。どんな優れた思想も、いったんこの地形に入
りこむと、幼児みたいな心情に支配されて罵りあい、対立しあう。
わたしたちはこの思想の光景に、つまり先行する測量師の姿に落胆
しながらも、ある意味ではほっとする。そしてマダワタシタチハイ
カニモ揺ギナサソウニミエル思想ヲ超エル可能性ヲモッテイルと思
いかえすのだ。だがどんな思想でも、いったんこの地形に入りこむと、
かくも幼児的な心情まで退化してしまう。……（中略）……わたした

ちはじぶん自身がこういう地形に滑りこむときも、こういう地形の
なかに滑りこんだ光景を目撃するときも、ただひとつの差異線をす
ぐに思い浮かべる。わたしたちが退化した心情で罵りあい対立しあ
うそのこと、あるいは罵りあい対立するときどんな思想でも退化し
た心情に囚われるそのことが、現代の世界の科学的神学が消滅する
過程に立ちあっていることを意味している。そこの周辺に差異線が
探求される。〈科学的〉と〈信〉との二重の規範に囲まれた明るい空
虚な桎梏のおぞましさと不快さは、おぞましいもののおぞましさや、
不快なものの不快さと、くらべものにならないほどひどいものだ。
それが明るさを化石にしてしまう。もともと保守、頑迷、反動、盲
目は表情を暗く凝縮させるものなのに、表情が動かないままに地表
を保守、頑迷、反動、盲目に作ってしまう。〈科学的〉ということと
〈信〉とは同時に二重に否認されなくてはならない。そこでだけ差異
線が引かれるからだ。

（下線：宇田）

　ここには吉本の真情吐露の言葉が連なっている。現実を測量しなおし
差異線を引くこと、そしてそのことによって新しい世界のイメージを切
り出すこと、これがとても大事なのである。しかし、それは簡単ではな
いと吉本は言うのだ。ひとつ測量を間違えば、「あらゆるイデオロギーと
いうものは、ある地形にはまり込むと、幼児のようなくだらない対応し
かできなくなる」のだ。ひとつ測量を間違えば、「宗教にほかならない〈科
学〉や〈信仰〉という場所に迷い込む」のだ。だからこそ、吉本は目を
見開いて丁寧に測量を行い、"根源的な差異線"を探そうとするのである。
　ただ、わたしたちは「現実なんか、いつも目の前で見てるじゃん！」
と無意識に思っているので、吉本のこの思いはなかなかすっと入ってこ
ない。しかしよくよく考えれば、わたしたちが現実だと思っているのは、
単にわたしたち自身の色眼鏡越しに見た、いわば"まほろしの現実"なの
だ。どんな色眼鏡か？　それは大きく分けてふたつある。ひとつは〈科学的〉
という色眼鏡であり、もうひとつは〈信〉という色眼鏡なのだ。吉本は
この色眼鏡をはずしたうえで"差異"を探し、そのことを手掛かりに「現

在」に入ることが大事だと言っているのである。

　ここから具体的に 3 人の文学者（巨匠）の作品を通じて、「現在」への
突入を試みたい。つまり、〈人為的につくられてしまった作品〉から「現
在」を読み解くのである。吉本のここでの関心は、これらの作品の "理念
（既知）" が何かということではなく、作者が「現在」という現実にぶつか
ることで、いったいどんな表現が生み出されているのか、ということに
ある。作品の中で生み出された表現に "手を触れること" で、その手触り
の向こう側に「現在」を直覚しようとするのである。では、これから "手
触り" の旅に出よう。まず最初は井上靖『本覚坊遺文』である。

## （１）井上靖『本覚坊遺文』（1982年）

　井上靖『本覚坊遺文』は、茶人千利休の側近として「本覚坊」という
人物を設定し、この人物の遺文を作者が現代風に書き改めたという虚構
を用いて書かれた作品である。利休が豊臣秀吉に自刃させられたあとも
「本覚坊」は生きのびて、その後、古田綾部や織田有楽にも接触すること
になる。この作品のモチーフは二つある。ひとつは、千利休、山上宗二、
古田綾部のような初期茶道の開拓者たちが、信長、秀吉、家康、秀忠な
どの戦乱期の武将に側近（茶の湯の同朋衆）として仕えるのだが、いずれ
も最後は自刃を強要されるのだ。その死にざまの偶然とは言えない符合
にたいする作者のつよい関心である。もうひとつは戦乱期から戦国末期
までに形成される〈侘び茶〉の理念、つまり、権力や豪華さ、晴がまし
さとはかかわりのない〈茶の湯〉の理念を統一的に把握したいという作
者の欲求である。そのために「本覚坊」は長生きし、利休が自刃したあ
とも織部や織田有楽に招かれ、かれらの心の底にある利休への敬意や、
利休の茶の理念への強い関心の所在をひきだす役割を担うことになるの
である。

　吉本はこの "人為的に作られてしまった作品" に対して、まず作者、井
上靖の資質、無意識に深く潜り込み、次に自らの資質、無意識をそこに
没入させる。もちろん、これは1980年という「現在」に突入するために、

である。

　吉本はそんな思いをこめて、この作品を読むのだが、読み終わったあと、この作品について〈何を描きたかったというふうに、この作品は存在していない〉と述べるのである。もちろん、吉本はこの作品の描写のよしあしを問題にしているのではない。そうではなく、この作品の表現から、この作者の生命（いのち）の動きが消去されるような、あるいは拭き取られるような手触りを感じ取るのである。吉本はこれを "差異の消去" とよぶのだが、吉本自身の言葉で言えば、次の通りである。

　　作者のかくされた判断や選択によって、事実の独特な集積を作りあ
　　げ、そのあいだからおのずから匂ってくる特質、おのずから蝕知さ
　　れるモチーフといったものが作品形成の衝動だとしたら、わたした
　　ちはいやおうなしに作者がこの作品にあたえている**差異**、その解釈
　　が露出してくるのをみるはずである。だがたとえば秀吉と利休との
　　対立が「本覚坊」の語り口の流れ以上の意味で、作者自身によって
　　追いつめられることはない。また逆に秀吉と利休の対立ということ
　　がモチーフでないことはないといった度合では、このモチーフは作
　　品に撒布されている。たしかに利休や弟子の山上宗二や、すこし経っ
　　たあとの世代の織部の茶の湯の理念を介して、利休の茶の湯の理念
　　が権力者である武将たちとなかなかにあい容れない姿をもって、茶
　　人たちに伝承されてゆくモチーフは重視されている。けれどこのモ
　　チーフが作品を横切ってゆくのは**差異**が**消去**されるという志向に沿
　　うかぎりにおいてである。この世界の**差異**の**消去**という志向性なら
　　ば、ほとんどこの『本覚坊遺文』という作品に瀰漫しているといっ
　　ても誇張ではない。登場人物たちは利休も山上宗二も織部も、個性
　　や輪郭をもった人物像を形成しない。また作者には「本覚坊」の遺
　　文という形式をかりて利休や宗二や織部の人物像を浮き彫りにしよ
　　うという意図ははじめからないとおもえる。ただ「本覚坊」の語り
　　口にのって流れてゆくかぎりでの世界、その登場人物である利休や
　　宗二や織部が描写されるだけだ。
　　　　　　　　　　　　　　　　　　　　　　　　　（下線：宇田）

吉本はこの作者がどんな思いでこの作品を書いたのか、この作者の心の奥底にあるものは何なのかを探り当てようとするのだ。そしてその結果、吉本がこの作品から感じ取ったことは、〈井上靖は空疎さをまき散らしている〉ということだった。これが井上靖の "沈黙のメッセージ"（自己表出）なのである。引用文の言葉でいえば〈差異の消去を志向している〉のだ。なぜ、井上靖は差異を消去しようとするのか。吉本は「本当の事はわからない」と言っている。しかしあえて憶測をまじえていえば、〈差異の消失〉によって、井上靖は〈自分の死を打ち消そうとしているのではないか〉と言うのである。そして最後に吉本は〈それじゃあ、ダメなんだ〉と言うのである。

　　かえって生そのもののなかにまぎれこもうとするモチーフによって、逆に〈死〉の姿として露出しているようにみえる。<u>生そのものにもぐりこむということは、この世界の**差異**に眼をつぶることである。そうするといままで**差異**にふさがれて見えなかった〈死〉が、見通しのよい姿をあらわにしてきてしまう。この作者の作品で、言葉がじぶんの重さで気だるそうにしている文体の姿は、**差異**の消された状態のようにみえるのだ。</u>
　　　　　　　　　　　　　　　　　　　　　　　　（下線：宇田）

　吉本のこの考察には思わず唸ってしまう。吉本によれば、井上靖は「現在」の新しい動きについていけなくなっているのだ。そのため、みずからの存在の危機を感じている。だから、その危機を消し去るためにこの作品を書いた……しかし、そんなことでは存在の危機は消せない……打ち消そうとしちゃダメなんだと吉本は言うのである。存在の危機を露わにすることによってしか〈死〉から逃れることはできないのだ、と。
　ここに「言説」の考え方を持ち込めば、『本覚坊遺文』には情勢論、原理論はあるが、存在論がないということになる。〈死〉に向き合うしか、存在論を生み出すことはできないのである。

## （２）安岡章太郎『流離譚』（1981年）

　次に安岡章太郎『流離譚』へ進みたい。この作品は、安岡章太郎の一族の幕末、維新期の祖先について書かれたものである。安岡嘉助という幕末の志士は、土佐藩の参政吉田東洋を暗殺したのち、天誅組に加わって大和十津川郷から敗走する途中で捕えられ、京都で斬首刑にされる。またその兄の安岡覚之助という人物は、土佐勤王党の実力者の一人と目され、土佐藩の住吉陣屋に常勤して在京の志士たちと画策し、戊辰の役のときには板垣退助の下で軍監をつとめ、会津の役で戦死する。さらに安岡道太郎という人物は、維新後に土佐自由民権派の壮士として植木枝盛らと一緒に活動する。こうした作者の一族の祖先で、いわば幕末維新の正史のなかに顔をだす人物の所業を、残された記録や書簡、一族の系譜や覚え書などで詳細にたどり、正史の記述や事実と交錯させながら、あたうかぎり緻密な調査と筆力を動員して描きあげた作品が『流離譚』なのである。吉本はこの作品について、次のように述べる。

　　すこし誇張していえば、事実の記録や調査をじっくりとつみあげ、反すうし、舌でなめまわし、手垢がついてぴかぴか光るほどにめくりなおした果てに、はじめて滲み出てくるような事象の群がいたるところに鏤められている。それは空しくまた見事といってよい文学解体の作業なのだ。……（中略）……<u>これだけ概要を語れば『流離譚』のモチーフをつかまえたことになるとはおもえない。そして、『本覚坊遺文』</u>をまえにしたときとおなじに、作者はなぜこの作品を人為的な世界のように消そうとしたのか？　そういう問いのまえに佇む。問いは当惑し、問い方を変更しなくてはならなくなる。この作者は、ほんとはどんな差異線で世界を画定しようとしたのか？

（下線：宇田）

　吉本はこう述べたあと、『流離譚』のなかから二つの描写を取り出す（以下のA、B）。Aは「私」（作者）がなぜこの作品を書くのかを述べた部分

であり、Bは土佐勤王党の実力者のひとりであった安岡覚之助が土佐藩住吉陣屋に常勤し、仲間の志士たちといろいろな画策していた時の様子を描いたものである。

### 安岡章太郎『流離譚』上

| A | いや私は、べつに親戚を訪ねまはつて、一人一人に挨拶してまはりたい、などと思ふわけではない。それどころか、私は十代、二十代の若い頃、ロクなことをしてこなかつたので、親戚の或る人たちには他人に言へないやうな迷惑もかけてゐる。会ひたいどころか、向うからやつてくるのをチラリと見掛けただけでも、逃げ出したいやうなヤマシサがある。そんな後暗さのせゐばかりではなく、正直にいふと私は、子供の頃から故郷といふものが何となく恐ろしかつた。 |
|---|---|
| B | 尊王の志士が住吉陣屋へ立ち寄つたのは、これが初めてではない。ちやうどこの二た月まへの二月八日にも、坂本龍馬が長州に行つた帰りにここへやつて来た。しかし、そのときは夜更けで陣屋の営門が閉まつてゐたため、龍馬は隣りの住吉神社の境内で夜を明かし、翌日あらためて近所の旅館に宿をとり、そこへ望月清平、安岡覚之助などを呼んで、いよいよ島津久光が兵をひきゐて上京しさうな形勢にあるといふ情報をつたえてゐる。 |

　吉本はAとBに『流離譚』という作品の性格がもろに露出しているという。作者は幕末と維新の乱に、土佐勤皇派の郷士として正史の中に登場する一族の先祖の業績を追跡し、その手記や覚え書や書簡を精査し、その足跡を実際に訪ね、一族のものが関わった幕末維新の事件について記述し再現しているうちに、"自分自身を微妙に変化させていったのではないか"と吉本は感じるのである。それまでの安岡章太郎の文学の特質であった"ぐうたらな落ちこぼれ人間のもつ精緻な感性の特質"を失ってしまったのではないか、と感じるのである。国事に奔走する志士の心、自分の一族の先祖の心に感情移入した文体を行使しているうちに、いわば治癒された感性の特質にまで、自分の特質を変容させたのではないかと。つまり、吉本は、作者が世界の差異を失ない、人為的な分類線で区分けされていく様子をここでも感じ取っているのだ。

安岡章太郎の変容を明らかにするため、吉本は安岡の初期作品『蛾』のなかから、作者の差異線が明確にあらわれている二つの描写を取り出す（C、D）。

安岡章太郎『蛾』

| C | ……結局のところ私が医者を好まないのは、私の内部を覗かれるような気がするからであろう。よかれ悪しかれ私自身のものである私の身体を、他人に知られることが不愉快なのであろう。私が苦痛を訴えるのは自分に「痛さ」があることを他人に知らせるためのもので、他人にそれを和らげてもらいたいのじゃない。苦痛を友にすることだってあるものだ。頭痛は私を夢みごこちにする。排泄物を出さずに我慢していることにはスリルがある。オナラの臭いを嗅ぐことなども私は好む。…… |
|---|---|
| D | ……にもかかわらず私があまりこの町を歩きたがらないのは、人が無目的に道を歩くことを許しそうもないからである。たとえば私は一本道を歩きながら急に退屈してクルリと引き返したくなる。すると突如、通行人や店の商人の眼が私に集中されるのを感じる。彼等は無言で私を非難する。———あんたは一体、何をぶらぶらしとるのかね、と。それで私はさも、たッたいま思い付いたという風に「ああ、また忘れものをしてしまった」などと大声でつぶやくか、でなければ幽霊になったつもりでソロリソロリ漠然とうしろを向くようにしなければならなくなるのである。だが、この心苦しい引返し動作にもまさる苦痛として、さらに「お辞儀」がある。このお辞儀のことを想うたびに、私はむしろ犬になりたいと願わなかったことは一どもない。ああ、あのように私にも好きなときにイキナリ全速力で駆け出すことが許されていたら！…… |

　作者の初期作品『蛾』は、耳の中にたまたま飛び込んで動き回る蛾のために、耳内の騒音に悩まされ、いらだち、きりきり舞いしたり、あきらめたりしながら、困惑しきって斜め向かいの芋川病院に出かけてゆく、すると紙の筒みたいなものを耳に当てて暗くして、懐中電灯を照らすことで、簡単に耳の中の蛾をおびき出すことができたというだけの短編である。

　しかし、吉本は、この作品は耳の中にたまたまとびこんだ蛾の羽音に

悩まされ、飛び跳ねたり、ひっかきむしったり、騒ぎまくったりする「私」の挙動が、「私」をいわば虫類である蛾と同じ水準においた位相で恐怖を漂わせながら描き尽くされている、と言うのだ。そしてこの作品は、「私」を蛾と同じ水準におくような「私」の挙動を描写することで、世界の本質的な差異にまでいわば触手を届かせていると言うのである。さらに吉本は続けてこう言う。「なぜ「私」がたまたま耳にとび込んだ蛾の動きまわる羽音に、まるで対等の虫類になったように振舞って騒ぎ立てねばならないのか。それは「私」が「苦痛を友とすることだってある」し、歩きながら、通行人や店の商人の視線を感じて、ひと知れず引き返したくなることだってある、そういう〈孤独〉を、こころに飼いならしているからである。作者の世界の差異線は眼には視えないが「私」の〈孤独〉と「私」とのあいだにたしかに引かれている。またそのことで作品が書かれなければだれも、そんな差異線がこの世界にあることに気づかないような本質が描きだされている」と。

　『蛾』を読み込んだうえで、もう一度、『流離譚』に戻ろう。『流離譚』では、作者は「私」を一族の先祖にあたる幕末維新の志士、安岡嘉助や安岡覚之助や、土佐自由民権運動の壮士安岡道太郎に感情移入させながら、正史と交錯する一族の私史を描き出していくうちに作者は変容していく。変容するにつれて、自分の文学の世界を行き届いた本質につなぎとめていた世界の差異線をしだいに消去していくのだ。はじめは照れながら注意深くていねいに消去していくのだが、のちに脱兎のごとく消し去ってしまうのである。

　「言説」の論理をここでも援用すれば、A・Bはいわば情勢論であり、C・Dはいわば存在論なのである。『流離譚』は面白い小説であるが、その内容は事実を積み重ねた、いわば情勢論であり、通俗小説なのである。『蛾』はけったいなどうでもいいことを扱った小説ではあるが、その内容は作家の存在に届いている純文学作品なのである。

　吉本は最後に次のように述べる。

　　　いったいこの世界では何が起こっているのか？　浮き彫りのよう

に露出してくる世界は、おびえも不安もなくやってきた文学の本質の消去のようにみえる。差異線はまるでほころびでも塞ぐように抹消されてゆく。

## （３）加賀乙彦『錨のない船』（1981年）

　最後に加賀乙彦『錨のない船』に入ろう。まず最初に吉本の読後感想から話を始めれば、〈ここまではなんとか耐えてきたが、もう我慢ならない〉とでも言いたげなほど、吉本はこの作品を痛烈に批判することになる。吉本にとって、この作品は〈差異の消失〉、〈無表情な無の帯域〉に触れることさえできないほどの通俗小説なのだ。「言説」で言えば、情勢論としてもダメだと言うのだ。吉本の言葉でいえば、こうだ。

> 加賀乙彦の長編『錨のない船』が表象する世界は、この無表情な〈無〉の帯域に触れるのをおそれて近づこうとさえしていない。空白になった差異線のはるか下方の帯域に横たわっている。いったん作品という世界から消去された差異線が、いわば**人為的**な下降の領域に移行せられているといってもよい。この理由はすぐにつきとめられる。作者の手によっておもいきった作品の通俗化が行われ、その通俗化の倫理によって作品の世界は、善と悪とに分類するための線が引かれる。もちろんこの線は**人為的**な土台をもっているが世界の差異線を構成する条件などすこしもそなえていない。　　　（下線：宇田）

　吉本がこう述べるのは、『錨のない船』がいわば "勧善懲悪" 的な作品だからだ。主人公来島健たちの一家は、平和を願望しながらも戦乱の祖国のためにやむをえず義務をつくそうとする〈善の理念〉を象徴する。これに対して〈悪の理念〉を象徴するのは、新聞記者や来島健の上官たちである。新聞記者有積は、主人公来島健の姉妹のひとり安奈と結婚しているが、ナチス・ドイツやイタリア・ファシズムとの同盟を望み、「鉄まんじ会」の会長をしている右翼革新的な人物である。有積は、軍隊の

内部で混血児である主人公健やその同僚をいたぶる上官たちとともに〈悪の理念〉を象徴するのである。このことについて、吉本は次のように述べる。

　　善と悪、罪と罰、わたしたちはそういう概念の規模を、じぶんで創りだすよりほかに世界のどこからも与えられない。それは歴史によって抑圧された概念を解き放ったあとに、わたしたちがわずかに手のひらにのこす温もりに似ている。……（中略）……
　　作品のモチーフとなっている平和主義者の受難とか戦争のおぞましさやわりなさの強調とかいうものは、この作者がかんがえているほど「現在の倫理」を構成しはしない。そこにおおきな作品の錯誤が横たわっている。そこに倫理があるとすれば「追憶の倫理」しかないことが作者にはうまくつかまえられていない。それはこの作者がかんがえて記憶にのこしている〈平和〉とか〈自由〉とかいう概念が、被覆されて差異線を打ち消された世界のものでしかないからだ。作者は世界を被覆するものは保護するものだという先入見を捨てさることができない。だがすでにそこは現在過ぎてしまったものだ。現在において〈平和〉や〈自由〉を守護したいというモチーフは、世界を被覆する虚偽や虚像のまったく存在することのできない差異線を露わにしてしまうことと、不可避的に結びついている。そこにしか〈平和〉や〈自由〉はありえない。わたしたちが絶望的になるのはそのためであり、世界の半分を支配する権力に督励されたり、ほめそやされたりするために、世界の他の半分を否認することなどとなんのかかわりもないものだ。
　　わたしたちは誰も、通俗的になることができる。だがわたしがどこまでもじぶんの通俗をたどっていっても、この作者の通俗とゆき逢うことはない。わたしは通俗を非知につなげるわけだし、この作者は通俗を知につなげようとしている。
　　この作品が〈通俗〉を本質としているというとき、**人為的**に差異線を**消去**された挙句に、世界の下方に移されてしまった分類線の構

造をさしている。それが作品の物語の通俗的な面白さとあまりかか
わりなく、いわば骨肉腫のように作品の身体を身体が障害している。

（下線：宇田）

　ここで留意すべきことは、吉本が作品そのものを批判しているのではないということだ。〈**わたしたちは誰も、通俗的になることができる。だがわたしがどこまでもじぶんの通俗をたどっていっても、この作者の通俗とゆき逢うことはない。わたしは通俗を非知につなげるわけだし、この作者は通俗を知につなげようとしている**〉という言葉がそのことを物語っている。吉本は、作品ではなく、作者（加賀乙彦）にダメ出ししているのである。通俗（大衆）小説なのに、それを純文学作品に見せようとするからダメなんだと言っているのだ。
　吉本は前期吉本において "知識人と大衆" という問題を提起したが、そのことをここでも敷衍して述べている。知識人とは、その時代の差異線を生み出す役割を担うのだが、生活者としてみれば一般に薄っぺらい存在なのである。いわば "か弱きインテリ" なのだ。これに対して、大衆とは政治・経済などの難しい議論には興味を示さないが、生活者としてはたくましく、したたかな存在なのだ。いわば "たくましき生活者" なのだ。吉本がここで "知" とよんでいるは "知識人" のことであり、"非知" とよんでいるのは "大衆" のことである。そういう意味でいうと、『錨のない船』は大衆文学（非知）なのだ。そして、吉本は大衆文学を否定しているのではない。吉本が否定しているのは、『錨のない船』が大衆文学（非知）であるにもかかわらず、それを純文学（知）であるかのように作者が振舞うことなのだ。だから、吉本隆明は加賀乙彦とゆき逢うことはない、と言っているのである。
　いずれにしても「差異論」全体を通じて吉本が述べていることは、1980年代初頭、井上靖、安岡章太郎、加賀乙彦といった巨匠の作品が文学作品（純文学）ではなく、非文学作品（通俗小説）になってしまったということである。これが "差異の消失" ということなのだ。
　吉本は最後に次のようにのべて「差異論」を締めくくる。

これらの巨匠たちは、足もとに転がった現在のエンターテインメ
ントやホップ文学の世界には、あるいは関心もなく、眼をむけるこ
とも滅多にないかもしれない。だがこれらの作品は間違いなく、現
在のわが国の真摯なエンターテイナーやホップ文学の旗手たちに超
えられてしまっている。通俗性に関しては超えられていないかも知
れぬが、すくなくとも文学性では超えられてしまっている。エンター
テイナーたちは、はじめから**世界**の**差異**を諦めた地点から出発した。
そしてすこしずつ苦痛に耐えて、世界の本質的な**差異**を感受すると
ころまでやってきた。これらの巨匠たちはそれと逆だ。
　　それは世界理念の現在の達成がどこまで届き、苦痛にもまれてな
にを開示するところまで、到達したかをみようともしないし、され
ばとて具体的な現実そのものにまで世界を解体しようともせずに、
中間でうろうろしてただ半世紀まえの世界模型に覆いをかけている
理念が、すでに真摯な現在の世界理念の担い手によって、はるかに
超えられているのとおなじだ。停滞した文学と理念だけが、**世界**の
**差異**を現在でも**人為的**な分類線で画定できると思いこんでいる。

（下線：宇田）

　以上で「差異論」を終えるが、最後に補足すれば、"差異の消去"とい
う動きも1980年という「現在」が産みだした産物であることは忘れては
いけない。
　吉本は巨匠の文学作品に見切りをつけた後、どこへゆくのか。サブカ
ルチャーという場所へ行くのだ。かつて通俗小説よりも下の位置にラン
クづけされていたサブカルチャーが「現在」の先端の"自己表出"、"差
異線"を露出させ始めたのである。これが1980年という「現在」の価値転
倒なのだ。文学が非文学に転化し、非文学が文学に転化するというドラ
マが始まったのである。つまり、カルチャーがサブカルチャーに転化し、
サブカルチャーがカルチャーに転化するということだ。
　これまで「差異論」のなかでみてきた"差異の消去"とは、ヘーゲルの

"同一" "差異" の考え方で言えば、巨匠文学が "同一性" から "差異性" を消去し始めたということだ。それは「言説」という視点でいえば、巨匠文学から「存在論」が欠如し始めたということに他ならない。

　次論考の「縮合論」ではサブカルチャーがテーマになるが、ここでの "差異" は "同一" から生まれてくる "差異" ではない。カルチャーという "同一" 性から追い詰められたものとして既に存在している "差異" なのだ。「縮合論」ではそこにフォーカスすることになる。

　本論考の冒頭でヘーゲルとハイデガーの "同一と差異" 概念の違いについて述べたが、ここでもう一度、そのことにふれておきたい。

　ヘーゲルのいう同一性は、同一性のなかに差異性が内包されていて、同一性が崩れていくときに差異性の問題が出てくるという論理的筋道であった。〈区別―差異―対立〉という筋道である。これに対して、ハイデガーの場合はそうではない。差異性は最初から同一性から追いつめられて存在しているのである。ハイデガーはヘーゲルについて、「世の中で論じるに足る哲学者はヘーゲルしかいない」と述べているが、"同一と差異" というテーマについては、ヘーゲルと自分とは考えが違うとはっきり語るのである。

　今なぜ、そのことをここで取り上げたかといえば、「差異論」の "同一と差異" はヘーゲルから読み解けばよかったが、次の「縮合論」の "同一と差異" はハイデガーから読み解くことになるからだ。


## 〈6〉縮合論

　前論考「差異論」では、純文学における "差異消去" という事態を論じたが、本論考「縮合論」では、かつて低俗とされてきたサブカルチャーで最先端の "差異" が生まれていることを論じることになる。吉本はそのことを次のように述べる。

現在伝統的な表現の世界が高度なもの、価値あるものとみなして
　きたものが、高度なもの、価値あるものだと決定できなくなってきた。
　それと逆に低俗なもの価値のないものとみなされてきたものが、まっ
　たく別途の差異線にそって高度なもの、価値あるものを実現するよ
　うになってきた。そういう事態から、現在わたしたちは、しずかに
　震撼されているのではないか。こういう疑いは、主体や主観の側か
　らの価値の転倒の意識としてならば、民俗学や人類学や、理念のう
　えのポピュリズムの形でいままでさまざまに提示されてきた。いま
　もまた提示されている。いまここでとりあげているのは、それとは
　まったくちがうことだ。主観や主体の側にではなく、世界の側に指
　標の転倒の意義があらわれているようにみえる。　　　　（下線：宇田）

　あらためて、ここではっきりさせておきたいことは『マス・イメージ論』
では "自己表出" という吉本固有の概念がいっさい使われていないという
ことである。"自己表出" は『言語にとって美とはなにか』の鍵概念（キー）であ
るだけでなく、吉本の "心の構造"【図2】を支える了解論（Y軸）の根幹
をなす概念である。にもかかわらず、『マス・イメージ論』では "自己表
出" は忽然と姿を消すのである。その理由はたぶん、二つある。ひとつは、
吉本が自分の考えを "世界知" の中に置こうとしたからだ。だから、『マス・
イメージ論』では一般的な概念を用いているのだと思う。もうひとつは、
"自己表出" はあくまで個人の了解、表現概念であるということだ。『マス・
イメージ論』では個人の "自己表出" ではなく、〈現在という巨きな作者〉
の "自己表出"（いわば大文字の "自己表出"）をとらえようとするため、吉
本は "自己表出" ではなく、差異、縮合、解体、接合といった表現を用い
たのだと思う。
　いずれにしても「縮合論」では、これまで低俗とされた作品（エンター
テインメント）のなかに生まれた最先端の "自己表出" をかき集めてこれ
を「共同性（同一性）」として取り出すことになる。吉本はこの自己表出
の「共同性（同一性）」を "縮合" とよぶのだが、これが生み出される根拠
を「この世界のさまざまな層には、構成してはじめて猶予され、阻止さ

れる層を含んでいて、わたしたちはただそこにぶつかっているのだ。い
わば無意識がおこなう防禦であり、また延命なのだ」と述べる。つまり、
無意識の防禦や延命が“縮合”を形成することになるのだ。ここからさら
に、吉本は“縮合”がどのように表出されるかについて、次のように述べ
る。

　　　現在、無意識の縮合面のうえに、わたしたちは世界の画像を選ん
　　でいる。感銘にいたる道すじで選んでいるときもあれば、離脱しよ
　　うとする道すじで選んでいるときもある。また嫌厭したいモチーフ
　　で選んでいるときもある。<u>いずれのばあいでも選んでいるとき、い
　　い澱んでいるような、こだわりを感じているような、またしこりに
　　触れているときのような触覚を差異として表出することで、現在を
　　同一性の世界として確定しようとしているのだ。</u>
　　　そのばあい、<u>いい澱みや、こだわりや、しこりとして感受される
　　層に、意味や価値や権威をつけているのではない。ただ選んでいる
　　個所で世界は濃度が濃くなっているとか、厚みをましているとか、
　　酩酊の度合が強いとかいえることだけが確かなのだ。わたしたちが
　　いい澱み、こだわり、しこりを感じるところで、さまざまな局面の
　　うち先入見なしに選ばれた断層にそって、選択からえられた平面を
　　縮合して、べつの同一性の世界の画像を人為的に作りあげようと願っ
　　ている。</u>この願望はもしかすると錯誤かもしれぬ。縮合は無意識の
　　防禦としてだけ成り立つので、人為的な縮合はもともと不可能かも
　　しれないからだ。ただ現在のすでにある世界にさまざまな疑義を感
　　じている以上、そうしてみるほかすべがない。　　　　（下線：宇田）

　吉本はこう述べて、〈低俗で価値がないとみなされてきたもの〉を実際
に取り上げ、それらが〈まったく別の差異線にそって高度なもの、価値
あるものを実現している〉ことを明らかにする。
　それではテキストに入ろう。吉本は萩尾望都、糸井重里、湯村輝彦の
作品の中から任意のセリフを勝手に30場面、選んでこれを縮合するのだ

が、ここではこれをさらに、糸井重里・湯村輝彦『情熱のペンギンごはん』「ホームドラマ」と糸井重里『ペンギニストは眠らない』「・教科書のよーなもの」の17場面（原書番号14 ～ 29、30）にしぼることにする。

## （1）糸井重里・湯村輝彦『情熱のペンギンごはん』
## 「ホームドラマ」（1980年）
## 糸井重里『ペンギニストは眠らない』「・教科書のよーなもの」
## （1980年）

14
さて、これから
おいしいごはん
をいただくわけ
だが……

15
パパは一言
注意して
おきたい

16
ごはんの最中に
**ウンコ**
の話をしない
ようにナ！

17
ごはんの時に
うんこの話を
してはいけませんよ

18
おいしいネ

うん
おいしい
ね

19
ピクッ！

20
いま、
**ウンコ**
の話をしよう
としたろう
!?

21
ぼく、
そんなこと
言わない
よ…

22
そうか、それならいいが…
いまは食事中だから

23
絶対に
ウンコの話を
するんじゃ
ないぞ

24

どうも、子供たちは
ウンコの話をした
がっているよう
だね、ママ

25

ウンコの話は
食事をまずく
しますものね

26

まったく
…………
もし
ちょっとでも
ウンコの話
をしたら、
パパおこる
からね！

27

ウンコ
のことを
想像しても
いかんぞ
食事中は
ナッ

28

ごちそうさま！

ごちそう
さま！

29

食べてすぐ
ウンコに行く
んじゃないぞ！

30

じゃ、男のこぐみは、ばけつをたたいてください。
とん、ぱしゃ、とん、とこ、とん。
女のこぐみは、いちまいずつ、きているものをぬいでいきましょう。
はい、もっともっと、だいたんに！
なにをはずかしがっているんだ。
ぬげー、ぬげー、みんなぬいじまえ。
おい、こら、この、ばか、やろ……

　今、ここで取り上げた 17 場面は少なくとも1960年代まではありえな
かった言語表現なのだ。これらの言語表現は1970年代から始まり、1980
年代に開花するのである。では1970年代から1980年代に、いったいなに
が起きたのか。違う言い方をすれば、1980年という「現在」は何を生み
出そうとしたのか。吉本はそのことを次のように述べる。

14から30コマにわたる場面では、いくらかちがった質の黒いユーモアを介して、作者がこだわっているひとつの倫理（反倫理）が、まちがいなく伝わってくる。卑小な露悪にこだわって子供を制止する父親と、それに追従する母親とが、けっきょくはその制止をはじめからおわりまで犯している。現在において倫理的なこだわりを生のまま提出すれば、たちまち虚偽に転化してしまう。鈍感でそれがわからないことへの強い諷刺になっている。また子供が学校で使う教科書、学習する事柄がもたらす非情な裏目にたいする露悪的な抗弁の形が視とおされる。コミックスの世界だが、別に朗らかに笑わせたいというモチーフに寄生して描かれていない。やむをえずに笑っても、不快感をもっても、異様なこだわりを感受してもおなじなのだ。ただわたしたちがこれらの場面の言語を優れたものだと感じているのはまちがいない。

（下線：宇田）

　1980年という「現在」にサブカルチャーが生み出した表現は、突然あらわれたにもかかわらず、〈優れたもの〉として受け取られた。それは書き手と読み手の自己表出が響きあったからにほかならない。つまり、〈**言語の自己表出性は、外皮では対他的関係を拒絶しながらその中心では連帯している**〉のだ。ただ、この〈優れたもの〉を論理で説明しようとすれば、その途端、困難に直面する。吉本はそのことを次のように述べる。

　　だがこの優れていると感じられる言葉の表出が、どこからくるのかと問うとき、わたしたちはある新しい、異邦的ともいうべき同一性の土台につきあたっている。かつてこういう表現の仕方を、わたしたちは文学としてあまり体験したことはなかった。そういう異質さに直面しているようにみえる。一般的にわたしたちが文学的に優れているとか、文体的に際立っているとかんがえる要素は、これらの縮合された場面のセリフには、どこにもないようにみえる。むしろそういう概念からいえば非個性的な文体、あるいは文体などは、はじめからないとおもえる文体しかここにはみられない。またもう

ひとつのことがいえる。これらのセリフの表現は、ただそこに概念の存在感をつぎつぎに置いていくという文体で、主体的にどうしようとか、どう彩色しようかいうモチーフはすこしも感じられない。ドレミファソラシドや、基本的な円環色が配置されると、ある音階や色階の集団が感受されるとおなじに、言葉は、ただそこに置かれただけのようにおもえる。わたしたちはただその言葉の概念を受容すれば、それだけでよい。これらの言葉の表現を解釈の水準におきかえようとしなければ、疑うべきものは何もない。そのまま受容され、そのまま過ぎていくだけの表現である。そして確かな存在感をもった場面がそこに出現し、消えてゆく。それだけのことだ。ここで優れているという概念は、ポップアートやエンターテインメントの高度化や質的な転換によって、言語がはじめて当面したもののようにおもえる。ではポップアートやエンターテインメントの言語とはいったい何なのだろうか。残念なことに伝統的な表現様式からは徹頭徹尾これに関与も寄与もできそうにない。たかだか気ままな視聴者とか観客という立場から、これらの言葉が世界の重心を確実に上げてゆく兆候を傍受しているだけだ。

（下線：宇田）

　繰り返しになるが、ここで大事なことは〈サブカルチャーが価値あるものとして登場してきたが、なぜこれらの言語表現が優れているのかという問いに答えることは非常に難しい〉ということだ。違う言い方をすれば、これまで『言語にとって美とはなにか』がとらえた"優れた文学"の概念が修正を迫られているのだ。

　ここではもう一度、『言語にとって美とはなにか』の鍵概念、"自己表出"と"指示表出"を振り返っておこう。指示表出は他者とのやり取りから生まれる表出であり、自己表出は自分自身との対話から生まれる表出である。また、指示表出は意味をあらわすが、自己表出はその言葉の意味の裏側に"沈黙のメッセージ"として張り付くことになる。

　『言語にとって美とはなにか』では、これら二つの表出概念に加えて、"文学体"と"話体"という文体概念が登場した。"言語の美"は表出概念に文

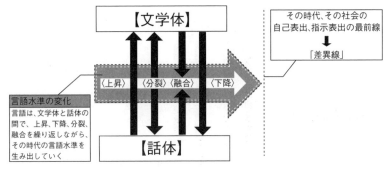

【図3】 文学体と話体

体概念を重ねて論じられたのである。ここでよく生じる誤解は〈文学体＝自己表出、話体＝指示表出〉というとらえ方である。しかし、これは違うのだ。〈文学体＝自己表出、話体＝指示表出〉という発想では文学の歴史の動的展開をとらえることはできない。文学体はその時代、その社会の新しい自己表出の表現を生み出す志向性を備えており、話体はその時代、その社会の新しい指示表出の表現を生み出す志向性を備えているのだ。つまり動的に動くものなのだ。これに自己表出と指示表出とが、いわば織物の縦糸と横糸としてかかわることによって、文学の歴史がダイナミックに動いていくのである。言い換えれば、〈自己表出、指示表出〉という概念と〈文学体、話体〉という概念とが交錯するところで、その時代、その社会の〈言語水準〉が決まっていくのである。

　吉本は話体から文学体への志向を上昇とよび、文学体から話体への志向を下降とよぶが、文学体への上昇は言語の自己表出を押し上げるように働き、話体への下降は指示表出を押しひろげ、多様化させるように働くのである。この話体から文学体への上昇と、文学体から話体への下降、あるいは文学体と話体との融合や分裂が〈新しい自己表出と指示表出の表現〉を生み出すのである。これを図であらわせば【図3】となる。そしてこの【図3】の右端の縦の点線がその時代、その社会の最前線の「差異線」を示すことになるのである。

　そうだとすれば「縮合論」のサブカルチャー（ポップアート、エンターテインメント）の作品はこの【図3】のどこに位置するのだろうか。実は【図

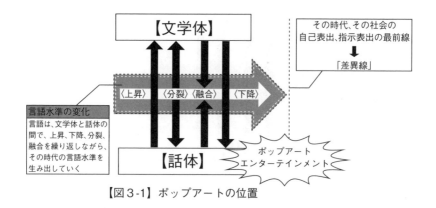

**【図3-1】ポップアートの位置**

3】に居場所はないのである。あえて言えば、【図3-1】の欄外になるのだ。
1980年以前の枠組みで言えば、サブカルチャーの作品は話体文学よりさ
らに下降した場所（通俗小説）に位置づけられるのである。つまり、サブ
カルチャー（ポップアート、エンターテインメント）の作品が高度なもの、
価値あるものだとすれば、『言語にとって美とはなにか』の文学理論では、
それを扱うことができないのだ。だからこそ、吉本は「1980年という時
代に何が起きたのか」という問いに真剣に向き合ったともいうことがで
きる。ここからはポップアートやエンターテインメントの作者たちの言
葉に寄り添い、さらに考察を深めていこう。

## （２）　橋本治・糸井重里『悔いあらためて』（1980年）
## 川崎徹・糸井重里構成『必ず試験に出る柄本明』（1981年）

　ここでは吉本が縮合した 7 場面のうち、二つを取り上げることにする
（以下の番号（5，6）は原書の番号である）。まず、橋本治・糸井重里『悔い
あらためて』から 1 題を取り上げる。

〈5〉

　　――いつもだったら数だけを頼りに書いているんです。例えばこの本の
　読者が、大体この辺りのところに何人くらい、いるっていうのだけ、みてる

> わけ。だから、『ガロ』なんかに書くときはさ、1万しかいないって分かっ
> てるから、こういう話になるわね。耳のソバでしゃべってる。どんな馬鹿
> いっても平気で、それから、『メンズクラブ』だったら、まあ10万部く
> らいいるから10万部くらいの人間の。僕ね、わりと絵で浮ぶ。学校の校
> 庭に朝礼をやる時に、2000人、集まってたって覚えがうつもあるの。あ
> の数量が2000だろって思うと、100万っていうと、嘘のイメージだけ
> どね、ああ、こんくらいかなっていう100万がいるの。そういうものをみ
> ながら書いてんのよね。『文藝春秋』となると、ついに分かんなくなるの。

〈5〉のサブカルチャーの旗手の素直で自然な言葉から、吉本はかれら
の表現のモチーフや理念のありどころを探り、こんなふうに語る。

> 〈やつし〉の自然さと自在さが際立ってみえる。もともと自然体で存
> 在するところが、その場所であったといってもよい。その場所の自
> 然さは大規模に開拓され、種子を播かれ、収穫期をむかえ、それが
> 繰返されているうちに「一万しかない」層では、どう表現的に振舞
> えばよいか、10万部の層ではこういう産出が可能だ、100万部の層
> ではこうにちがいないというイメージが描きだされるようになった。
> <u>かれらは自意識をてんてこ舞いさせているわけでもなく、鼻のさき
> にぶらさげているわけでもない。べつのいい方をすれば、かれらの
> 自意識を、切符みたいにもぎとったあとでなければ通れないような
> ゲートは、すでに存在しなかった。そのために世界への軟着陸が可
> 能であったともいえる。わたしたちはこの徴候を、60年代にはまっ
> たく気づいていなかった。</u>ただ奇異な現象のように眺めていたのを
> かすかに思い起こす。
>                                     （下線：宇田）

　ここで吉本が述べていることは、新しい価値を携えて登場してきたサ
ブカルチャーの旗手たちの立ち姿が自然体であるということ、そして、
彼らは購読者数によって「何をどう書くか」を決めることができるとい
う自在さをあわせもっているということである。実はこの自在さは単に
文化芸術領域だけの話ではない。産業領域でも同じことが同時に起きて

いたのである。1970年代までの工業社会では、"生産者がよいと思う商品をどれだけ生産するか" が生産の起点になったが、1980年以降の情報社会では、"消費者が何を購入したいか" が起点になったのである。いわゆる"川上から川下へ" という転換があったのだ。これを製造業のマーケティング理論で言えば、前者が "プロダクトアウト" であり、後者が "マーケットイン" ということになる。第三次産業で言えば、前者が "サービス" であり、後者が "ホスピタリティ" ということになるのだ。

　しかし、サブカルチャーの旗手たちは川下の期待を読み切る力があるにもかかわらず、なぜか『文藝春秋』についてはどう書いていいのかわからないのである。吉本はこれについて次のように述べる。

> ではなぜ『文藝春秋』となると、「ついに分かんなくなるの」のか。この雑誌はかれらの言葉でいえば、10万部の層で十分に対応できるはずである。にもかかわらず『文藝春秋』が象徴するものは、いわば〈知〉の〈やつし〉、つまり知識の大衆化あるいは、大衆の知識化であって、ホップ文学やエンターテインメントのこれらの旗手たちが把握している言葉の方法や領域とはまるで質的にちがうからだ。……（中略）……正統な〈知〉的制度の背景を大衆向けに通俗的に作りかえて、そこで物語や言説が大衆向けの形で紡ぎだされる世界である。これらのポップ文学の旗手たちのいる場所は、おなじ読者の層のスペクトラムのところにあるばあいでも、質的にまったくちがっている。言葉は瞬時にやってきて瞬時に移りかわる映像や、瞬時に流される音とおなじように、いきなり存在の中心におかれて、いきなり通りすぎてゆくように使われている。肌をあたためあうか、冷たい言葉を投げつけるかは第二義的なことだ。まずじぶんをじぶんの言葉から区別するために、話し言葉が発祥する場所である。
>
> 　この質的なちがいは何をもたらすのだろうか。また何を意味しているというべきだろうか。かれらの肉声が荷っているものは何だろうかと問いなおしてもよい。
>
> 　この質的な新しさ、差異は、かれらが変化することのなかに、無

**意識の必然**が体現されているということに尽きるようにおもわれる。つまり世界の秩序や制度が、無智な大衆を啓蒙してやれとか、大衆向けにやさしく通俗化してやれというモチーフから生みだしたマス・イメージの世界ではなくて、ある未知のシステムを感受しているために産出される無意識の、必然的な孤独からやさしさも、言葉の産出も、モチーフも、すべてやってきた世界のようにおもえる。

（下線：宇田）

　ここで述べられていることは既に「差異論」でも述べたが、前期吉本の言葉でいえば〈知識人と大衆〉、あるいは〈知と非知〉の問題に他ならない。かつてカルチャーは"知識人"と"知"を拠点とし、サブカルチャーは"大衆"と"非知"を拠点にしていたのである。さらに言えば、カルチャーには高い価値があり、サブカルチャーにはあまり価値がないということが前提になっていたのである。言い換えれば、"知識人"・"知"が"大衆"・"非知"に対して君臨していたのだ。そういう状況の中で、『文藝春秋』とは"知識人"・"知"を"大衆"・"非知"に切り売りする役割（知の"やつし"）を象徴する雑誌だったのである。だからこそ、サブカルチャーがみずからの優れた価値を実現するようになったとき、サブカルチャーの旗手は『文藝春秋』との距離感がうまくつかめないのである。なぜなら、新しいサブカルチャーは『文藝春秋』に象徴される〈知識の大衆化あるいは、大衆の知識化〉ということがそもそも理解できないからだ。

　ここでは続けてもう1題、川崎徹・糸井重里構成『必ず試験に出る柄本明』の一場面をみておきたい。

〈6〉

> 　芸術・演劇・情熱、学のネエ野郎は、特にそんな言葉に弱いんだ。それと、アングラ（汚ない言葉。個人的には、大変嫌いです）これらの言葉は、偉大なる詐欺師である。何も知らない純情可憐な若者を、その気にさせる。特に女性は恐い。芸術・演劇・情熱、これでもって、アタシもガンバレば出来るなんて、ブスが平気でガンバル。普通、男ってのは、ブスにガンバってもらいたくないんだ。ブスには、ガンバル権利など絶対にない。嫁に行けない

吉本隆明『マス・イメージ論』を読む　125

恨みを、芝居にぶっつけてくるからね。東京港から、モスラが上陸して来るようなもんだ。それだけで、不条理演劇ってヤツが一本出来るんではないだろうか。「ブスの上陸」って題で。

吉本は〈6〉について次のように述べる。

かれらの理念が象徴しているものは、脱制度化された思考と、情念の海に浮んだ孤島みたいな貌をもっている。これはもっと別な言葉でいった方が肉薄感をもつかもしれぬ。かれらの世界は、第一次的な皮膜におおわれた世界だ。板子一枚したをめくると、どろどろした情念や怨恨やエロスの抑圧や、社会的な抑圧の渦潮が奔騰している。それらにたいする第一次的な反応を昇華することのなかに、現在のポップ文学やエンターテインメントの世界が存在感を獲得してゆく過程がある。抑圧と錯合とその表現的な解放の同在ということを抜きにしては、その質的な意味は問うことはできない。第一次的なという意味は、生煮えのということも、生々しいということも、ふたつながら含んでいる。また単純で素朴なということと、根源的なということとが同在している。……（中略）……この特異な優れたエンターテイナーが、いわゆるアングラ的な劇様式がもっている〈やつし〉を、さらに解体し無意味化しようとするモチーフや衝迫をもっているのがみてとれる。「普通、男ってのは、ブスにガンバッてもらいたくないんだ。ブスには、ガンバル権利など絶対にない。嫁に行けない恨みを、芝居にぶっつけてくるからね」と語るとき、現在のエンターテイナーたちが浮かんでいる海の色や波立ちや、たくさんの溺死現象が透視されている。それと一緒にこの世界が制度としてあるかぎり決して解消しない美と権力との結びつきにたいする根源的な苛立ちや反逆が、このエンターテイナーに内蔵されていることも暗示される。

（下線：宇田）

ここまできて、ようやくポップアートやエンターテインメントの新し

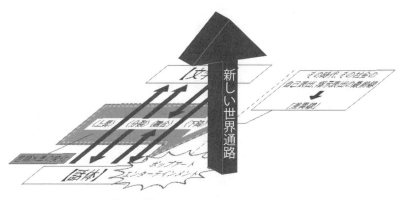

**【図3-2】** ポップアートの新しい位置づけ

い価値がみえてくる。吉本がここで述べていることは、すべてを下線表記にしたいくらいだ。ポップアートとエンターテインメントを「世界論」の文脈に組み込んでいえば、まったく新しい世界模型が生まれているのだ。その模型を「世界論」でのモデルになぞらえていえば〈縮合モデル〉と言っていいだろう。わたしには、このモデルはラップのリズムのように迫ってくる。

　ポップアートとエンターテインメントの新しい価値とはなにか。このことを先に見た【図3-1】では表現することができなかった。これをあえてこの図に絡めて表現するとすれば、どういうことになるのか。それはおそらく【図3-2】のような表現になるはずだ。つまり、【図3-1】の平面上には表現できないのである。平面から立体方向に上昇していくイメージとして表現するしかないのだ。【図3-1】が "前期吉本" の構図だとすれば、【図3-2】が "後期吉本" の構図だと言っていいだろう。そのベクトルは "世界視線" の方向だが、わたしたちはまだ、このあたりの異同を論じることはできない。

　ではあらためて問いたい。【図3-1】から【図3-2】への構図の転換をうながす背後に「世界はどう変化したのか」という問題があるとすれば、これはいったい何だったのか、と。たぶん吉本がとらえているのは、〈未

知のシステムの感受〉である。この感受によって〈無意識の必然〉が【図3-1】から【図3-2】への構図の転換を強いたと言えるのではないだろうか。ただ、わたしたちは、この〈未知のシステム〉と〈無意識の必然〉をとらえ切っているわけではない。吉本はそのことを次のように語る。

　　易しいのは表層だけで、無意識の深層をどう理解するかが難しいのだ。文体的にいえばそこで使われている話体は、無意識の層の表出にあたる話体で、日常のコミュニケーションの必要からでた話体ではない。そこで話体が生みだす対立、了解、葛藤は無意識層にあるものの表層であって、日常の次元にあるのではない。
　　現在の世界の構造にかかわることでいえば、いままで存在できないとかんがえられていた導通路の構造に直面している。ふつうマス・イメージがおおきくふくらんでゆくのは、きめられた〈知〉の秩序や制度が普及してひろく大衆のレベルにゆきわたることだと理解されている。そこでは無意識に通俗化してゆくことや、意識的に下降してゆくことはできるのだが、無意識に高度になったり、意識的に上昇することはできないとみなされてきた。
　　だが現在ポップ的な文学やエンターテインメントが、質的に高度になってゆく様子は、まったくちがっている。また作品があまりに多量に氾濫していることが、質的な重味として感受されるのも、かつてとちがっているとおもえる。そこでみている変換は、裾野からはじまって量的なスペクトラムのそれぞれの層が縮合されて、強固な同一性の階梯をつくっている姿だ。そこをたどってゆけば、無意識的に高度な質にたどりつくことも、意識された上昇もできるひとつの世界通路が成立しているのだ。
　　この意味は現在充分に把握できているとはおもえない。だがだれもがひそかに蝕知している。

　　　　　　　　　　　　　　　　　　　　　　　　　　（下線：宇田）

　吉本がここで述べていることは、【図3-1】から【図3-2】へという構図の転換の話だといってよい。ここでは次に米国作家リチャード・ブロー

ティガンを通じて、この新しい世界通路をさらに掘り下げ、味わうこと
にしたい。

## （3）リチャード・ブローティガン「アメリカの鱒釣り」（1967年）
## 　　　リチャード・ブローティガン「西瓜糖の日々」（1968年）

　ここでは吉本がリチャード・ブローティガンの作品から縮合した 7 場
面のうち、二つを取り上げる（以下の番号（1、5）は原書の番号である）。
書物で言えば「アメリカの鱒釣り」から〈1〉を、「西瓜糖の日々」から
〈5〉を取り上げる。

〈1〉

> 　もっとうまい言葉はないのか。
> 　鱒の鉄はどうだろう。鱒からとれる鋼鉄（はがね）。雪をたくさん抱いた透明な川が
> 精錬所だ。熱だ。
> 　ピッツバーグのことを想像してみたまえ。
> 　鱒からとれる鋼鉄で、建物や汽車やトンネルをつくる。

〈5〉

> 　かの女はとてもやさしく微笑みかけた。わたしは食卓についた。ポーリー
> ンは新しいドレスを着ていて、かの女のからだの感じのよい輪郭が見てとれ
> た。
> 　ドレスは前が低くあいていて、胸の優雅な曲線が見える。わたしはなにも
> かもに、かなり満足だった。西瓜糖でできているそのドレスが甘い香りを放
> つ。

　吉本はリチャード・ブローティガンの言語表現をポップ文学の世界的
な達成モデルと考えていて、上記二つの描写において「鱒」や「西瓜糖」が、
あるときは人間や主格や素材の暗喩であり、あるときは村の近くを流れ
る河に泳いでいる実在の鱒や、西瓜から搾られた果糖であり、またある
ときは柔らかく透明な感覚を与えるものすべての暗喩であることに注目

している。これらは、外光、生活素材、村の風物で「こうであればいいなぁ」と思う"世界幻想"を象徴するものになっているのだ。吉本はあらためて、"サブカルチャー文学"というものの価値について、つぎのように述べる。

　ポップ的な文学はどんな階梯をたどって、世界を**現在**にもたらしたり、または世界の**現在**を超えたりできるのか。またそんなことができるどんな条件を、この世界はもちはじめたといえるのか。わたしたちはまだうまくつかめていない。ただかつてはその世界では下降だけしか可能ではなく、また上昇できるにしても、その境界は世界の言語的な秩序や制度から、いわば慈悲にすがって与えられた下限までしか届かなかった。現在では世界の言語的秩序とは無関係に無意識が上昇してゆく通路が想定できるようになった。（下線：宇田）

　吉本がここで述べていることも、【図3-1】の平面的な布置と【図3-2】の垂直的な布置の違いの説明だといってよい。つまり、これまでは〈世界の言語的な秩序や制度〉によって【図3-1】の左から右へという時間的な流れを形成するしかなかったのである。ここでの平面的な動きは"話体"が"文学体"へと上昇したり、"文学体"が"話体"へと下降したり、あるいは"分裂"や"融合"して、新しい差異線が形成されたのである（【図3-1】に関心があれば、拙書『「言語にとって美とはなにか」の読み方』を参考にされたい）。これに対して、【図3-2】の垂直的な上昇は、1980年という「現在」のサブカルチャーの"自己表出"と"指示表出"の動きなのだ。【図3-1】が左右の平面的な移行だとすれば、【図3-2】は上下の立体的な移行だということができる。そして、リチャード・ブローティガンの作品はもちろん、【図3-2】の中にあるのだが、リチャード・ブローティガンの作品には一つの共通点がある。それは鱒、鋼鉄、雪、川、精錬所、建物、汽車、トンネル、人間、ドレス、西瓜糖が全部つながっているということだ。つまり、動物、植物、無機物、人間が一体となって非分離の世界を形成しているのである。実在が喩となり、喩が実在となる世界観と言ってよい。わたしたちは、ここからどこへゆけばよいのだろうか。よ

くわからない。ただ、ひとつだけ言えることがあるとすれば、それは「自分の生活の現場（非知の世界）に根を張れ」ということではないだろうか。そして、自分の生活の現場から垂直移行を目指せということではないだろうか。

　以上が「縮合論」であるが、最後に「現在」3分割の視点から振り返っておきたい。

　「現在」3分割の視点から言えば、〈縮合モデル〉はもちろん「未知」を組み込み始めた「現在」（第3分割）ということになる。そしてこのことを起点にして、前論考「差異論」を振り返れば、「差異論」では「現代」をまだひきずっている「現在」（第1分割）が取り上げられていたのだ。「現代」をそのまま引きずっているために "差異消失" がテーマになったのである。さらに次の論考「解体論」についていえば、ここでは「現在」のなかの「現在」、つまり、「現在」のど真ん中の場面（第2分割）が取り上げられることになる。

# 〈7〉 解体論

　「変成論」から始まった「世界はどう変化したのか」という問いは、本論考「解体論」でいったん幕を閉じる。吉本は冒頭、これまでの論考を振り返りながら、また、このあとの五つの論考の文脈を押さえながら、次のように述べる。

　（①）わたしたちが意識的に対応できるものが制度、秩序、体系的なものだとすれば、その陰の領域にあって無意識が対応しているのは、システム価値的なものだ。構造が明晰で稠密でしかも眼に視えなければ、視えないほどシステム価値は高いとみなすことができる。このシステム価値的なものは、いたるところでわたしたちの無意識を、完備された冷たい触感に変貌させつつある。いいかえればわたした

ちの情念における自己差異を消失しつつあるのだ。

（②）システム化された文化の世界は高度な資本のシステムがないところで存在しえない。その意味を前の方におしだせば、生みだされた画像や言葉が新鮮な衝撃をあたえても、また破壊的なほどの否定性をもっていても、あるいは革命的な外装をおびても、いつも**既存**の枠組みのなかだということにかわりない。だが疑念はそのさきへゆく。システム的な、不可視の価値体の起源をかんがえなくてはならなくなったということは、既存と未存とを同一化し、既存の枠組みには内部があっても、その外部はないことを意味するのではないか。

（③）物の系列にマス・イメージをつけ加える要請はシステムからきている。そして虚構の価格上昇力のひとつとして機能している。つまりは物の系列は、実質にはない装飾をつけ加えられることで、自己に差異をつける。そうやってしか存在できなくなったとすれば、それはシステムの意志によっている。（④）高価格、奢侈性、あるばあいには政治経済制度の頽廃性だとする危惧は、さまざまな形でアカデミズムと左翼からの倫理的な反動をよびおこしている。さらに道徳的な教育家や、母子会の倫理的な廓清主義が唱和されて、おおきな社会的な反動を形成している。これが時に応じてマス・コミの世論操作のままにゆだねられたりする。これはつい最近わたしたちが核戦争反対ですら政治的にもてあそぶ人々の言動で体験していることである。

（番号表記・下線：宇田）

　吉本は『マスイメージ論』の全体像をここで開示しているのだ。そのことを上記の引用文の番号にそって説明したい。

　①の部分は「変成論」と「差異論」にふれた部分である。「変成論」では「世界はどう変化したのか」というテーマと枠組みが提起され、次に「差異論」の“差異消失”という問題が取り上げられる。吉本はこの“差異消失”を“システム価値”が“無意識”をいたるところで冷たい触感に変貌させていることに関係づけている。「現在」を生きる人間は情念における“差

異消失" に直面せざるを得ないのだ。言い換えれば、これも「現在」の "目にみえない変化" のひとつなのである。

次に②の部分であるが、ここでは〈"システム価値" が実は高度な資本主義経済社会の問題にかかわっている〉ことが示される。このことは本論考「解体論」で、このあと産業構造の枠組みの問題として取り上げられる。ただし、本格的な論及は『ハイ・イメージ論』に持ち越されて、そこでさらに深く考察されることになる。

次に③の部分であるが、ここで取り上げられるイメージの問題は、第11論考「画像論」で具体的に展開されることになるので、あらためてそこで論じたい。

次に④の部分は「停滞論」で論じられた "反核平和運動" や "窓際のトットちゃん" を退学させた学校教育のことを想起してもらえば、すぐに理解してもらえるはずだ。つまり、吉本が言いたいことは、旧い倫理の残骸("倫理の言葉")が生き残っていて、これが "現在" に停滞をもたらしているということだ。

以上、「解体論」冒頭の叙述を①から④の部分にわけて説明したが、ここには1980年当時、吉本が考えていたことの全体像が詰め込まれている。『マス・イメージ論』を山登りにたとえれば、「変成論」から「縮合論」までは「世界はどう変化しているのか」という上り道を登り、本論考「解体論」で頂上に立つのだ。そして、このあとの下山は「言語表現はどう変化しているのか」という下り道を「喩法論」から「語相論」までゆっくり辿ってゆくのである。

ここでは「解体論」という山頂から見える景色を楽しみたい。吉本は山頂で「現在」の社会を三つに分類して解説する。

（１）システム的な、眼に視えない価値が高度な未知の論理につらぬかれているというとき、この高度なという意味は、まだ不確定にしか分析と論理がゆき届いていない経済の拡がりから背後をたすけられている。それと一緒にこのシステム的な価値は、社会制度や国家秩序の差異によって左右されない世界普遍性をもった様式の意味で

使われるべきである。この概念は、高度のベクトルでしか制御され
ない無意識を必然的にすべて包括する概念である。

（２）政治制度から強制や統制をうける社会では、内部で画像を作っ
たり、あるいは言葉によって物の系列にマス・イメージを付け加え
ることは、かならずしも必要とされない。そこでは物の使用価値は
清潔に使用価値であり、交換価値は虚構のイメージが加わることの
ない、実質だけの交換価値である。かりに虚構の価格構成力がつけ
加えられても、まったくべつの必要に根ざしている。だが、注意し
なければならないことは、この種の清潔性や透明性は、こういう政
治制度の優位を保証するわけではない。また清潔主義や透明主義が
正当なことを根拠づけるものでもない。それはつぎのことから、す
ぐにわかる。ひとたび政治制度からの強制力や統制力が解除された
り、弱まったりすると、世界の内部に既存するという理由で、マス・
イメージが物の系列につけ加えられるような世界をひとびとはかな
らず択ぶことになる。もう一方では政治制度からの強制力や統制力
が社会の全体を組織しているところでは、システム的な文化のなか
で画像や言葉をつくりだす作業は、虚像を真理化することに収斂さ
れ、そこに集中する力を競うことになってゆく。つまり虚像を真理
のイメージに近寄せるために、形式と内容から画一的な画像や言葉
に収斂していってしまう。

（３）物の系列につけ加えられたマス・イメージの価値構成力が、シ
ステム的な価値概念のところから、全価値の半ばを超えているとみ
なされるところでは、制度・秩序・体系的なものに象徴される物の
系列自体は解体が俎上にのせられることになる。たぶんその徴候を
さまざまな場で、わたしたちは体験しつつあるといえる。

（下線：宇田）

　吉本がここで論じているのは産業構造とマス・イメージの関係である。
（１）の社会はすでに第三次産業を基盤にしており、（２）の社会はいま
だに第一次、第二次産業を基盤にしており、（３）の社会は第三次産業が

全産業の構成比でやっと5割を超えたばかりの状態の社会をさしている。

（1）では、日本の産業構造は1980年あたりで第二次産業から第三次産業へ移行したのである。そして、そのことによって高度な未知の論理に貫かれたシステム価値がもたらされることになったのだ。ここから日本経済は“物不足”から“物過剰”の経済へ転換するのだが、吉本はこの転換を“超資本主義”の到来とよび、日本は未知の段階に突入するのである。

（2）では、実体社会における共同幻想の強度が論じられる。共同幻想の強度は『共同幻想論』では“黙契”と“禁制”の問題として論じられたが、ここでは「現在」と「現代」の違いとして論じられることになる。物の系列にマス・イメージが付け加えられるのは“黙契”（規範力が弱い）の社会（「現在」）であり、多様なマス・イメージが生み出されることになる。これに対して、“禁制”（規範力が強い）の社会（「現代」）では、多様なマス・イメージは必要とされず、逆に画一的な虚像を真理化する方向で画像や言葉が強調されることになるのである。

（3）では、社会の大変化をテレビCMの変遷でイメージするとわかりやすい。2020年現在でいえば、auのCM「三太郎」シリーズが国民的人気CMと言われているが、このCMでは携帯電話という“物の系列”の話はまったく登場しない。ある意味、不思議なCMなのだが、それは産業構造の変化に伴う社会変化を示している。わたしたちが現在、経験している社会変化は（2）から（3）を通り、（1）への移行プロセスだということができる。このことは第11論考「画像論」であらためて論じたい。

これまでみてきた産業構造とマス・イメージの関係との3分類を「現在」の3分割という視点でいえば、第1分割が（2）、第2分割が（3）、第3分割が（1）ということになる。

本論考ではこのあと、「現在」のなかの「現在」（第2分割）、さらに「未来（未知）」を組み込み始めた「現在」（第3分割）に焦点をあてるのだが、これを総じていえば“解体”ということがテーマなのだ。つまり、工業社会が情報社会に移行することで“物の系列”や“秩序”に多種多様なイメージが付加されるのだが、この付加された多種多様なイメージこそが“物の系列”そのもの、“秩序”そのものの価値を“解体”するのである。

吉本はそのことを次のように述べる。

　　もともと、物の系列や秩序に対応する実体ある表象のなかで、実
　体ある価値観を形成されるよりも、現在のシステムからの自由な逃
　走を目論んだり、逆に、システム的な構造の価値概念のうえに未知
　性におおわれて存在している。そこでは非実体的な価値観の海に漂っ
　て、無数のこまかな細部に幻惑されながら、同時にどこまで行って
　も実体ある場所にゆけないと感じている。いわば枢要なものから遠
　ざかるたぐいの解体感性に当面している。
　　わたしたちが白けはてた空虚にぶつかる度合は、実体から遠く隔
　てられ、判断の表象を喪っている度合に対応している。だがこのこ
　とは退化した倫理的な反動に云いたてられるような価値の解体では
　なく、価値概念のシステム化に対応している。実体的なものから遠
　く隔てられているが、システム的な価値への移行を象徴しているの
　だ。

　　　　　　　　　　　　　　　　　　　　　　　　　（下線：宇田）

　この引用箇所で特に大事なことは、1980年以降の"解体"が"システム
的価値"と"無意識"とのやり取りを通じて、目に見える形であらわれて
きたということである。ただ、わたしたちはさらに問わねばならないのだ。
"解体"とはなにかと。
　吉本はこの問いに答えるために、次の二つの作品をテキストとして用
意する。

### （1）椎名誠「哀愁の町に霧が降るのだ」上（1982年）
### 大江健三郎「泳ぐ男―水のなかの『雨の木（レイン・ツリー）』」（1982年）

　1982年に出版されたこの二つの文学作品は思いもよらぬ共通点をもっ
ている。その共通点とは、これまでの我が国の文学作品には存在しなかっ
たものなのだが、まずそのことを説明したい。
　通常、作者（A）が文学作品（B）を書くということは、〈実在者とし

136

ての作者（Ａ）が、言語を用いて仮構の世界（Ｂ）を紡ぎだすこと〉である。ところが、この二つの作品では、〈作者（Ａ）が作品（Ｂ）を書いている自分自身の行為〉をそのまま対象化し、作品（Ｂ）の中に描くのである。わかりにくいかもしれないので少し違う言い方をすると、〈作品（Ｂ）を書いている作者（Ａ）の行為〉そのものを作品（Ｂ）に作者（Ａ）が組み込むのである。椎名は話体で、大江は文学体で組み込むのである。これこそが文学作品における“解体”の始まりなのだ。まずは椎名誠の作品からみていこう。

　話（もの）を書いている人がそういうふうに自分で感動してしまったらもう《おしまい》なのである。
　しかし、感動してしまったのだからしようがないのだ。読んでいる人は他人の話なので感動なんかまるでしないで小僧寿司など食べて今日も早く寝てしまおう、などと思っているかもしれないが、こっちは自分の青春時代の話を書いているわけだから、書きながら、あっそうだ、それからあんなこともあった、そうしてこんなこともあった、そうそう、アレはくだったんだ、うんうん、思い出す思い出す、なつかしいなあ……（中略）……等々と少女雑誌のお花眼（花見ではない、花のようにパッチリした眼のことである）になってしまっているからもうどうしようもないのだ。
　そうして、書きながら思ったのだけれど、できるならば、青春は最後まで美しくさせておきたいので、この前の第八章ぐらいでこの話は「おしまい」ということにしておきたい、と思ったのである。
　そうしてちょうどこのあたりで「あとがき」というのを書いて、怠惰なぼくの尻を叩いてくだすったＡ出版社のＡさんのご尽力がなかったらこの本は書けなかったと思う。どうもありがとう。軽井沢にて（嘘だけど）━━━━
　などと記（しる）して花のようにおしまいにしていけばこれはもうものすごく理想的ではないか、と思ったのである。

（椎名誠『哀愁の町に霧が降るのだ』上）

次に大江健三郎の作品。

　ところが、長編の「雨の木」小説を書きはじめてから、当の不安に面つきあわせてしばしば考えこむことになったのである。僕が「雨の木」の短編のすべてにその翳をまといつかせることをした、マルカム・ラウリーという作家の運命を切実に感じとるようになったのと、おなじ理由でそれはあった。ラウリーは現に僕がいる年齢の危機をよく乗りこええなかった。その思いも、やはり漠然とした危機感だが、人が死にむけて年をとる、ということと直接むすんでいる。僕はこの「雨の木」長編の草稿を書きはじめるしばらく前から、毎日のようにプールへ出かけるようになっていた。そこで僕は「雨の木」長編の舞台にプールを選び、現実の僕にいかにも似かよっている、文筆が職業の中年男「僕」が、生き延びるための手がかりとして「雨の木」という暗喩を追いもとめる過程を書く、その構想をたてたのであった。　　（大江健三郎『泳ぐ男 —— 水の中の「雨の木」』）

　椎名誠と大江健三郎はどうしてこのような表現方法を選んだのだろうか。偶然、同じような構想がふたりにひらめいたのか。そうではない。1980年という "現在" の巨きな作者がふたりにこうした表現を強いているのだ。そして、このことが1980年、「世界はどう変化したのか」という問いへのひとつの答えでもあるのだ。そのことを吉本はこう述べる。

　わたしたちはまず、作品の記述の解体、あるいは解体の記述に当面し、そこからはじめる。ひとつは（宇田註：大江健三郎の当該作品）システム的な文化概念の波をまともにかぶった場所にいる言葉の旗手の、もっとも優れた作品のなかから、もうひとつは（宇田註：椎名誠の当該作品）システム的な価値概念からの自由な離脱と逃走を、文学のモチーフとしてきた優れた作家の最近の秀作から択びだした。いずれも作品の意企、計画、動機、そしてあるばあいには、ありう

<u>べき終末の形までが作品の展開なかで語られる。それを語ることが</u>
<u>展開の部分をなして作品が展開するという構成がとられる。それは</u>
<u>解体した作家小説の現在の在り方を象徴している。</u>　　（下線:宇田）

　吉本はこう述べたあと、このふたつの作品の共通点を 3 点あげている。

　（1）このふたつの作品は、つい最近書かれたものだ。いずれも二人
の作家としての膂力が精いっぱいに発揮された**現在**を象徴する作品
とみなしてよい。
　（2）このふたつの作品は、自伝的といってよいほど、作者に似かよっ
た人物「僕」や「ぼく」をめぐる事象にまといつかれて進行する。
　（3）そしてその挙句に、このふたつの作品は、折目のなかになぜ書
くか、どう展開するかの意図がのべられる。あるいは登場人物につ
いて記述している作者のところに、じっさいに現実の登場人物のモ
デルとなった人物が訪問してきて、いわば現実の人物から紙の上の
人物に変身してゆくといった、変幻が描かれている。

　なぜ1982年に椎名と大江は、同じような表現にたどり着いたのか。吉
本はこのことについて、「（それはふたりが）じぶんの文学、あるいは作
品というものにたいしていだいている不信と空疎感を世界輪郭の解体に
よって補償したい、そういうモチーフを象徴的に展開している。作者た
ちは目新しいことをしようとしているわけでもないし、ことさら技巧的
な収拾を策しているともおもえない。この作者たちがいだく作品、文学
という概念にたいする不信を、現在のシステム化された無意識の必然と
してとらえる視点だけが、ここでは有効なように思える」と述べている。
不信感と空疎感……これが、この二つの作品で作者が発している共通の
"沈黙のメッセージ（自己表出）"なのだ。
　このあと、吉本は椎名誠を「決して破滅しない太宰治」と位置づけ、
次のように述べる。

わたしには椎名誠は、すくなくとも優れた作品における椎名誠は、けっして破滅しない〈太宰治〉のようにみえる。その文体の解体の仕方も、話体のなかに〈知〉を接収してゆく仕方も、主題を私小説的にとってゆく仕方も、その才能の開花の仕方も、太宰治に酷似している。もしかすると若い世代の読者たちは、かつてわたしたちが太宰治の作品を追いつづけたとおなじような灼熱感で、椎名誠の作品を追いつづけているのではないかという気がしてくる。ただわたしたちは無限に下降的に**解体**して、破滅感にむかう感性で、太宰治の話体表出を追いつづけたのに、椎名誠の読者たちは、無限に上向的に**解体**して、破滅を禁じられた感性で作品を追いつづけている。そう余儀なくされているのではないかとおもえる。　　　（下線：宇田）

　吉本はここで、ふたりの文学表現はそっくりだが、違いは"破滅にむかう"太宰と"破滅にむかうことを禁じられている"椎名と述べる。そして、吉本はこの違いを彼らふたりの資質の違いに還元せず、彼らの背後にある"眼に視えないシステム"の違いとして追い詰めていくのである。

　椎名誠を1980年代の作家と位置づければ、太宰治は1930年代の作家ということになるが、この50年の時間差は、単なる時間の差ではなく、その背後にある"眼に視えない"システムの計り知れない差だと吉本は言うのである。1930年代には、まだシステム負荷はなかった。だから、太宰には"目に見えない"システムの負荷はほとんどなかったのである。ただ、太宰に何も背負うものがなかったわけではない。1931年、東北・北海道を中心に"飢餓"水準の大凶作が発生していて、太宰はこの"目に見える"負荷を背負っているのである。こうした時代背景のなかで、太宰は生活者としても文学者としても"破滅にむかって"突き進んでいくことになるのである。

　これに対して、本格的な"飽食"の時代が始まった1980年代の作家、椎名誠は"飽食"という時代背景を背負うのである。太宰との比較で言えば"餓死することがない時代"を背負って生きるのである。だからある意味、椎名はそもそも破滅にむかうことを"禁じられている"のだ。ただし、そ

の代わりに1980年代以降の膨大な "システム負荷" を背負うことになるのである。

　〈太宰と椎名〉の比較は以上のとおりであるが、次に吉本は椎名誠と同じく膨大な "システム負荷" を背負っていたはずの同世代作家、村上春樹を取り上げ、〈椎名─村上〉の言語表現の違いに焦点をあてる。まず、椎名誠の作品からみていこう。文学的破滅にむかうことを禁じられて、日常の微細などうでもいいような〈おや？〉に入り込んでいく椎名誠はある意味、1980年が生み出したオタク文化の一端を担っているのかもしれない。

## （２）椎名誠『気分はだぼだぼソース』（1980年）
## 村上春樹『羊をめぐる冒険』（1982年）

　椎名の作品『気分はだぼだぼソース』は、東京駅八重洲口公衆便所の鏡はなぜステンレスであるのかということを次のように描写している。

　　ガラス質と金属質をくらべてみると、これはいかにステンレスが「ボクつるつるよおーん」なんてわめいてみても、やはりこれは圧倒的に徹底的にガラス質のほうが "たいら" なのである。このへんのことは考えてみるだけでおおよそその差が分かるような話でもある。
　　やっぱりこれはガラスというものがその人生の基本として根本的に「つるつるであること」に徹しているからなのである。
　　それに対して金属というのは、いかにつるつるピカピカに磨きあげたとしてもどうしても一定の限界がある。
　　この限界の差が、ガラスと金属の圧倒的な反射率の差となっているのだろうと思う。
　　いかに死にもの狂いで磨いても磨いても、金属はガラスには絶対に勝てない！　よしんば、金属よりもっと反射率の劣る各種物体においてをや、という定理はある意味で我々に素朴な安心感を与えてくれる。

そうして、何回とりかえても割られてしまうので、駅のおじさん
たちも頭にきて、鏡のかわりにステンレスを貼ってしまったのでは
ないだろうか。
　かくて、チンピラ予備軍＋ヨッパライ対駅のおじさんたちの決着
はついたのである。しかしそれにしても、なんとなくこれはものが
なしい話だなあ、と思いながら、ぼくはその日東京駅八重洲口便所
のステンレスの代用鏡を見ながら考えていたのである。

（椎名誠『気分はだぼだぼソース』）

　この描写について、吉本は〈椎名―村上〉の比較の前に、また〈椎名
―太宰〉の比較をおこなっている。吉本は〈椎名―太宰〉の異同にこだ
わり続けるのだ。

　<u>最初の一瞥、つまり八重洲口の公衆便所のステンレスの鏡にたい
する視線のむけ方と、記憶の残像へのとどめ方、その話体記述の音
調は太宰に酷似している。けれどただひとつのことがちがう。太宰
治の作品ならば、一瞬の視線をたったひと刷毛で記述するか、ある
いはまったく、なぜ八重洲口の公衆便所の鏡がステンレス製かにつ
いて記述しないだろうとおもえる。</u>八重洲口の公衆便所の鏡はなぜ
ステンレス製なのかという視線と関心の向け方は、たぶん万人に共
通のものである。誰でもがそこに入ったことさえあれば〈おや〉と
思えるものだ。そして椎名誠の作品が優れているのも、<u>この〈おや〉
がとびぬけてたくさんの日常の事象にまたがって感受され、保存さ
れているからだ。それは疑いない。だがこの〈おや〉という日常の
微細なことへの感受性が、椎名誠みたいな記述にのるには、太宰治
の話体みたいな破調も禁じられ、高橋源一郎や糸井重里や村上春樹
の作品みたいな縮合性も禁じられて、ただ現在の日常に、無限に限
定させられていることが、必須の条件だとおもえる。</u>　（下線：宇田）

吉本は、ここから〈椎名―太宰〉の問題を〈椎名―村上〉の問題へ転じてゆく。椎名は単に太宰の"破調"を禁じられているだけでなく、村上の"縮合性"も禁じられているのだ。椎名は自分のことを〈好き勝手に、とても自在に、じぶんの好む主題を自由な書き方でつくりだしている「スーパー・エッセイ」の作者だ〉と自認しているが、吉本はこのことを「この作家は"過不足なく"現在のシステムにみあう無意識をなぞっているのだ」と語る。ここでいう"過不足なく"とは、いったいどういうことなのか。それはシステム的な無意識と作品の表出力とのあいだの行き来のことである。本来的に言えば、この行き来は、たえず呼吸みたいに縮合と解体のあいだを往還しているのである。そして、この"縮合と解体のあいだ"は希望と絶望との"あいだ"であり、既知と未知との"あいだ"でもあるのだ。ところが、椎名の作品には"縮合と解体とのあいだの呼吸の振幅がない"のである。この振幅のなさが"過不足なく"ということなのである。

　吉本は椎名誠をこのようにとらえたあと、次に村上春樹『羊をめぐる冒険』の以下の場面を取り上げる。


　　まずだいいちに僕を特別扱いしている理由がよくわからなかった。他人に比べて僕にとくに優れたり変ったりしている点があるとはどうしても思えなかったからだ。
　　僕がそう言うと彼女は笑った。
　　「とても簡単なことなのよ」と彼女は言った。「あなたが私を求めたから。それがいちばん大きな理由ね」
　　「もし他の誰かが君を求めたとしたら？」
　　「でも少なくとも今はあなたが私を求めてるわ。それにあなたは、あなたが自分で考えているよりずっと素敵よ」
　　「なぜ僕はそんな風に考えるんだろう？」と僕は質問してみた。
　　「それはあなたが自分自身の半分でしか生きてないからよ」と彼女はあっさり言った。
　　「あとの半分はまだどこかに手つかずで残っているの」

「ふうん」と僕は言った。

「そういう意味では私たちは似ていなくもないのよ。私は耳をふさいでいるし、あなたは半分だけでしか生きていないしね。そう思わない？」

「でももしそうだとしても僕の残り半分は君の耳ほど輝かしくないさ」

「たぶん」と彼女は微笑んだ。「あなたは本当に何もわかっていないのね」

彼女は微笑を浮かべたまま髪を上げ、ブラウスのボタンをはずした。

（村上春樹『羊をめぐる冒険』）

　吉本が『羊をめぐる冒険』から取り出したこの描写場面は、同棲している「僕」と「彼女」との対話場面である。「僕」はじぶんの身体全体が空虚に浸（ひた）り切っていて、何に対しても燃焼できなくなり、そういうじぶんをだめな人間だと思っているのだ。一方、「彼女」はとびぬけて美しい"耳"をもっていて耳専門の広告モデルをしているのだが、それ以外にも出版社の校正係のアルバイト、そして〈品の良い内輪のメンバーだけで構成されたささやかなクラブ〉のコール・ガールを職業にしている。彼女はどんな男でも「息を呑み、呆然」とさせる魅惑的な"耳"をもっているのだが、なぜか彼女はその耳をいつも隠すのだ。このふたりがお互いに同棲を始めた動機を詮索（せんさく）し始める……これが、引用した描写場面である。

　吉本はこの描写場面を読み解きながら、村上春樹の作品には、縮合と解体のあいだの呼吸の振幅があるというのである。どういうことか。

　「彼女」の"耳"と「僕」の"手つかずの半分"は〈自分のなかの未知なるもの〉の暗喩（メタファー）なのだと吉本は言うのである。違う言い方をしたほうがわかりやすいかもしれない。この物語のテーマは「僕」と「彼女」が〈自分の中にある未知なるもの〉に向き合い、そのことによって自分自身を治癒させようとすることなのだ。そのために北海道の僻村に旅立ち、冒険するのである。

ただ、この旅は失敗に終わる。「僕」はじぶんの自己治癒を賭けた「羊」を調べる冒険が、はじめから計算ずみの計画のなかで躍ったものにすぎないことを知り、もとの空虚のなかに落ちてゆくのだ。また、"耳"の「彼女」も北海道の僻地の部落で、この旅立ちが仕組まれた所定の空しい計画に乗せられたものだとわかり、失踪してしまうのである。

　吉本はここに村上春樹の椎名誠との違いがあると言う。村上春樹は「現在」のシステムによって刺激を受ける自分の無意識をゆさぶってみせているというのだ。だから、『羊をめぐる冒険』という作品を物足りないとは誰も思わないだろうと言うのである。

　ここから吉本は、ふたりの作品の違いを次のように結論づける。

　　たぶんもうここでは**解体**の象徴として作品を生みだすことが、どんなふうに現在のシステムから露出させられた無意識の姿に対応できるかという問題しかのこしていない。すくなくとも**解体**ということが主題にされるかぎりは、である。

　　つまり、作品のはじめにありまた、作品のおわりにある**解体**の象徴とはなにかという問題だ。椎名誠の作品はこの問題にたいしてはじめから充足している。あるいは充足ということに身をやつしている。本来ならばスポーツのもつルールの破壊から願望がやってくる〈暴力性〉への傾斜が、椎名の作品の象徴だといえるかもしれぬ。

　　村上春樹の作品では身体の内部に入り込む〈依憑する羊〉が**解体**の象徴に当っている。この象徴のぶんだけ作品は現在のシステムからくる不安を浴びている。

（下線・太字：宇田）

　ここで吉本は、椎名の解体の象徴は〈暴力性〉への傾斜ということができるが、村上春樹の解体の象徴は〈身体内部に入り込んでくるもの〉、『羊をめぐる冒険』で言えば〈依憑する羊〉になると言うのである。この"解体の象徴"の違いが、椎名の作品では"充足感"を帯び、村上の作品では"不安を浴びること"につながるのだ。

　吉本はここからさらに、大江健三郎の〈解体の象徴とは何か〉という

問題に突き進んでいく。大江健三郎の〈雨の木（レイン・ツリー）〉とレイ・イブラッドベリの〈ハロウィーン・ツリー〉という二本の木を比較して「解体論」を締めくくるのである。

## （３）大江健三郎『「雨の木（レイン・ツリー）」の首つり男』（1982年）
## レイ・ブラッドベリ『ハロウィーンがやってきた』（1975年）

　吉本が大江健三郎『「雨の木（レイン・ツリー）」の首つり男』から引用した場面は「僕」の帰国送別パーティの描写場面である。

　　パーティのなかばでつむぎ糸絵画（ヤーン・ペインティング）を贈られる、ちょっとした儀式があった。キューバからの女子学生が僕に手わたし、そして僕は日本人の作家として、描かれたイメージをどのように読みとるか、話すことをもとめられたのだ。僕はほぼ次のようなことを話した。この中央の樹木は、天と地を媒介する宇宙樹なのであろう。僕はそれに強く引きつけられる。なぜなら僕もまた「雨の木（レイン・ツリー）」と呼んでいる宇宙樹を思い描いてきたからだ。「雨の木（レイン・ツリー）」は僕にとって様ざまな役割をもつものだが、ついには僕がどうにも生きつづけがたく考える時、その大きい樹木の根方で首を吊り、宇宙のなかに原子として還元される、そのための樹木でもある。この樹木の葉は、指の腹ほどの大きさで、なかが窪んでおり、そこに雨滴をためこむから、いったん雨があがったのちも、こまやかな水のしたたりつづけている。その葉の茂りの下は、穏やかな心で首を吊るのにふさわしい環境ではあるまいか？　それに加えて、このつむぎ糸絵画（ヤーン・ペインティング）のように生涯の師匠（パトロン）が立合ってくれるとしたら、当の自分は行きづまって死を選ぶしかないのであるにしても、やはり幸福なことであろう......

　　　　　　　　　　　　　（大江健三郎「『雨の木（レイン・ツリー）』の首つり男」）

　いうまでもないことだが、大江健三郎の解体の象徴は「雨の木（レイン・ツリー）」である。続けてブラッドベリの「ハロウィーン・ツリー」の描写をみておこう。

146

彼らは家の裏手にまわり、足をとめた。

　そこに、木があったからだ。

　いままで一度も見たことのないような木だった。

　それは、なんとも不思議な家の、広い裏庭のまん中に立っていた。高さは三十メートル以上もあるだろうか、高い屋根よりも高く、みごとに生いしげり、ゆたかに枝をひろげ、しかも赤、茶、黄、色とりどりの葉におおわれているのだ。

　「だけど」トムがささやいた、「おい、見ろよ。あの木、どうなっちゃってるんだ！」

　なんと、その木には、ありとあらゆる形、大きさ、色をしたカボチャがたくさんぶらさがっているではないか。くすんだ黄色から、あざやかなオレンジまで、よりどりみどりの色あいがそろっている。

　「カボチャの木だ」だれかがいった。

　「ちがう」とトムはいった。

　高い枝のあいだを吹きぬける風が、それら色あざやかな重荷をそっとゆすっている。

　「ハロウィーン・ツリーだ」とトムはいった。

　そして、トムのいったとおりだった。

　　　　　　　（レイ・ブラッドベリ『ハロウィーンがやってきた』）

　吉本が、これら二つの木、つまり、「雨の木（レイン・ツリー）」と「ハロウィーン・ツリー」の違いについて論じる前に「ハロウィーン・ツリー」について少し補足をしておきたい。

　「ハロウィーン・ツリー」は宇宙的なマンダラ樹の意味をもった木で、この作品の言葉でいえば、ローマ帝国軍がイギリス諸島に侵入し、その侵入のあとキリスト教が侵入してくる前の古いドルイド教の信仰に根をもった根源的な信仰がつくりあげた宇宙観を象徴する木である。そういう意味で一種の調和的な原型を象徴する樹木なのだ。吉本は「ハロウィーン・ツリー」と「雨の木（レイン・ツリー）」について、次のように述べる。

わたしたちははじめからお伽話のような民俗宗教と伝説に根をもった空想の世界を暗喩になろうとしながらなれないまま、巡遊している子供たちにひとしくなっている。わたしたちがこの作品で子供たちにさせられることに不満だとすれば「ハロウィーン・ツリー」の暗喩が時間の根拠にとどいていても、わたしたちが現在、子供たちでさえ成熟した象徴の**解体**、マンダラ的な世界の**解体**を感受して、無際限に沈みこんでゆくような空間の外の空間を、この作品から垣間見ることができないという不満に一致している。

大江健三郎の「雨の木（レイン・ツリー）」からは、わたしたちはこういう時間の根拠を獲得できないかわりに、少年にさせられる不満を感じることもない。じゅうぶんに、現在のシステムに対応する無意識の解体を、べつの解体概念に置きかえているからだ。この「雨の木（レイン・ツリー）」にはマンダラ的な無意識の母型からくる調和もなければ、どんな集合的な救済の概念も成立していない。ただ**解体**がここでは優れた暗喩（メタファー）を見つけだしている。

（下線：宇田）

　吉本はここで「ハロウィーン・ツリー」と「雨の木（レイン・ツリー）」との違いを時空間の違いとして述べている。つまり、「ハロウィーン・ツリー」は時間を、「雨の木（レイン・ツリー）」は空間を体現するものと見なしているのである。しかし本当に「ハロウィーン・ツリー」は“根源の時間”を象徴し、「雨の木（レイン・ツリー）」は“根源の空間”を象徴しているのだろうか。吉本はそうは受け取れないと言うのである。

　わたしたちはこの二本の木の違いを〈空間〉次元だけ、あるいは〈時間〉次元だけで論じることもできるはずだ。ここでは〈空間〉次元で論じてみたい。「ハロウィーン・ツリー」は歴史的な時間をもっているが、読者は空間で言えば、“日常の空間”に取り残されることになる。これに対して「雨の木（レイン・ツリー）」は空間の極限に存在する木であり、読者は“根源の空間”に行き着くことになる。つまりこれら二つの木の違いは“日常の空間”か、“根源の空間”かの差なのである。そして、吉本が「解体論」で考察しよ

うとしたことは「"根源の空間"に行き着く"解体"とはなにか」ということなのだ。ここでいう"日常の空間"か、"根源の空間"かを"言説"で言えば、情勢論か、存在論かの違いということになるだろう。今ここでは"空間"について述べたが、実はこれを"時間"に置き換えても同じなのだ。「ハロウィーン・ツリー」は"日常の時間"にあり、「雨の木」は"根源の時間"にあるというふうに、だ。

　最後に「解体論」を振り返ってきたい。1980年という「現在」のど真ん中は、いったいどんな時間だったのだろうか。それは「破滅」でもなく、「縮合」でもなかった。それは「解体」という時間だったのだ。吉本はそう述べているのだ。

　1980年、わたしたちは"眼に視えないシステム的価値"を無意識に感受しながら、さまざまな対応を強いられたのだが、その根源にあるのは、吉本にいわせれば、空虚と不信なのだ。

　また、こうした無意識の感受が、たとえば筒井康隆の闘争・空回り型、中野孝次らの近代優等生型、中上健次の逸脱・再産出型、加賀乙彦・安岡正太郎・井上靖の消去型、椎名誠の固着・煮詰め型、糸井重里・高橋源一郎の縮合型、村上春樹の"縮合—解体"振幅型、大江健三郎の解体型といったさまざまな表現の違いを生み出しているのである。そうだとすれば、これらの違いは、いわばオーケストラの楽器の音色の違いだということができる。そしてもちろん、このオーケストラの指揮者は"現在"という巨大な作者なのである。その指揮者の横顔をそっと見つめれば、やはり空虚と不信に満ちているのだ。

# 【2】「言語表現はどう変化したか」

## 〈8〉喩法論

　第1論考「変成論」から第7論考「解体論」までのテーマは「世界は
どう変化したのか」であったが、ここからは「言語表現はどう変化した
のか」というテーマに向きあうことになる。ただ、この二つの問いはまっ
たく別個の問いではなく、いわばコインの裏表の関係にある。【図2】(「序
論」p25) でいえば、「世界はどう変化したのか」という関係論 (X軸) の
動きは了解論 (Y軸) を通じて表現されるのであり、「言語表現はどう変
化したのか」という了解論 (Y軸) の動きは関係論 (X軸) によって生み
出されるのである。

　前論考「解体論」は「世界はどう変化したのか」という問いの到達点
であったが、同時に「世界はどう変化したのか」と「言語表現はどう変
化したのか」という二つの問いをつなぐ役割も果たしていた。本論考「喩
法論」も同じである。「言語表現はどう変化したのか」という問いの到着
点であると同時に、「世界はどう変化したのか」と「言語表現はどう変化
したのか」という二つの問いをつなぐ役割も果たすのである。

　これからそこに足を踏み入れるが、「喩法論」は実に12作品をテキスト
として用いている。したがって、そこにすぐに足を踏み入れると逆に全
体の流れが見えづらくなってしまうので、まず最初に「喩法論」の全体
構成を見渡したうえで、個別テキストに入っていきたい。

　「喩法論」の構成には際立った特徴がある。それはカルチャーとサブカ
ルチャーを比較しながら考察を深めるという方法が採用されていること
である。ここが他の論考との大きな違いである。思い出してほしい。「差
異論」ではカルチャーを扱い、「縮合論」ではサブカルチャーを扱い、「解
体論」ではまたカルチャーを扱うという構成だったことを。これに対し

て「喩法論」ではグループを三つに分けて、それぞれのグループにおいてカルチャーとサブカルチャーを相互に比較するのである。ここではこの3グループをA、B、Cグループとよび、それぞれの論点を明らかにしていきたい。グループ分けは以下の通りである。なお、このあと用いるAカル（1）、Aサブカル（2）、Bカル（3）、Bサブカル（4）、Cカル（5）、Cカル（6）という表記は、その対象領域がA、B、Cの3グループとカルチャー、サブカルチャーの2系列のどの箇所かを区別するためのものである。

【Aグループ】

| 分類 | テキスト名 |
|---|---|
| 詩人 | ①望月典子「近況報告　1」 |
| | ②伊藤比呂美「青梅が黄熟する」 |
| | ③井坂洋子「トランプ」 |
| シンガーソングライター | ④中島みゆき「髪」 |
| | ⑤松任谷由美「返事はいらない」 |

【Bグループ】

| 分類 | テキスト名 |
|---|---|
| 詩人 | ⑥神田典子「新生ナルチシズム序説」 |
| | ⑦伊藤章雄「駅からみえる家」 |
| | ⑧ねじめ正一「ヤマサ醬油」 |
| シンガーソングライター | ⑨RCサクセション「三番目に大事なもの」 |
| | ⑩RCサクセション「キミかわいいね」 |

【Cグループ】

| 分類 | テキスト名 |
|---|---|
| 詩人 | ⑪荒川洋治「見附のみどりに」 |
| シンガーソングライター | ⑫中島みゆき「あぶな坂」 |

　それでは「喩法論」のなかにこれから入るが、吉本は冒頭、"喩法"をテーマとして取り上げる理由を次のように述べている。

現在ということを俎にのせると、言葉がどうしても透らないで、
<u>はねかえされてしまう領域があらわになってくる。それ以上無理に</u>
<u>言葉をひっぱると、きっとそこで折れまがってしまう。</u>もちろん渦
中にあれば、その全体を把握できないのは当りまえなことだ。未知
の部分をいつもひきずっていることが、現在という意味なのだから。
そういいたいのだが、すこしちがっている。<u>むしろ到達する場所の</u>
<u>イメージが、あらかじめ頭を打たれている実感にちかいとおもえる。</u>
そこではすべての現在のこと柄はたてに垂直に停滞を受けとめなが
ら、横に超えてゆくほかない。<u>これをイメージの様式としてうまく</u>
<u>たどれなければ、現在を透徹した言葉で覆いつくすことはできない。</u>
<u>仕方なしにその領域は暗喩によって把握するほかすべがない。その</u>
<u>うえ暗喩でしかとらえられない部分をとらえるには、言葉に表現さ</u>
<u>れたものを、また言葉を媒介にとらえる迂回路が必要なのだ。この</u>
<u>遠まわりな手続きは、現在が全貌をあらわすためやむをえない道す</u>
<u>じのようにおもえる。</u>

（下線：宇田）

　ここに「喩法論」のテーマが余すことなく述べられている。簡単に言
えば、現在、「言語表現はどう変化したのか」を考えるのであれば、喩法
の問題は避けて通ることはできないということだ。「現在」という"言葉
にできないもの"を言葉で表現しようとすれば、喩法という選択は必然な
のだ。ただ、ここで取り上げる喩法はわたしたちに馴染みの深い"直喩"
や"暗喩"ではない。"全体的な喩"という喩法なのである。これが「喩法
論」のキーワードだ。吉本は次のように述べる。

　　わたしたちはここで、**全体的な喩**の定義を、言葉が現在を超える
　とき必然的にはいり込んでゆく領域、とひとまずきめておくとしよ
　う。喩は現在からみられた未知の領域、その来るべき予感にたいし
　て、言葉がとる必然的な態度のことだ。臆病に身を鎧っているときも、
　苦しげに渋滞しているときも、空虚に恰好をつけているときも、喩
　<u>は全体として言葉が現在を超えるとき必然的にとる陰影なのだ。</u>そ

こでは無意識でさえ言葉は色合いや匂いや形を変成してしまう。未
知の領域に入ったぞという信号みたいに、言葉は喩という形をとっ
てゆくのだ。言葉はそのときに、**意味するもの**と**価値するもの**の二
重に分裂した像に出あっている。

（下線：宇田）

　吉本はここで、言葉が「現在」を超えようとすれば、"全体的な喩" が
必要不可欠だと述べているのだ。一般的な喩法である"暗喩" や "直喩" で
は「現在」を表現することはできないのである。そしてここで大事なこ
とは、**"全体的な喩" は意味と価値に分裂する**ということである。そのこ
とを吉本は次のように述べる。

　　わたしたちは、まずこの分裂のいちばん激しい徴候を若い詩によ
　　てたどってゆく。そこでは過激な傾向がみられる。全体的な喩は主
　　題の全体性と決裂し、語りは物語化や虚構化といちばんはげしく対
　　立している。しかも互いにいちばん親しい表情を浮べている。また
　　それとはべつに喩が言葉の囲いを走りぬけて、全体的な現実の暗喩
　　にまで滲出してゆく徴候がみつけられる。言葉に囲われた喩と、言
　　葉の囲いの外に走り出してしまった喩とのあいだに葛藤が惹き起こ
　　される。また現在にたいして全体的な暗喩をつくろうとするものと、
　　物語や虚構の舞台をしつらえて現在に融和しようとする傾向のあい
　　だに、どんな時代にもなかった、接近した様式が生みだされている。
　　もしかするとわたしたちは、超現実主義以後はじめて、新しい言葉
　　の徴候に遭遇しているのだが、それを把握できる確かな方法を抽出
　　できないでいる。

（下線：宇田）

　今、ここで述べられた "全体的な喩" の分裂は、これから実際にテキス
トに即して見ていくことになるが、その前に本論考に頻繁に出てくる〈接
合〉という概念について簡単にふれておきたい。
　「喩法論」では、複数のテキストが〈接合〉されて議論を組み立てられ
るのだが、この〈接合〉とはいったい何か、ということがここでの問い

吉本隆明『マス・イメージ論』を読む　153

である。〈接合〉……これは自己表出の共同性（同一性）のことである。「縮合論」で言えば〈縮合〉のことであり、「差異論」で言えば〈差異〉のことだと考えてほしい。つまり、吉本は対象作品のジャンルによって接合、縮合、差異と表現をかえているのだが、大事なことはどれもが"自己表出の共同性（同一性）"を意味しているということである。いわば"大文字の自己表出"なのである。吉本はこれを通じて「現在」という巨大な作家の姿をとらえようとするのだ。

　それではテキストに入りたい。Ａグループの女流詩人の作品、望月典子『近況報告　1』、伊藤比呂美『青梅が黄熟する』、井坂洋子『トランプ』をまず最初に取り上げる。

## （1）望月典子「近況報告　1」
## 伊藤比呂美「青梅が黄熟する」
## 井坂洋子「トランプ」

1　（望月典子「近況報告　1」より抽出）

---

あたしは今日から　毎晩
出掛ける
万がいち　楡の樹みたいないい男
をつかまへられたら　きっともう
コケティッシュなんてものぢゃなく
よがり泣きにむせぶだらうけど

あんたももし　発情期
なら　ほら駅向う
へ行って　あんたのよく話す
いい女
と寝て来てよ
寝て来るべきだ　ほんとのところ

いまは　季節
せっかくのこの時期を　あんた

---

みたいな男のために
眼あけたままで　両脚
ひろげて
やりすごしたくはないんだよ

隣の猫はこのところ
毎晩毎晩家をあけ
あたしはますます苛立つ
ばかりだ

2　（伊藤比呂美「青梅が黄熟する」より抽出）

なにか
鈍器ようのもの
鈍器ようのものがよい、そう考えてました
りょうてで
ちからいっぱいにこめ
うちおろす
帰宅した男は膝のあたりから崩れ折れる
後頭部を押えて
ゆびのまたからも血が湧いて
手首の方向へながれおちる
イタイイタイと泣くでしょう
からだを折りまげて胎児のかたちになり
わたしからのがれようとするでしょう
しっかりと人間の血、ぬくいです、
脈うってぬくいです、
ぬめります、
追いかけて
せんずりっかき
と罵倒する唾とぶ。せんずりっかきは
泣くでしょう、しゅじんである
ざくろの実。のうみそとか飛びちるし
肉の破片や骨
なんかもある

3 （井坂洋子「トランプ」より抽出）

私だって抜けたいけれど
行くあてもないし
ここにいればまだ番が回ってくる
ふんぎりがつかなくて
男二人の顔を交互にみる
どっちも優しいけれど
ひとり占めできない
彼女が抜けたあと
残りの腹の底はわかっている
男が誰を取るか
口に出さないでも
目付きが濃くなっているのだ

夕べ電話をくれた彼が
あっちの方を向いて喋っている
如雨露の雨が
欠けた硝子窓にふきつけ畳にも跳ねてきた
あのひとはたっぷりと笑っている
電話であいつのやり方が
気に入らないといってた彼が
つまらない話でも聞いてやってるではないか
男たちの間では
あのひとの方が上等なのか
ズル込みは許さない

　これら三つの詩を接合させることで何が見えてくるのか。それは、か
つて男性のものと思われてきた〈エロスの視線の位置〉に女性が自然に
座ることができるようになったということだ。しかもそれが歯に衣を着
せぬ形で表現されるのだ。これは、こうした詩が女流詩の極限を象徴し
ているということにほかならない。
　しかし、吉本は言う。それだけの理解なら、これらの詩を読んだこと

にならないと。これらの詩が「現在」という時代から押し出された表現にほかならないという視点が重要なのだと。どういうことか。吉本の言葉に耳をそばだてたい。

　……しかし詩の意味は、そんなところにとどまらない。
　すぐにわかるように、うわべだけでは喩法といえるほどのものはどこにも使われていない。むきだしの自己主張の言葉が、エロスの願望に沿って、つぎつぎ押しだされているだけみたいにみせている。だがほんとうにそんな単純な願望の表白ではない。そうみえるのは、これらの女流が、ひとりでに無意識の自動記述を身につけているからで、言葉はとても強い選択をうけている。するとこのむき出しの自己表白のようにみえる詩片の接合から、全体的にひとつの暗喩をうけとることになる。そうしなければこれらの詩を読んだことにならない。あるいは別のいい方をしてもいい。このむきだしの自己主張の羅列のようにみえる言葉を、全体的な暗喩としてうけとる視角の範囲に、現在というものの謎がかくされている。詩人たちが無意識だかどうかはどちらでもいいことだ。それがこのラジカルな女流たちの詩がもつ新しい意味だ。これほどまでむきだしにエロス的な主張の言葉を連ねるのは、これらの女流たちが欲望が強いからでもないし、はにかみや礼節を知らない破廉恥おんなだからでもない。現在というものの全体的な暗喩の場所で、言葉が押し出されているからなのだ。
　　　　　　　　　　　　　　　　　　　　　　　　　　（下線：宇田）

　吉本はここで、接合された女流詩を言葉の意味（指示表出）で読み込めば、〈エロスの視線の位置〉や〈歯に衣を着せぬ表現〉は理解可能だと述べている。しかし同時に、それだけではダメなんだ、それでは詩を読んだことにはならないんだ、と言うのである。"沈黙のメッセージ"（自己表出）はなにかという視点から読み込む必要があるんだ、と言うのである。そして、そのキーワードが"全体的な暗喩"なのである。"全体的な暗喩"という視点から作品に接することで、先ほど述べた〈意味するものと価

値するものの二重に分裂した像〉を読み取ることが可能になるのである。では、先ほど引用した3人の女流詩人の詩の中にある〈価値するもの〉とはいったい何なのか、吉本は次のように述べる。

　　その暗喩の共通項は〈女性という深淵をまたいで、現在の真向いに立つ姿勢〉のようにうけとれる。女性という深淵をまたいでということをぬきにすれば、それぞれの時代の優れた女流は単独でいつも「現在の真向いに立つ姿勢」を、言葉の表出にしめしたといえる。べつのいい方をすれば〈男性に伍した〉ということだ。だがこれらの女流の詩が暗喩するものは、それとはちがっている。またまったく新しいといえるものだ。ひと口に、それは〈男性の位置にとって代って〉という暗喩をもっているからだ。男性の位置に代って、男性でなければ異性にもつことのなかったエロスの気ままな欲求が唱われ、男性でなければ表白できなかった異性への狂暴な殺意が語られ、また男性でなければもてなかった異性を奪いあうものの動物的な欲望が語られる。それは現在のいちばん切実な神話のひとつだ。この三人の女流の詩には、すこしも無理な姿勢は感じられない。女だてらにとか女のくせにといった反感は感じようがない。いわば〈ほんとにできている〉といった感慨をともなってくる。現代詩（ということは詩歌の歴史ということだが）はこれらの女流詩人たちの作品ではじめて、その女性の場所にたどりついている。心の深層におし込めてきたエロスの欲求や、男性への殺意をわるびれることなく詩の言葉に表出している。そういう言葉の外装によってこれらの女流たちは、あるしっくりした、たしかな眼ざしで、どんな劣勢感もそれを裏返した優越感も、世襲財産としての美や教養も売り物にせず、まったく手ぶらで自然な姿勢でこの現在に立っているものの暗喩を実現している。
　　　　　　　　　　　　　　　　　　　　　　　　　（下線：宇田）

　吉本はここで「"全体的な暗喩"とはいったい何か」「現在が生み出した価値とは何か」を女流詩三つを接合させて、これでもか、これでもかと

いうほど熱い口調で述べている。〈現在ということを俎にのせると、言葉がどうしても透らないで、はねかえされてしまう領域があらわになってくる。それ以上無理に言葉をひっぱると、きっとそこで折れまがってしまう〉という現在の困難な状況を "全体的な暗喩" によって、一挙に突破しようとする三人の女流詩人に吉本は心から拍手を送っているのだ。ただ、未知の世界へ果敢に突入する女性はこの 3 人だけではない。

## （2）中島みゆき「髪」（行分けは吉本）
## 松任谷由美「返事はいらない」

1　（中島みゆき「髪」より抽出）

> 長い髪が好きだと
> あなた
> 昔　だれかに話したでしょう
> だから私
> こんなに長く
> もうすぐ　腰まで
> とどくわ
>
> それでも
> あなたは離れてゆくばかり
> ほかに私には
> 何もない

2　（松任谷由美「返事はいらない」より抽出）

> この手紙が届くころには
> ここにいないかもしれない
> ひとところにじっとしていると
> よけいなことも心配で
> 会いたくなるから
> 昔にかりた本の中の

いちばん気に入った言葉を
おわりのところに書いておいた
あなたも好きになるように
遠く離れたこの街で
あなたのことは知りたいけど
思い出すと涙が出るから
返事はいらない
この手紙が届くころには
ここにいないかもしれない
ひとりぼっちでじっとしていると
きのうのことがよく見える
遠く離れたこの街で
あなたのことは知りたいけど
思い出すと涙が出るから
返事はいらない
返事はいらない

　吉本は、今、ここで取り上げた中島みゆきと松任谷由美の歌詞の言葉が、先ほど引用した女流詩人3人の言葉とさほど異質なものだとは思わないと言うのである。地続きだと言うのだ。ほんとうにそうか。言葉から受け取る印象は全く違う気がするのだが……。吉本はまず先に女流詩人の言葉（カルチャー）について次のように述べる。

　　これらの女流たちの言葉が呼吸しているところでは、暗々のうちにひとつの鉄則が支配しているとおもえる。まずはじめにこれらの女流の詩が〈男性の位置にいれ代った〉ラジカルな内面性をゆるめて、男性につくられた〈女らしさ〉の位置に退いたらどうなるか。また〈男性に伍した〉女性という位相まで妥協したらどうなるか。そのときはたぶん、現在にたいする全体的な暗喩の意味は崩壊する。そして同時に、自己劇化、あるいは物語化、あるいは虚構の舞台化がはじまるのではないか。ただそのばあいでも言葉の繰り出しかたはすこしもかわらずに、全体的な構造だけが変化する。この鉄則もま

160

た、かつて現代詩がつきあたったことのない局面のようにおもわれる。これらの女流たちは、現在という地層から湧いてでたので、詩の言葉の伝統から生れたものではない。そこで言葉を地層の奥のほうへ潜めていけばいくほど、暗喩の意味をなくしてむきだしの現在に近づいてゆくようにみえる。だが〈言葉〉は現在そのものではなく、人間の言葉の表出の全歴史が消化しきれなかった異物として〈言葉〉なのだ。そこではじめて詩の言葉の自己劇化、物語化、あるいは舞台の仮構という必然があらわれる。　　　　　　　　　　（下線：宇田）

　ここで吉本が述べていることは難解だがとても重要だ。1980年当時、女流詩人たちの「男性を超える」という思いは"全体的な暗喩"を用いて語るしかなかったのである。しかし、これを「男性と対等」という位置まで妥協すれば、"全体的な暗喩"は崩壊し、自己劇化、物語化、虚構の舞台化が始まるというのだ。どういうことか。ここには「暗喩」と「物語」との異同があるのだ。これは『言語にとって美とはなにか』でいえば、「文学体」と「話体」との異同である。大切なことは吉本がこの違いに"差異性"ではなく、"同一性"をみているということだ。つまり、両者は同一の"言語水準"にあると吉本は考えているのである。そのことをシンガーソングライターの言葉（サブカルチャー）に即して次のように述べる。

　　この歌い手たちの詩の言葉では、全体的な暗喩という性格は崩されている。それはこれらの詩で、虚構化、物語化の度合いが深くなっているのと逆比例している。作者がじぶんの感情や情緒を物語化しようとすればするほど、全体的な暗喩としての性格は消えていく。全体的な暗喩とは、とりもなおさず現在に直面していること、現在を捉えようとしていることの徴候なのだが、これらの作者たちは、いわば現在を捉えるよりも満喫しているのだ。わたしたちはメロディと一緒にその満喫ぶりにうたれている。
　　だが是非ともいっておくべきことは、物語化や劇化をうけた詩の舞台裏では、全体的な暗喩はほとんど崩壊しているのではない。詩

の言葉がじかに現実にとびかっている言葉に、かぎりなく接近する
姿勢をしめしはじめると、逆に物語や劇の情緒がつくりだされる。
かつての歌謡につけられた歌詞とくらべるまでもなく、たしかに情
緒や感情の表現が現在のうちに存在し、しかもそれを秘すのが高度
なのだといった空虚な考えのすきまに狙いをつけて、たしかな情緒
の説話をつくりあげている。 （下線：宇田）

　先ほどすでに述べたが、女流詩人の詩は、いわば文学体の小説であり、
歌い手の詩は、いわば話体の小説である。前者は "夏目漱石の作品" であ
り、後者は "太宰治の作品" なのだ。だから前者は「暗喩」重視であり、
後者は「物語」重視なのである。そして、これら二つの作品には文学体、
話体のそれぞれの特徴があって、前者は "全体的な暗喩" によって女性の
〈深淵をまたぐ〉ことになり、後者は "仮構の物語や劇" によって〈豊か
な情緒を生み出す〉ことになるのである。これが吉本の一番言いたいこ
となのだ。さらに付け加えて言うならば、これら二つの作品には見た目
ほど "自己表出" に違いがあるわけではないということだ。つまり、吉本
はここでＡカル（１）、Ａサブカル（２）を "同一性" にウエイトをおい
て論じているのである。
　しかし、このあと、吉本は全く逆のことを述べる。つまり、"差異性"
にウエイトをおいて論じるのである。その論理展開の帰結は、女流詩人
（Ａカル（１））の "語りの詩" と歌い手（Ａサブカル（２））の "物語" は全
く別のものだということになる。女流詩人の "語りの詩" は、いわば「男
殺し」という空恐ろしい場所に行き着くのだが、歌い手の "物語" は、い
わば安心できる場所に行き着くのである。吉本の言葉で言えば、「虚構の
舞台に言葉の水準をのせることでえられる物語化を意味している。そし
てこの虚構の舞台に言葉の水準は、作者と作者に想定された聴き手の情
緒とが合作してつくられている」という場所に行き着くのである。これ
がＡカル（１）、Ａサブカル（２）との "差異性" なのである。違う言い
方をすれば、Ａカル（１）の "語りの詩" は「語り手の世界」に没入する
が、Ａサブカル（２）の "物語" は「語り手と読み手（聴き手）とのバラ

ンス」に注力するのだ。それはまさに、小説で言えば文学体と話体との違いである。「喩法論」はこのあと、同じ比較を違う形（B、Cグループ）で繰り返す。それではBグループに入ろう。ここでは神田典子「新生ナルチシズム序説」、伊藤章雄「駅からみえる家」、ねじめ正一「ヤマサ醤油」の詩のあとに、RCサクセション「三番目に大事なもの」「キミかわいいね」の歌詞が取り上げられる。

## （3）神田典子「新生ナルチシズム序説」
## 伊藤章雄「駅からみえる家」
## ねじめ正一「ヤマサ醤油」

1

> まさにネコ歩き
> のヒモ嫌いヒモ向きオトコ
> にカマキリ食いしたい
> とワタシの歳にはりつく午前九時の山手線ホームのミルクスタンド・オロナミンＣオトコの実は妻アイロンハンカチを忘れるふりの身体傾斜四十五度がすりかえる、すりかえるとりあえず歩いているアスファルト

2

> 遠望する限りサラリーマンの家だが
> 軒下と
> 書斎は密室で
> 窓がない　言葉もない　鏡もない
> 水道の蛇口もブランデーもないが
> 奥さんには絶対内緒の大股びらき
> ポルノグラフィーがあって　来客には
> ２キロワットのアイロンをかけてみせる
> へそも鼻も富士額もまったいらになって
> 本棚に挿入しやすくなる
> このとおり

> と根岸君は近くの花園橋に出掛けて
> 荒川にもアイロンをかけてみせる

3

> やおら卓袱台にかけ上り　見上げる奥さんの顔を38文で蹴り上げ　いやが
> り柱にしがみつく奥さんの御御足をばらつかせ　NHK体操風に馬乗り崩れ
> てくんずほぐれつする奥さんを　御小水に畳が散るまで舐め上げ　奥さんの
> 泡吹く口元に蠅が止まるまで殴り倒し　ずるずると卓袱台にのせ　さあ奥さ
> んいただきまあす　満点くすぐる奥さんのコマネチ風太股をひらいて奥さん
> の性器を箸先でさかごにほじり　食べごろに粘ってきたところで　ぼくの立
> ち魔羅に海苔を巻いて　ふりかけをふって　江戸むらさきを塗りたくり　食
> 欲の増進は厚塗りお化粧魔羅を進める性欲の高さで決まるのであります

　吉本がここで接合した"語りの詩"の共通点は、言葉が次にやってくる
言葉に対して"何を主題に発語しているのか"を事前に知っていないとい
うことである。つまり、予定調和的に言葉は発せられていないのである。
一寸先がみえない言葉の連鎖なのだ。こういう言葉の連鎖は超現実もあ
れば、変形もあり、また飛躍もあるというわけのわからなさなのである。
しかし、それにしても、どうしてこんな表現になるのだろうか。吉本は
その理由はひとつしかないと言う。「語りの詩はそもそも〈共同体〉の枠
組みを介してはじめて成立するのだが、現在では〈共同体〉が存在しな
くなったため、語りの詩は空無の〈共同体〉にむかって言葉を表白せざ
るを得ないことになる。だからこそ、走るべき標的も行方も、前後の脈
絡もないこれらの言葉が生み出されるのだ」と。つまり、これらの作品
のこうした言語表現は「現在」の「世界はどう変化したのか」というテー
マと深くつながっているのである。これらの"語りの詩"は、解体する"語
りの破片"を迅速にたどってみせることで、意味の持続ではなく、むしろ
意味の切断や飛躍の切り口を言葉にしてみせるしかないのだ。特に三番
目のねじめ正一の作品は突出している。吉本は彼の作品について次のよ
うに語る。

ねじめ正一の諸作品はこういう語りの現代詩のなかで、とび抜けた構成力と統覚をみせている。この詩人が語りの主題をつよく極端にせばめているためだ。……（中略）……この詩人が一連の語りの詩でやっている説話願望に、若い現代詩に必須なモチーフがふくまれているかどうか、うまく測るのは難しい。だが若い女流のラジカルな願望の詩が〈男の位置に代った〉視線で、男を犯したり、殺したりするイメージに主題があるのとおなじように、日常の生活の次元で身近に同棲している女性を、恣意的な自在な暴力で犯すというイメージも、またラジカルな根拠をもっているとみてよい。

　こういった語りの現代詩がもつ全体的な喩の意味は、統御、構成化、物語化といった一切の制度が〈できあがってしまうこと〉への言葉自体によるラジカルな拒絶の暗喩だとおもわれる。　　　（下線：宇田）

　Aカル（1）では「現在が全貌をあらわすためやむをえない道すじ」として登場した"全体的な暗喩"が、Bカル（3）では「統御、構成化、物語化といった一切の制度ができあがってしまうことへの言葉自体によるラジカルな拒絶」として登場するのだ。"語りの詩"は本来〈共同体〉を必要とするのだが、すでに社会（共同幻想）だけでなく、家族（対幻想）においても共同性を失っているため、ねじめ正一は共同性への願望を"喪失の暗喩"によって語るしかないのだ。

　それではここから、同じくBグループのサブカル（4）に入ろう。


## （4）RCサクセション「三番目に大事なもの」「キミかわいいね」

1　（RCサクセション「三番目に大事なもの」「キミかわいいね」から抽出）

> 一番　大事なものは
> 自分なのよ
> その次に　大事なものが
> 勉強で
> 三番目に　大事なものが

こいびとよ
だれも　みんな同じように
タバコはいけないわ
だれも　みんな同じように
ちこくはいけないわ
男の子なら　だれでも
かまわないわ
友だちにみせるために
恋を　するから

2

キミ　かわいいね　でも
それだけだね
キミ　かわいいよ
お人形さんみたい
それだけさ
キミといっしょにいたら
ボクこんなに
つかれたよ
酒でも飲まなきゃ
キミとはいられない
シラフじゃとても
いっしょにいられない
キミ　かわいいね　でも
それだけだね
それだけさ
水のない川
エンジンのない車
弦の切れたギター
ヤニのないタバコ
キミ　かわいいね
テレビにでも出たら
キミ　かわいいよ
モデルにでもなれよ

> キミ　かわいいよ
> お人形さんみたい
> それだけさ
> ボクは　さよならするよ
> 男には
> こまらないだろう

　Bサブカル（4）をAサブカル（2）と比較すると、Bサブカル（4）は言葉の襞や陰影や暗がりといったものがきれいに、そして徹底的に取り払われて透明になっている。「喩とは陰影だ」という吉本言語学から言えば、Bサブカル（4）で言葉が透明になるということは、Aサブカル（2）よりもさらに"全体的な暗喩"が解体されているということだ。暗喩というものは光の届かない襞や暗がりがなければ成立しないのだ。そして大事なことは、"全体的な暗喩"が消失する度合いに応じて、言葉の意味に頼った諷刺の姿が現れてくることだ。「一番大事なもの」が自分で「三番目に大事なもの」が恋人であるような、美形でかわいいだけの明るく透明な女性が大切にされながら諷刺されるのである。ただ、その諷刺は心を突き刺すような批判でもなければ、骨をえぐるような非難でもない。「現在」というものの空虚さを明るく透明な娘たちに象徴させて、そのことを大切にしながら諷刺するのである。つまり、AグループからBグループへの"全体的な暗喩"の流れは、カルチャーでは制度的な解体に向かい、サブカルチャーでは諷刺に転進するのである。

　吉本はここからさらに同様の比較をCグループで繰り返すので、あわせてみておこう。Cグループのカルチャー（5）は荒川洋治「見附のみどりに」、サブカルチャー（6）は中島みゆき「あぶな坂」である。

## （5）荒川洋治「見附のみどりに」

> まなざし青くひくく
> 江戸は改代町への
> みどりをすぎる

はるの見附
個々のみどりよ
朝だから
深くは追わぬ
ただ
草は高くでゆれている
妹は
濠ばたの
きよらなしげみにはしりこみ
白いうちももをかくす
葉さきのかぜのひとゆれがすむと
こらえていたちいさなしぶきの
すっかりかわいさのました音が
さわぐ葉陰をしばし
打つ

かけもどってくると
わたしのすがたがみえないのだ
なぜかもう
暗くなって
濠の波よせもきえ
女に向う肌の押しが
さやかに効いた草のみちだけは
うすくついている

夢をみればまた隠れあうこともできるが妹よ
江戸はさきごろおわったのだ
あれからのわたしは
遠く
ずいぶんと来た

いまわたしは、埼玉銀行新宿支店の白金のひかりをついてあるいている。ビ
ルの破音。消えやすいその飛沫。口語の時代はさむい。葉陰のあのぬくもり
を尾けてひとたび、打ちいでてみようか見附に。

吉本は、この詩は現代詩の "全体的な暗喩" のあり方を一変させたと言う。もっと言えば、荒川洋治は現代詩の暗喩の意味をかえた最初の、そして最大の詩人だというのである。

　吉本のこの考えを理解するために、「見附のみどりに」をまず "言葉の意味"（指示表出）の流れに沿って読んでいきたい。この詩は "逆行する記憶" から始まる。記憶をたどっていけば、いつの間にか江戸の濠ばた見附道を歩いているのだ。そして「妹」が繁みに走り込んで、しゃがんだままさわやかな音を草の葉にたてて放尿し、駆けもどってくると、「わたし」はもうそこにはいなくて、「妹」は立ち尽くすことになる。一方、「わたし」は草が押し倒されてつくられた路をとおって、エロスの情念に沿って歩いてゆくのだ。ここでこの詩は突然、遮断される。幕が下りるのだ。次に「わたし」が "夢のような記憶" から目覚めると、自分が新宿の盛り場で、寂しく寒い「現在」の言葉と騒音がとびかう街中におかれていることに気づく。そしてその瞬間、「わたし」の言葉が詩から走り出て現実空間に置かれることによって、"夢のような記憶" が超現実の仮想空間に存在することになるのだ。そこでようやく、「わたし」は "全体的な暗喩"（自己表出）の存在に気づくのである。吉本の言葉に耳を傾けよう。

　　そこで詩の言葉が記憶の逆行によって現在を超えるその部分で、全体的な暗喩を構成しているとみなすことができる。そしてこの詩のばあいでは、〈葉かげにしゃがんで放尿する妹〉、〈かけもどってくるとわたしの姿がない〉という場面のイメージが、暗喩の全体性の核に当っていることがわかる。〈葉かげで放尿する妹〉というイメージが、一般的に現在を暗喩するのではない。またこの詩人の個性にひき寄せられたために、このイメージが現在を暗喩することになるのでもない。詩の暗喩という概念が、詩という囲いを走り出て、外側に滲出してしまう勢いの全体性のなかで、はじめてこの〈葉かげで放尿する妹〉というイメージが、現在という時代の暗喩になっているのだ。わたしにはかなり鮮やかな達成のようにおもえる。言葉の高度な喩法が、言葉の囲いを走り出てそのままの姿で、街路にと

びかう騒音や歌声や風俗に混じろうとする姿勢を、この詩に象徴される作品がはじめてやってみせている。それからどうするのだなどと問うても意味をなさない。

　何となくとうとうやりはじめたなという解放感をおぼえるだけだ。

（下線：宇田）

　吉本の話を踏まえて、この詩の "全体的な暗喩" をどうとらえればよいのか……このことをわたしなりに述べてみたい。

　まず、A、Bグループの "全体的な暗喩" から振り返りたい。Aグループの "全体的な暗喩" は、詩を読み進めるうちに「男殺し」が "沈黙のメッセージ" として浮かび上がってくる。次にBグループの "全体的な暗喩" は、詩を読み進めるうちに「制度が出来上がる事への徹底的な拒絶」が "沈黙のメッセージ" として浮かび上がってくる。ところが、Cグループの "全体的な暗喩" は、詩を読み進めるうちに何も浮かび上がってこないのである。詩の最後の数行に行き着くまでは何も起きないのである。ところが最後の数行で現実空間に突入したとたん、つまり「わたし」が詩を抜け出したとたん、これまでの記憶のなかにあった「妹のたしかな存在と、わたしのあやしげな空虚な存在」が "全体的な暗喩" として浮かび上がってくるのである。現代詩の歴史において、こんな "全体的な暗喩" の登場の仕方はこれまでになかったのだ。たぶん、吉本はそう言っているのだ。確信をもって言えることがある。それは、この詩のような "全体的な暗喩" の使い方はこれまでに存在しなかったということである。言い換えれば「現在」によって、このような新しい言語表現が生み出されたということなのだ。このことを見落としてはいけない。そのことを押さえたうえで、最後にCサブカル（6）まで読み通したい。

## （6）中島みゆき「あぶな坂」

> あぶな坂を越えたところに
> あたしは住んでいる

坂を越えてくる人たちは
みんな　けがをしてくる
橋をこわした
おまえのせいと
口をそろえて
なじるけど
遠いふるさとで
傷ついた言いわけに
坂を落ちてくるのが
ここからは見える

　吉本は、この歌い手の詩には "全体的な暗喩" が存在すると言う。そし
て、それは「遠いふるさと」だというのである。しかし、詩を読んだ印
象で言えば、「あれ？」という感じしかない。このことを吉本は、こう説
明する。「遠いふるさと」という言葉だけでは "言葉の囲いを出られない
暗喩" なのだが、これにメロディやリズムや音声が参加することで、この
"全体的な暗喩" が言葉の囲いを出るのだと。"ピンとこない" 方は、ぜひ
この曲を聴いてほしい。

　ここではもうひとつ論じておきたいことがある。それは、A、B、Cグ
ループのサブカルチャー間の比較である。Aサブカル（2）では "全体的
な暗喩" は部分的にしか機能しなかったが、暗喩がもつ "言葉の襞や陰影
や暗がり" は存在した。ところが、Bサブカル（4）では "全体的な暗喩"
はすっかり解体してしまう。これに対してCサブカル（6）では最後まで
"全体的な暗喩" は見当たらないのだが、言葉の囲いを脱出したときに突
然、"全体的な暗喩" があらわれてくるのである。こうした 3 グループの
違いをどう考えればいいのだろうか。そのことを最後に振り返っておき
たい。

　ここでの問いは「なぜ、吉本はカルチャーとサブカルチャーを 3 グルー
プに分けて対比したのか」ということにつながる。「現在」を押さえるた
めにカルチャーとサブカルチャーを比較するのであれば、わざわざ三つ
のグループに分ける必要はなかったはずである。なぜ分けたのか。

それはたぶん、この3グループがそれぞれ、「現在」の3分割に対応している
のだ。つまり、Aグループは「現代（過去）」をひきずった「現在」（第
1分割）の言語表現であり、Bグループは「現在」のなかの「現在」（第2
分割）の言語表現であり、Cグループは「未来（未知）」を組み入れ始めた
「現在」（第3分割）の言語表現なのだ……だからこそ、三つのグループに
分ける必要があったのだ。

逆の言い方をすれば、「喩法論」がいかに重大な論考であるかを、この
グループ分けが示している。カルチャーとサブカルチャーをわざわざ3
グループに分けて丁寧に比較するのは、「喩法論」が「解体論」と同じく、
『マス・イメージ論』の前半と後半の結び目に位置し、この両者を結び付
ける役割を果たしているからだ。そういう意味で本論考は『マス・イメー
ジ論』を代表する論考だということができるはずだ。

# 〈9〉詩語論

第9論考「詩語論」は冒頭、吉本の独白から始まる。なぜ、「詩語論」
を書くのか……そのことについて、吉本が自己開示するのだ。この独白
にまず耳を傾けたい。

じしんの詩的な体験から云ってみれば〈現在〉が現在にはいるに
つれ、いつの間にかいままでの詩法にひっかかる現実がどこにも見
あたらない。そういう思いにたどりついた。それでもじぶんの詩法
に固執すると、どうも虚偽、自己欺瞞の意識がつきまとう。じぶん
の詩法でひっ掻ける世界が、実際どこにもなくなったのに、無理に
ひっ掻く所作の姿勢をつくることに、空虚さをおぼえてくる。これ
はじぶんの詩そのものが、現実から浮かされてしまったことなのだ。
……（中略）……この詩的な行き詰りは、ぜんぶ現実のせいにするわ
けにはいかない。わたし自身が詩的な理念とモチーフを持ちこたえ

られなくなったにすぎないのかもしれぬ。ほんとはここのところで詩的な営為は中止されるべきなのだ。詩的な体験、詩語の現在との背離ということは、それ自体大切なテーマでありうる。その折にどう振舞うかも重要なテーマになりうる。言葉が世界からやってきて、それをどう受けとめ、どう振舞うかには、いわば不可避の契機というべきものが加担しているはずなのだ。個々の存在がどうなるのかとおなじように、言葉はいったいどうなるのか。それを定めるものが主体にかかわらない側面が、確実にあるとおもえる。じぶんの体験だけをいえば、こういうとき、姿勢をつくることの空虚さというモチーフは、しつっこく固執されたほうがいいのだ。いままでの姿勢に固執するのではなく、その姿勢の空虚さに固執するということだ。　　　　　　　　　　　　　　　　　　　　　　　（下線：宇田）

「詩を書けなくなった」という吉本の冒頭の300字あまりの言葉が「詩語論」の総論だといってよい。吉本は続けて次のように述べる。

　　この詩的な体験の空虚さはどこからくるのか？　じぶん自身からか、それとも世界からか？　それとも詩の言葉にやってくる世界を、じしんが誤解しているところからか？　もうひとつある。詩語自体が空しい振舞い方をするからか？　内省的には最後の二つの問いがひとまず不毛さの回避につながる。そうといえないまでも空虚や不毛に詩的に固執することへの根拠をしめしてくれているようにおもえる。　　　　　　　　　　　　　　　　　　　　　　　（下線：宇田）

　吉本は己に対して、こうした問いを突き付けたあと、〈言葉の世界〉〈事実の世界〉という枠組みを用いて"詩の言語"を組み立てる。もう少し吉本の言葉に耳を傾けよう。

　　言葉の世界が完備された世界として存在するかという問いは、それだけでは無意味にちかい。ただ言葉が完璧な世界として存在でき

る必須な条件は、すぐに指定できそうにおもえる。言葉を、それが指示しそうな実在物や事実から、たえず遠ざかるように行使すること。またおなじことだが言葉の秩序が事実の世界の意味の流れをつくりそうになったら、たえずその流れに逆らいつづけることである。抵抗物を言葉でつくりあげて意味の流れを堰きとめ、それでも溢れでてくればその流れをまた言葉の抵抗物で堰きとめる。そんな過程をどこまでも繰返しつづけることだ。……（中略）……ただげんみつにいうと事実の世界に流れている〈意味〉に抗うときにだけ存在を垣間見せる世界があって、その世界はもしかすると言葉を不在という本質から統御しているかもしれない。そういう世界が、すっかり視えるようになってきたのだ。その世界はうれしそうな表情をつくる器官をもっていないが、いったん捉えた詩人たちをた易く手ばなすとはおもえない。

（下線：宇田）

　吉本がここで提起する "二つの世界"、〈言葉の世界〉〈事実の世界〉とはいったい何をさしているのか。「世界論」の "世界の定義" から言えば、"世界とは実体概念をもたない" ものである。そうだとすれば、〈言葉の世界〉も〈事実の世界〉も実体概念をもってはいないのだ。では、ここでの "世界" とはいったい何だろうか。それは "表出" の世界だと考えると

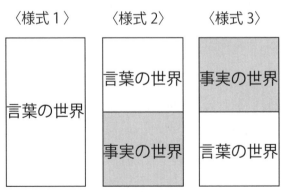

【図4-1】現代詩　三つの表現様式

一番、わかりやすい。〈言葉の世界〉とは、それを煮沸して取り出せば "自己表出" の世界であり、〈事実の世界〉とは、それを煮沸して取り出せば "指示表出" の世界なのだ。違う言い方をすれば、〈言葉の世界〉は "時間" にたどり着き、〈事実の世界〉は "空間" にたどり着くのだ。

　実はこのあと「詩語論」で論じられることは、この〈言葉の世界〉と〈事実の世界〉の具体的な組み合わせにほかならない。吉本は、この二つの世界を三つの様式に分類したうえで「現在」の現代詩に迫るのだ。これを図化すれば、【図4-1】のとおりである。留意すべきことは、〈事実の世界〉だけでは詩は作れないということだ。つまり、指示表出だけは詩にならないのだ。ここではこれら三つの様式をひとつずつ順にかみ砕いていくことにしよう。

### （１）稲川方人『償われた者の伝説のために』「母を脱ぐ」

> 母を脱ぐ。
> わたくしのような虫たちの
> 出逢う。
> ひらかれてここに、
> 壁から沼へ
> わたくしの追っている
> 骨の道程、くもる
> 天啓の
> 斜傾、飢餓は
> 図のような間接項わたくしを
> 散らして、かわく。
> 　（あるいはひとこと
> 　わたくしの飢餓は渇けといえば渇くその
> 　　　表記の、訓のこだわり）

　詩に馴染んでいない人（わたしもその一人である）は、この詩を読んだとき、よくわからないというのが正直な感想ではないだろうか。絵画で言えば難解な抽象画である。こういう詩は、言葉の意味が普通に流れて

いくことを、次々にさまたげるように言葉が置かれているのだ。しかも
そこで繰りだされてくる言葉には〈語音〉〈象形性〉〈概念〉などの特別
な思い入れが刻みこまれているのだ。こうした詩的行為は、たぶん、ど
こまでいっても達成感や安息感にたどりつけない、果てしない重荷を背
負った作業でしかない。詩は意味を結ぼうとする言葉の意図と、意味を
結ぶまいとして繰りだされる言葉との競い合いになる。これが「〈言葉の
世界〉によって書かれた詩」【図4-1】「様式1」であり、作者は濃厚な自
己表出だけの表現にこだわり続けるのである。吉本はこの詩の特徴を次
のように述べる。

> ふつうの心づもりでは、この詩から意味をうけとることもなけれ
> ば、価値に高められる情念を感受するものでもない。むしろ口ごもり、
> 吃音を発しおわってしばらく流れては、意外な言葉に堰きとめられ
> てまた澱むという苦しそうな渋滞感を全体性として印象づけられる。
> そして印象のあいだから意味づけられない長短強弱の波長や韻がか
> すかな音楽のようによりそってくるのを感じる。それがたぶんこれ
> らの詩を読んだことだとおもわれてくる。ようするにわたしたちは、
> ふつうの言葉の意味の流れから遠ざけれる作用こそが、詩の作用の
> はじまりだという場所に連れてゆかれる。
> 　　　　　　　　　　　　　　　　　　　　　　　（下線：宇田）

　吉本がここで述べていることは、〈言葉の世界〉の完備性だけに頼って
詩を書くことは、抜け道のない苦渋の選択に他ならない、ということで
ある。しかし逆に言えば、この苦渋は、現在、〈事実の世界〉とどう向き
あえばよいのかという課題をすべての現代詩人に背負わせることになる
のだ。この課題はぬきさしならない問題である。「喩法論」では、カルチャー
とサブカルチャーとが地続きになる様子をみてきたが、「様式1」ではカ
ルチャーがカルチャーであり続ける根拠が問われるのだ。
　ここでは次に二つめの様式（【図4-1】「様式2」）に入りたい。「様式2」
では〈事実の世界〉をベースにして、これに〈言葉の世界〉をどのよう

に組み合わせるのかをみていくことになる。

## （２）平出隆『胡桃の戦意のために』

---

7　硬い殻に護られて、ただ眠りゆくばかりの戦い。それはあのいじらしい石果にとってだけではない。高層ビルの避難階段を一列に螺旋を巻いて降りていく、果敢な蝸牛の軍団でさえ、ひたむきに、寝息を曳いて。

8　氷を荷造りする思いがつづいている。なにを書き送ろうとしても、宛て名まで溶ける。届いたとしたところで、そのひとが消えるだろう。

9　姦しい靴裏の星どものために、霜柱で薄化粧する道こそは妹。耕せば姿見ほどの扉を抜けて、自分の髪のひろがりに逆らい、一所懸命立ちあがってくる。地底をゆく獣が見あげるはずの、それは「狂ってる月」。

36　残暑お見舞。やどり木と戦って暮した夏休みも、遅刻すれすれに逝ってしまった、窓辺ではどうしても言葉の未来へ想像が過ぎるので、頬杖で、想像への嫉妬を叩いています。この街の感情も言語のパルスにすぎません。早い朽ち葉を送りました。では、きみのキ印の燔祭まで。

---

　この詩は「〈事実の世界〉を基層にして、そのうえに〈言葉の世界〉を重ねて書かれた詩」、つまり、濃厚な指示表出のベースのうえに濃厚な自己表出を重ねた詩であり、これが「様式2」の詩なのである。ここでは「様式1」のように〈事実の世界〉の言葉の意味を堰きとめる作業はいらない。なぜならその意味の流れ（〈事実の世界〉）を、まったくべつの完備された言葉の世界（〈言葉の世界〉）に移しかえて、そのまま乗り換えるからだ。この作業にどんな意味があるかといえば、「様式1」では安息感や達成感がたやすく得られない言語同士の競い合いや格闘があったが、「様式2」ではそうした葛藤からは解放されることになる。言い換えれば、言葉による言葉の抵抗をつくる効果を失わずに、その作業を遂行できるのだ。ただし、それまで遠ざけられていた〈事実の世界〉の意味を相対物として招き寄せることになってしまう。吉本はそのことを平出隆の詩に

そって、次のように述べる。

> 引用の7では、〈高層ビルの避難階段を這ってゆく蝸牛〉、8では〈小包の郵便物〉、9では〈靴の裏の円鋲〉、36では〈残暑見舞の封書〉。<u>これが事実の世界から招きよせられた素子である。この素子はこの詩の成立のために、これ以上砕くことができない、既成の物体なのだ。</u>
> ……（中略）……
>
> つぎに<u>事実の世界から借りてこられたこれらの素子が、あるひとつの世界（言葉がそこから降りてくると信じられる世界）から鳥瞰されたり俯瞰されたりする。するとその事実の素子はおもいもかけない意味や形象を与えられることになる。</u>〈蝸牛〉はとじこもって眠るばかりの寝息をひきずって移動する軍団になり、〈小包の郵便物〉は宛名も溶け、受取人も溶け、荷造り自体も崩壊するかもしれない氷の小包、つまり事実の消去のイメージに変わり、靴の裏の鋲は地底の獣からみられた「月」になり、残暑見舞の封書は言葉の世界の完結性を暗示する風景に転化される。そして全体的に得られた効果というべきものがあるとすれば、<u>世界視線の新しい獲得</u>にあたっている。
>
> <u>こういう詩片からみられるものは、事実の世界の像は、それとまったく異次元に隔絶された言葉の世界の像によって重ねあわせることができるか、という命題の実現</u>にあたっている。
>
> （下線：宇田）

　吉本はここで「〈事実の世界〉を基層にする」ということはどういうことなのかを明らかにする。それを簡単に言えば、世界のむこうからやってくる言葉（自己表出）を〈事実の世界〉の言葉（指示表出）にしっかりと受けとめさせて、"事実の消去のイメージ"（指示表出の消去）を図るのだ。これを吉本は**〈世界視線のあたらしい獲得〉**とよんでいる。この "世界視線" という概念はのちに『ハイ・イメージ論』Ⅰのテーマとなるのだが、「詩語論」「様式2」はその考察の入り口をなしているということができるだろう。吉本は平出隆の詩の後に天沢退二郎の詩を同じく「様式2」の詩と

して解説しているがここでは割愛し、もう一つの最後の様式（【図4-1】「様式3」）に入ることにする。

## （3）菅原規矩雄『神聖家族〈詩片と寓話〉』XX、
## 北川透「腐爛へ至る」

ひときれのパンがあれば
一年は生きられる
わたしは血のように濃い水であった
のめ、わたしを
日ごとにひとすくいづつ

そしてうつぶせにうかんで
たぶんきみのかおは
水中でわらっている
わたしにあづけっぱなしの
数のたりぬ犯行を

朝になるまでにはあの樹がわたしだと
指さした手から葉がこぼれおち
そして二度と両足ではあるかない

ふたつ割りのぬけがらを
巣のようにのみこんで枝がわかれ
これもやがて鳥類の痕跡

菅原規矩雄『神聖家族〈詩片と寓話〉』XX

六月　きみは死なない。
耳の後ろや腋の下に生えてきた黴や浅緑の草を
むしり取って飢えをしのぎ　夜になると
幻野に捨てられる小猫や嬰児たちの肉片を
噛んだり吸ったり

ついに七月　きみの怒りは錆びたナイフの形をして
朽ち果てる　誰の胃袋にも　もはや
咆哮する鉄扉はなく　火薬につながる
どんな細い針金もない
刃渡り九寸ばかりの美学なんてむなしいさ

八月　二匹の蛇のごとく
ぬるぬるした岩場を這いずりながら
燃えない肌を寄せ合い　いっそう冷えてゆく
ことばたちを　赤い油の浮く波にうたせる
それをめがけて嘴の長い黒い鳥たちが
いっせいに急降下してくる

また八月　情死から遠く
腐爛へ至る刻　海中で女はゆっくり回転し
淫らな姿勢で魚卵を排泄した

そして秋　すべての窓を閉ざし
濁った部屋のなかでふるえている
病者たちは下半身から液化しはじめる
その異臭を放つ汁はやがて街路へ流れ出す

北川透「腐爛へ至る」

　これら二つの詩は「〈言葉の世界〉を基層にして、そのうえに〈事実の
世界〉を重ねて書かれた詩」であり、これが「様式3」の詩である。つまり、
濃厚な自己表出のベースのうえに濃厚な指示表出を重ねる詩なのである。
「様式3」の詩は比喩的にいえば、「様式2」の詩とは逆に、〈言葉をかた
く閉じてつくった世界〉を基層において、〈事実の世界〉の意味の流れを
その表面に重ねようとするのだ。粘液状の世界に鉄のタガをはめるよう
なことが本当に可能なのか、という疑問が浮かんでくる。しかし、「様式
3」の詩人にとって、それが「現在」から強いられた詩的行為なのである。
〈事実の世界〉の意味の流れを用いて、それを遮断しようとする〈言葉の
世界〉を逆に囲い込むのである。こうした願望を捨て切れないのだ。では、

なぜこのような方法が模索されるのだろうか。そこにどういう意図があるのだろうか。吉本はそのことについて次のように答える。

　　これらの詩の世界は、平出隆のばあいとまったく逆を志向している。<u>内在する言葉の世界を、事実の世界の意味の流れで外装しようとする試みが、なぜ発生できるのだろうか？　それがこれらの詩の現在的な意味である。この意味を詩人の個性に帰したいのなら、これらの詩人たちの詩的な体験として、事実の世界に特異な執着をもっているのだといえばたりる。ではなぜ事実の世界はそれほど執着されなければならないのか？　このテーマはわたし自身にもあてはまる気がしている。たしかなことは詩的な執着の剰余分だけが、いわば倫理の鞍部を形づくって、言葉の世界をひき戻そうとしていることだ。</u>どこに向かってひきもどそうとしているのか。それは巧く応えられないまま、現在に直面する具合になっている。わたしのかんがえではこれらの詩人たちが、規範としてひき受けている事実の世界には、その終末と起源の像がまるで**現在**みたいない貌をして浸透しているようにみえる。そして<u>この過剰性の質を問うことが、現在から強いられた詩のテーマになっている。</u>
　　　　　　　　　　　　　　　　　　　　　　　　　　　（下線：宇田）

　吉本は、今後、自分が詩作するとすれば、その方法は、たぶん、この「様式3」だろうと語っている。それは〈事実の世界〉に特異な執着をもっているからだ。吉本の場合、その執着はもちろん**戦争体験**である。この〈事実の世界〉への特異な執着が〈倫理〉の問題に直結するのだ。

　以上が「詩語論」であるが、最後にここでも振り返りたい。前論考「喩法論」で論じてきたカルチャーとサブカルチャーの地続きの問題を「詩語論」の表現様式の問題として図に描けば、どんなものになるのだろうか。それはたぶん、次頁の【図4-2】でいいはずだ。この図で"詩"と"小説"を統合して語れば、「様式2」の詩は、話体の小説であり、「様式3」の詩は、文学体の小説といえそうだ。

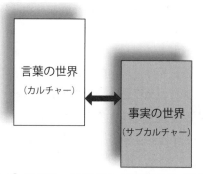

【図4-2】現代詩 「喩法論」の表現様式（地続き）

　ここで大事なことは「なぜカルチャーとサブカルチャーが地続きになるのか」、「なぜ表現様式は〈言葉の世界〉と〈事実の世界〉とを組み合わせることを余儀なくされるのか」ということだ。そして、この問いを突き詰めれば、「なぜ〈事実の世界〉（空間）に〈言葉の世界〉（時間）は追いつめられるのか」ということになる。ここに「現在」の大きな地殻変動の姿がみえてくるはずだ。総じていえば、「現在」とは「時間の持続がいわばみじん切りにされたあと、それを空間のうえにパラパラとふりかける時代」と言えるのではないか。あるいは「空間が肥大化し、時間が粉々に砕け散る時代」と言えるのではないか。だからこそ、事実の世界（空間）にそれでもなお時間の根を張ろうとすれば、それは大なり小なり、倫理の様相を帯びるのだ。

# 〈10〉 地勢論

　「地勢論」は他の論考とはまったく質感が異なる論考である。12論考を星座にたとえれば、牡羊座、おうし座、ふたご座……ときて、第10論考「地勢論」はやぎ座となるはずなのだが、どうもそうは呼べないのである。「地勢論」は星座というグループから逸脱しているのである。

このことについては、また後で触れることにして本題に入ろう。第8論考「喩法論」では "全体的な暗喩" がテーマとなり、第9論考「詩語論」では "言語の世界" と "事実の世界" という枠組みがテーマとなった。では、本論考「地勢論」では何がテーマなのだろうか。吉本は冒頭で次のように語る。

　　<u>現在というものの姿は、等高線をいわば差異線として地勢図を拡げている時間の姿みたいなものだ</u>。時間は天空に上昇することもできないし、地に潜下することもできない。ただ地表を波紋のように這ってゆく。ここでは<u>時間は標高のようなものを同一性で囲うことでしか差異をつくれない</u>。だが絶対的地勢ともいうべきものは、時間を排除して、いわば地形としてすでに自然から造られてしまっている。<u>このすでに造られた絶対的な地勢と、現在がつくりつつある地勢図とのあいだの空隙が、いわば文学の言葉がつくれるはずの暗喩の空間なのだ</u>。

　　　　　　　　　　　　　　　　　　　　　　　　（下線：宇田）

　「地勢論」のテーマは、引用文の最初の一行に刻みこまれている。簡単に言えば「地勢論」のテーマは、「現在」（時間）を地勢図（空間）で表現しようとする試みなのだ。時間をどういうふうにすれば、空間に転換できるのか。この問いに、吉本は「時間を等高線という "同一性" で描けばいい」と述べているのだ。
　前論考「詩語論」でいえば、"事実の世界"（空間）を "絶対的地勢" として位置づけ、そのうえに "言葉の世界"（時間）を等高線に転換して地勢図を作成するということになる。つまり、「様式2」の枠組みになる。ただ、「地勢図」においては "事実の世界" と "言語の世界" との空隙に "暗喩の空間" が生まれることになるのだ。
　"絶対的地勢" とは、どんな地勢なのか。吉本は基本的に二つしかないと言う。ひとつは眼のまえに海をひらいて、うしろに低い山並みがひかえた低地に、ほぼ真ん中を区切るように河が流れていて、海にそそぐ地形、もうひとつは幾重も重なった低い山のうねりに四周を囲まれた盆地状の

平地で、せまい谷あいを介して他の土地とつながっている地形である。吉本は、社会を構成する地形はこの二つしかないというのである。さらにこの二つの絶対的地勢のうえにつくられる地形の差異が "言葉がつくる暗喩" だとすれば、それは「類似した物語が、次々に連結されて繰返される世界」か、「枠組みの不確かな物語が、つぎつぎに漂ってゆく世界」かのどちらかだというのである。どういうことか。もっといえば吉本はいったい何を探そうとしているのだろうか。吉本は次のように語る。

> わたしたちの物語が、地勢図のどの中心をえらんでも、重層的構築よりも単層あるいは複層の地勢の拡大となってあらわれ、同一の要素の円環体や連結体となってゆくのはこの暗喩の空間の性質のためだとみなすことができる。いまみてみたいのは、伝統的な物語の特質ということではない。またその特質が地勢図のように拡がる類型ということでもない。この地勢図を暗喩としてみたばあい、この暗喩が何に対応できるか見積もりたいだけだ。これが確定できれば、現在がつくりだした文学作品の地勢図をふたつまたは三つの要素に解きほぐす鍵が与えられるかもしれない。一般に〈歴史〉または〈時間〉とみなされているものが、言葉の地勢図の拡がりに〈変換〉してゆくとき〈変換〉の恒等式ともいうべきものが何を指すか見きわめたいのだ。この恒等式は、物語の世界の同一性がどの範囲までに画定されるべきかを明示してくれるはずだ。
>
> （下線・網掛け：宇田）

　吉本はこう述べたあと、古い物語の "書き出し" に着目して「物語の同一性」を語る。吉本が引用した物語の "書き出し" をここでそのまま列挙すれば、「今は昔」（竹取物語）、「むかし、をとこ」（伊勢物語）、「今は昔」（落窪物語）、「少年の春は惜しめども留まらぬものなりければ」（狭衣物語）であるが、吉本はこれらの枕詞のような "書き出し" を〈変換〉の恒等式によって具体的に考察する。

　物語のはじめに「今は昔」とか「むかし、をとこ」とかいう言葉に

つきあたったとき、条里や街衢や村里の地勢がそのまま暗喩されて、作品の影絵をつくる。そのあと物語がどう展開され、どういう結末をむかえるかとはかかわりない。わたしたちは作品にはいるとき、これからひとつの地勢のなかにはいるのだ。この地勢の暗喩のすぐあとに、主人公の名告りがあげられ、説明が加えられる。するとある地勢のなかに物語の主人公となるべき人物が住んでいることを知らされる直観にみたされる。だがほんとうはその逆である。この条里や街衢や村里の内部では、主人公である人物は、その性格、身分、職業、係累などが村人や市人にあまねく知りつくされている。そんな存在であることが暗喩されているのだ。あくまでも地勢に固執してみれば、これを聞き伝える別の条里や街衢や村里の人々もまた、まったく類似の主人公をじぶんたちの内部にもっていることさえも前提とされる。そしてその前提を暗黙のうちにふまえていることが暗喩になっている。

（下線：宇田）

　ここで吉本が語っていることは、「今は昔」「むかし、をとこ」という"書き出し"の言葉（時間）は実はその作品の背後にある地勢（空間）を暗喩しているということである。つまり、〈今は昔、むかし、をとこ〉（時間）＝〈村の中では、みんながみんな、他人のことをよく知っている状態〉（空間）という等式が暗黙の前提になっているのである。

　ところが、ここから時代が下り、村の状態が変わると、「今は昔」「むかし、をとこ」という言葉は作品の中から消えていくのである。つまり、等式が成立しなくなるので消えるのである。そのことを吉本は次のように述べる。

　　ここで『狭衣』の冒頭は、ひとつだけちがって、いきなり「少年の春は惜しめども留まらぬものなりければ」という言葉にはじまっている。これを地勢の暗喩として読めば、すでにこの『物語』の舞台になった条里や街衢や村里は、別の条里や街衢や村里から縦横に自在に人々が流入し、また流出していることを暗喩している。ふつ

うの意味でいえば『狭衣』はほかの『物語』よりも後代に書かれているために、語りの定型がすでに破られている。そう理解される。だが地勢図からいえばこの〈時間〉の距りの意味は地勢に加えられた〈時間〉の累層性に変換される。おなじ地勢のうえにおこった景観の変化と推移の暗喩が「少年の春は惜しめども」という冒頭の言葉の意味になる。

（下線：宇田）

　吉本がここで言っていることは、物語の"書き出し"の言葉が「少年の春は惜しめども留まらぬものなりければ」に変化したとき、実は地勢（空間）にも変化が起きているということだ。つまり、世の中が〈村の中では、みんながみんな、他人のことをよく知っている状態〉から、〈村には人々が縦横に流入、または流出し、内部の人であっても、だれもがみんなをよく知っているわけではない状態〉に変化したのである。言い換えれば、「今は昔」「むかし、をとこ」から、「少年の春は惜しめども留まらぬものなりければ」という言葉（時間）の変化は、実は社会（空間）の変化を示しているのである。物語の舞台である社会に大きな変化が起きているために、物語の"書き出し"の言葉が変わるのである。ここが大事なのだ。吉本はこれを〈変換〉の恒等式とよぶのだ。

　このことは一般化できるはずだ。「言葉の流行り廃りは、生活空間の情景の変化を示している」というふうに。例えば2020年現在、ビジネスメールでは一般的に"書き出し"は「お疲れ様です」の挨拶から始まることが多い。しかし、おそらく100年後にはこの「お疲れ様です」はビジネスメールには存在しないだろう。なぜならば、100年後のビジネス空間は大きく変化しているはずだからだ。

　いずれにしても、吉本はここから「平安時代」の地勢図でなく、「現在」の地勢図へと考察をすすめて、次のように述べる。

　　現在わたしたちは、これらの物語類とそれほど変わらない地勢図をまえに、考古学的な地層のように、まったく変貌を重ねつづけた景観に立って文学作品をみている。地勢の条里や街衢や村里もある

にはあるが、意識の囲いはすべてなくなっている。なくなっているという意識ですらなくなって、白けはてた空虚のなかにいる。そこで〈現在〉という意味をいちばん尖鋭な暗喩でとらえるとすれば、「今は昔」や「むかし、をとこ」に該当するような、どんな交換式もありえない。すでに意識の地勢の束は立方体状の截線に区画されて、無執着に自在に流入し流出するだけになっているからだ。意識の山並も海も河川も個性のある特異な貌だちなどもっていない。人工的な直線や曲線でえぐられたり、突出したりする領域に類別されているだけだ。こんな現在の地勢図の圏内では尖鋭的であろうとすればするほど、物語は構築性を解体するほかない。……（中略）……現在、閉じられたたえられ、物語を溜めておくような意識の地勢はとくに大都市ではありえない。また物語を醸酵させ潤色するような個性の貌も、集合的な共同性の貌もどこにも見あたらない。それにもかかわらず異種の流入口からさまざまな言葉が入り込んでは角逐し、融合しきれなかったものは流出してゆくといった特質もはっきりと形をもっているわけではない。ここでは地勢図は拡大されるために連環したり、連結したりするという古代からの特徴は、いまも失われているわけではない。わたしたちがすぐれて現在的な物語とみなすものは、この矛盾した特性を、ふたつながらもっているものを指している。どんな閉じられた地勢も無効であるような流出の経路をとおって、おなじ稠密さでつぎつぎに言葉の空間が拡大してゆくが、どこにも堰きとめる起伏もなく、また流れ込んでたたえられる地溝もない。発端も終末もない地勢図がかりに作られ、やがて等高線は差異線としての機能をなくしてしまう図表が予感される。

（下線：宇田）

    ・・<br>
  吉本がここで述べていることは、「現在」の地勢図は「平安時代」の地勢図とは全く違うということだ。「現在」の地勢図は、特に大都市においては閉じることができないため、物語は"解体"するしかないのである。そのことを、これから読むテキスト、小島信夫『別れる理由』という作

品が示すことになる。

## （1）小島信夫『別れる理由』（1968年〜 1981年）
## （『抱擁家族』（1965年 ））

　小島信夫『別れる理由』は膨大な長編小説だが、この作品から物語の流れを取り出そうとしても、うまく取り出せない。しかし、言葉の "意味" だけで取り出せば、たった十数行で語ることできる。吉本の解説に沿って物語のあらすじを要約してみよう。

　主人公、前田永造は大学で英文学の教師を勤めるかたわら、翻訳の仕事をしている。永造は先妻、陽子が二人の子供を残して死んだあと、京子という後添えの妻を迎えることになる。この後添えの妻（京子）は、別れた夫（伊丹久）とのあいだにできた小学生の子供康彦を夫のもとにのこして永造のもとへやってくるのだが、息子、康彦は母親が永造と再婚したあと情緒不安定となり、たびたび家出や失踪をくりかえす。そして、そのたびに父親の伊丹久は、永造と結婚した元妻の京子が康彦をそそのかしているのではないかと疑うのである。つまり、康彦が京子に会うために家出や失踪を繰返すのではないかと疑うのである。しかし、京子は康彦をひきとる気ははじめからない。康彦をひきとって永造と一緒に住めば、家庭内がひと筋縄ではいかなくなると思っているからだ。だが、永造は逆に康彦が家出や失踪をするたびに、前夫から康彦をそそのかしているのではないかと疑われることが嫌なのである。妻の京子がそのことによって情緒不安定に陥ることを心配して、康彦をひきとって自分の先妻（陽子）との間にできた二人の子供と一緒に育てたほうがいいのではないかと考えるのである。

　『別れる理由』はこうした永造夫婦を軸にして、さまざまな交友関係が描かれることになるのだが、吉本はその一部を引用する。描写場面は、妻京子が朝ベッドですすり泣いていて、夫永造は、妻のこのすすり泣きの原因が息子康彦のことにちがいないと気づく……そんな場面である。

彼女のすすり泣きがしばらくつづいてから、彼はああ子供のこと
で泣いているのか、と気がついた。
　「どうせ気になるのなら、この家に連れてくるのがいいかもしれな
いよ」
　と彼は京子の様子をさぐりながらいった。京子との間に水々しい
感情をもち続けるのに、その子供が入りこんでくることが望ましい
という計算が成立つようだ。その子供のことで、彼に気兼ねしながら、
甲斐々々しく動きまわったり、彼にすまなそうに相談をもちかけて
くるに違いない。彼女に愛情をかけるのに、子供を通した方が、ずっ
とやり易いということもあるのだ、と思った。そのとき子供に憎し
みを感じたとしても、それはそれでいい。憎しみを抑えて、まあ出
来る限り子供のために骨折ってやるということは、それだけで京子
に尽してやったことになって、生甲斐を感じることになろう。もし
京子が気がつかなければ、心の中に秘めておくということは、それ
もまた楽しいことではないか。それを死ぬまで運んで行くというの
も悪くはない。
　「子供は連れてきません」
　と京子はうつむいて考えこみながらいった。
　「私はやっぱり自分が幸福になりたいんです」
　とあとで京子はベッドの中でいった。「そのためには、子供は邪魔
になるわ。子供がくれば、きっとうまく行かない。私が駄目になる。
私の毎日が苦しい」
　その言い方をきいて、彼は、前の妻の同じような思いをこめた真
面目な言い方に似ていると思った。　　　　（小島信夫『別れる理由』Ⅰ）

　引用された描写には『別れる理由』の特徴がよく表れている。ただ、
ここで考えたいのは、作品そのものというより、吉本がこの描写をどん
なふうに読み込んでいるかということである。たったこれだけの描写で
あっても、吉本は意味（指示表出）だけを追いかけていない……作者の〈沈
黙のメッセージ〉（自己表出）に耳を傾けているのだ。具体的にいえば、

この作者はいったいどんな人間なのか、作者の意図は何か（無意識的なことも含め）、作者の表現方法も含めた総合的な芸術観は何か、芸術に対する理念は何なのか……こうしたことに耳を傾けているのだ。ただし、こうしたことは描写のなかの言葉には"意味"として一切、書かれない。その"沈黙のメッセージ"を吉本は読み取ろうとするのである。もし差し支えなければ読者のみなさんも、ぜひもう一度、上記の描写を読み直していただきたい。そして、この描写場面に眠る〈沈黙のメッセージ〉（自己表出）に耳を傾けてみてほしい。どんなイメージがうかんでくるだろうか。

　吉本のイメージは「地勢論」を踏まえてザックリと言えば、たぶん、こんなふうに言えるはずだ。「おなじ稠密さ（等高線）でつぎつぎに言葉が拡大していくだけで、どこにも堰きとめる起伏もなければ、また流れ込んで貯める場所もない。だから発端も終末もない地図が作られ、やがて等高線は差異線としての機能をなくすだろう……」と。

　さらに具体的に吉本が"作者、小島信夫をどうみているか"は、吉本の次の言葉から察することができる。吉本は、"作者小島信夫が主人公の永造をどのように造形したか"について、次のように述べている。

> <u>永造のこころのなかでは、家族や近隣関係にもう物語は創りだせなくなっている。永造のこころのなかを吹き抜けて、かれの内面をばらばらにこわしているのは、現在という巨大なシステムのデーモンなのだ。</u>永造の意識は、どこまでもつづく等密度の人間関係のパターンを紡ぎだせはするが、発端があり、生活の盛り上がりがあり、そしてハピイあるいはアンハピイな結末があるといった物語を、家族のあいだでも交際圏のなかでもつくりあげられなくなっている。<u>作家はもちろんそんなふうに、現在に吹き抜けられた永造を造形しているのだ。</u>
>
> （下線：宇田）

　吉本は、今ここで『別れる理由』の作者、小島信夫を通じて「現在」とはなにかを問い、そして、こう答えているのだ。「現在とは等高線が差異線としての機能を失なった地勢図だ」と。ただ、こうしたことはすで

に何度も見てきたはずだ。第 5 論考「差異論」では、井上靖『本覚坊遺文』、安岡章太郎『流離譚』、加賀乙彦『錨のない船』において差異線が消失していたし、第 7 論考「解体論」では、椎名誠『哀愁の町に霧が降るのだ』、大江健三郎「泳ぐ男—水の中の『雨の木』」においても物語の構成が解体していた。ただ、これらの作品と小島信夫『別れる理由』とのあいだに違いがあるとすれば、これまではまだ "差異線消失" "解体・廃墟" の物語があったのである。つまり、まだ物語そのものは解体していなかったのである。消失、解体の物語があったのだ。ところが『別れる理由』は、もはや行きつくところまで行きついている。物語そのものが消えているのである。

　吉本は次に〈『別れる理由』が起承転結のある物語になる可能性はあるだろうか、あるとすればどんな悲劇の物語になっただろうか〉と問い、こう結論づける。

　　　主人公永造に、マスベスのように悲劇を産出する力があったら、またたく間にどこからでも夫婦の瓦解の物語がやってくるはずだ。だが永造には悲劇を産出する性向はない。あるいはその力もないといってよい。ただ家族のあいだに働く斥力や引力を、たんねんな地勢図の等高線のパターンに置きかえてしまう資質を発揮するだけだ。
　　　……（中略）……
　　　永造はじぶんが、この複雑な家族のあいだの力学の場を悲劇だとおもったとたんに、じっさいに悲劇は起こってしまうとかんがえて耐えて、とりつくろうようにしているのではない。そう作者は永造を描いてはいない。悲劇を産み出すためにはどうしても必要な意識の地勢を永造は、はじめから失っているものとして、設定している。あるいはおよそ劇的な意識は解体するだけ解体してしまった存在として描かれている。永造は楽しみやもつれる糸にたいして中性であることが、楽しみであるような意識に、自分を作りかえてしまっている。
　　　　　　　　　　　　　　　　　　　　　　　　　（下線：宇田）

吉本は『別れる理由』は悲劇にはなりえないと断言する。悲劇を産み出すにはどうしても必要となる意識の地勢が、主人公永造には初めから存在しないからである。そして、このことが『別れる理由』の"全体的な暗喩"だとすれば、小島信夫は「現在」を生きるうえで最も"適応的な生き方"をどのように考えているのだろうか。「悲劇さえ生み出すことができない人間になること」なのだろうか。実はそれもよくわからない。ただ、『別れる理由』第Ⅰ巻では、作者がこれ以上どんな地形パターンもつくりあげることができなくなっていることは間違いない。いわば「現在」という解体した時間のなかで、永造夫婦は、康彦という家出や失踪癖のある少年の存在を媒介にして宙吊りになったまま、均衡を続けるのである。〈解決もなければ、崩壊もしない〉状態が続くのだ。だから、『別れる理由』という作品はもうここで終わっていいはずなのだ。永造夫婦や二人をめぐる交際圏の人々は、誰ひとり完了感を体験することはないし、何も解決されない。そのかわりに格別、凄まじい不幸のカタストロフィが訪れるわけでもない。これが「現在」が作者や作中の人物に強いた地勢図だとすれば、誰も不服は言わないはずだ。

　ところが、吉本は「いや、ちょっと待ちなよ。もう少し先まで読もうよ」と言うのである。なぜなら、ここまでの話は『別れる理由』第Ⅰ巻までの話であって、Ⅱ巻、Ⅲ巻がまだ残っているのだ。吉本はこの作品がⅠ巻で終わらないことについて「（作者はここで終わることは）不満だったようにおもえる。何よりもいくぶんか、作者自身の影を含んだ主人公前田永造にたいして不満であった。そこで作者は主人公永造を、作者自身の願望、欲求、知的な戦略のところまで現実離脱させて、自在に操ってみようと試みた。これが『別れる理由』の第Ⅱ巻と第Ⅲ巻の意味であるとおもえる」と述べている。つまり、作者は主人公永造に不満があるため、永造を空想世界に引きずり込んで軌道修正させようとするのである。言い換えれば〈地勢図のうえに描かれた等高線や区画線を空想図のうえに投影させる〉ことになるである。これがⅡ巻、Ⅲ巻の作品モチーフである。吉本はこのⅠ巻からⅡ巻、Ⅲ巻へのモチーフの変化について、次のように自問自答する。

作者によって描かれた自在な空想や書誌的な認識に変貌する主人公永造は、いったいなにを意味しているのだろうか。

　わたしには作者が地勢を連結したり連環したりする可能性を根源的に喪っていることの暗喩のようにおもえる。作者はもうこの作品を進行させればさせるほど、物語をつくることもできなければ、等密度の区画線を拡げてゆくこともできない。登場人物もすでに人物として画像を結ぶことはない。そこではただ空想と認識の構図が乱反射のように繰りひろげられ、そのなかに登場人物は埋め込まれてしまうよりほかなくなっている。地勢図を描くことがもうできなくなった作者にとって、希望があるとすれば、作者、作中の主人公永造、そして主人公永造の空想と認識の自在な表出によって、そのなかに出現する書誌的な人物や対象物を、すべて混融してしまい、〈そんなことありえないのにかつてどこかで体験したことがあるように思える光景〉のなかに、入れ込んでしまうことだけだ。わたしにはその個処がこの作品のクライマックスにおもわれてならない。その個処がこれ以上の解体がありえないことを暗喩し、永造を認識者としての作者の地平にまで吊り上げたことの根拠をしめしているからだ。

（下線：宇田）

　吉本によれば、主人公永造は、悲劇になっても何ら不思議でない場面で悲劇を生み出すことができない。だから、この物語は立ち往生するのだ。物語にならないのだ。ただ、ここには注釈が必要である。永造の"悲劇を生み出すことのできなさ"は、倫理の欠如ではないという注釈が。永造は家族というものに価値を感じているのだ。だから、"悲劇"は起こりうるはずなのだ。ところがどういうわけか、物語は前に進むことも後ろに下がることもできなくなる。だとすれば、この作品はもう終わってもよいのだが、作者は作品を継続させるのである。なんのために継続させるのか、実はそれすらよくわからないのだ。ただひとつだけわかることがあるとすれば、それは作者が主人公永造を行き詰った地勢図から空想

図へ転位させたということだ。そのことによって永造は白昼夢のような体験世界に入りこんでいく。そして最後に〈夢か、現実か〉の境界点で「しまった、と思うことが重大なのだ」という覚醒に導かれ、この作品はようやく終わるのである。ラカン風にいえば、現実界と想像界の境界がなくなるのだ。

『マス・イメージ論』の起点にもう一度、戻ろう。起点はカフカ『変身』であった。カフカ『変身』が「現代」という巨きな作者のマス・イメージを象徴する作品だとすれば、それは「本人は人間の心を持って生きているつもりになのに、他者から見れば単なる毒虫でしかなく、家族からも見放され、そうした状況のなかで、人間（自分の思い）と虫（他者の思い）との悲惨な分裂状態を本人は生きることになる」という作品であった。

これに対して、小島信夫『別れる理由』が「現在」という巨きな作者のマス・イメージを象徴する作品だとすれば、それは「悲劇なんか生み出せなくていい。悲劇どころか、どんな物語も生み出す必要はない。それで行き詰ったら空想の中を生きればいい。ただ、時には覚醒するのもいいんじゃないか」という作品なのだろうか。あるいは「現在を生きていくうえで大事なことは軽薄であることだ。そうでないとこの世は息苦しく耐えることなんかできないよ」という作品なのだろうか。小島信夫はそのことさえ意図していないかもしれない。

以上で「地勢論」を終えるが、ここでも最後に振り返ろう。冒頭、「地勢論」は〈他の論考と質感がまったく違う論考〉だと述べたが、このことを少し考えてみたい。

『マス・イメージ論』12論考は、前半7論考が「世界はどう変化したのか」という問いを背負い、後半5論考が「言語表現はどう変化したのか」という問いを背負うのだが、どうやら「地勢論」は「言語表現はどう変化したのか」という問いの枠組みから少し外れるのだ。たぶん、その外れ方は「言語表現はどう変化したのか」という "時間" の問いを「世界はどう変化したのか」という "空間" の問いに転換するという外れ方なのである。これを吉本の言葉でいえば、〈変換〉の恒等式というテーマを背負っ

た論考ということになる。なぜここに〈変換〉の恒等式を背負った論考が配置されたのか。それはたぶん、こういうことだ。

「地勢論」のあと、第11、第12論考では画像、劇画という新しい領域を扱うため、その前に「世界はどう変化したのか」（空間）と「言語表現はどう変化したのか」（時間）という二つの問いをいったんここで溶接しておきたい……それが吉本の意図だったのではないか、そんな気がするのだ。

それから、もうひとつ別のことを述べておきたい。それは「地勢論」は「現在」の３分割という視点でいえば、いったいどこに該当するのだろうかということである。これはもちろん、「未来（未知）」を組み込み始めた「現在」（第３分割）ということになるだろう。最後に永造が空想をいだくが、これがここでの〈未知〉の姿ということになりそうだ。

# 〈11〉画像論

『マス・イメージ論』と『言語にとって美とはなにか』とは、たくさんの文芸作品を扱うという点では一致しているが、大きな違いもある。それは対象とする作品ジャンルが違うということだ。『言語にとって美とはなにか』では詩、小説、物語、劇が対象であったが、『マス・イメージ論』では詩、小説に加えて、画像、劇画というサブカルチャーが対象になるのである。これまでサブカルチャーの言語表現については既に「縮合論」「喩法論」で見てきたが、画像と劇画はこれまで扱っていない。言い換えれば、吉本は『マス・イメージ論』の最終章で画像と劇画を考察して締めくくるのである。そのことをおさえたうえで「画像論」に入っていこう。

「画像」ということで、誰もが思い浮かべることができるのはテレビの「画像」である。吉本はテレビ・カメラについて、飼い犬のたとえ話をしている。「わたしの家のまえの電柱に犬がつないであった。いま一台のテレビ・カメラが、電柱につながれたこの犬を画像としてブラウン管に映

して放映した。わたしは窓の外に、このつながれた犬の振舞いを眺めながら、同時にテレビの画面に映った犬を見入っている。窓の外に眺めているつながれた犬と、テレビの画面にうつったおなじ犬の「画像」は、眼のまえですぐ交換することができる。そのための手続きはいらない。ただ視線を変更すればよいとおもえる」と。そして、この状態を仮想空間と現実空間の二重性ととらえ、さらに話を続ける。「**ほんとはこのとき画像の空間と現実空間とを交換しているのだが、異質の空間を交換したと意識もせずにスムーズにできてしまう。そのうえ、テレビ・カメラはわたしたちの〈もうひとつの眼〉として高度に機能し、日常の生活空間のどこでも、また現実のどんな微細な隅々でも入りこんでゆく。わたし**たちはただ身体についた〈眼〉と〈もうひとつの眼〉とで、同時におなじ対象をみている」と。吉本のこの話を読みながら思い出したことがある。それは漱石『吾輩ハ猫デアル』の“近所をふらつく猫”のことである。吉本はこの猫の目を作者、語り手の〈もうひとつの眼〉、〈移動する目〉としてとらえていた……それがよみがえってきたのである。漱石は1907年の段階（初版発行）で、すでに〈テレビ・カメラの眼〉を作品上、生み出していたのである。

　話を1980年に戻そう。1980年という「現在」の状況を吉本は次のように語る。

　　この事態はもう普遍的だといってよい。すくなくともテレビの現実の対象（事象）とその画像のあいだでは普遍的に起こっていることだ。テレビの画像が現場の状況を映しだしている。その画像がついにじっさいの現場よりももっと臨場感にあふれ、じっさいよりももっと生々しく視える。しばしばそんなことにぶつかっている。わたしたちはあるばあいはこわくなって、こういう転倒が日常生活の全域を占めたばあいを想像する。そのときわたしたちは虚構のなかで虚構を現実として生活していることになり、この虚構を破砕するには現実を辞退するほかに術がないことになるだろう。もちろんあるばあいには愉快になる。そうなった場合を想像すれば、虚構をか

196

　吉本がここで述べていることは2020年現在では、もう陳腐な話にすぎない。仮想（虚構）空間を抜きにして「現在」を語ることはもはやできないのだ。仮想空間（画像）が現実空間に覆いかぶさっているのである。それは単に画像技術が高度化したということではない。「序論」で述べたとおり、1980年あたりで社会が工業社会から情報社会へ転換したということが重要なのだ。産業構造が "ものづくり"（第二次産業）主力から "サービス"（第三次産業）主力へとシフトすることで、生活空間が劇的に変化したのである。これを機に仮想空間が現実空間に流れ込んでくるのである。

　吉本は "社会の構造変化" を "仮想空間の現実空間への浸透" に 結び付けたうえで、「画像論」の対象をテレビCMの画像に絞り、その変化を〈四つのプロセス〉に分類する。実はこの四つのプロセスを読み解くことが「画像論」のテーマなのだ。

　大きな流れでいうと、当初、テレビCMの目的は対象となる商品の価値を高めることであったが、次第に変化していき、最後には当該商品は蚊帳の外におかれることになるのである。そこで「現在」という時代の本質が露わになるのだ。

　ここでは、まず、〈四つのプロセス〉の全貌を俯瞰したい。

　〈プロセスⅠ〉では、テレビCMは販売したい製品をきれいな画像やその画像をめぐる言葉で装飾することになる。そうすることで購買者の関心をかきたて、できるかぎり多数の購買を獲得できるように働きかけるのである。それがテレビCM制作の動機・目的・意図である。きわめてわかりやすい。

　〈プロセスⅡ〉では、〈プロセスⅠ〉のテレビCMがさまざまな反響を引き起こすことで、商品につけ加えられるイメージ画像がだんだん微細化し、緻密化することで、とうとう画像のほうがその商品の実体よりも本物らしくなっていくのだ。そして、購買者は画像によって付加された商

品のイメージを実体とみなすようになり、実体のほうをむしろ虚像と考えるまでになっていくのだ。違う言い方をすれば、画像を実体とみなすことで、"虚構の使用価値" が真実になる効果が生まれてくるのである。

〈プロセスⅢ〉では、〈プロセスⅡ〉のテレビCMがさまざまな反響を引き起こすことで、購買者の購買力を獲得しようという当初のモチーフから少しずつズレていくことになる。商品にイメージを付け加えて美しい画像が産みだすことで、購買者の購買力を誘うというはじめのモチーフはそっちのけになっていく。美しい画像を生みだすこと、それ自体がモチーフになっていくのである。

〈プロセスⅣ〉では、テレビCMは美しい画像か、醜い画像かという次元を離れ、〈画像と商品との転倒した世界〉を実現することが最後のモチーフとなっていくのである。

これを要約していえば、テレビCMは当初、商品価値をPRすることで企業の売り上げ、利益に貢献することが目的であったが、いつの間にか、CM製作者自身の "自己表現" の場に変化していくということだ。この話はどこかで聞いたことはなかったか。そうだ、この話は芸術が本格的に生まれてくるプロセスそのものではないか。芸術は当初、権力や資本の保護をうけて、それらの価値を高めることが目的であったが、次第にそこを離れていく。芸術家自身の "自己表現" の場になっていくのだ。そのことを、わたしたちは『言語にとって美とはなにか』の「構成論」でみてきたはずである。そのことが "画像" においても再現されているのだ。しかも、きわめて短期間に再現されるのである。ここからは、そのことを具体的に見ていきたい。

## （1）プロセスⅠ

（ここでは吉本が取り上げた01 ～ 04までの四つのCMすべてを取りあげる）

| | 特徴 | 画像 | 文字 | キーワード |
|---|---|---|---|---|
| 01 | 寺島純子の容姿と声の魅力に依存している | 寺島順子がサワデーをもって取扱っている画像 | | トイレにとってかかせないのがこのサワデーです。おとくなつめかえ用もあります。やっぱりサワデーですね（寺島純子の言葉） |
| 02 | もっとも正常な意味のナレーションと画像の組合せ | 一人の男が炎がとび出したガスレンジでフライパンの目玉焼を焦がすところ | | ガスの種類がガス器具とあっていないととても危険ですガス器具を確かめてお使いください あってますか 東京ガス |
| 03 | もっとも正常なキイワードと画像の組合せ | カルピスのカップをもった画像 | | まつ毛のさきがあつくなる あつい思いが溶けている 冬のカルピス |
| 04 | 曲、ナレーションの声、画像のもっとも正常な組合せ。曲の部分の言葉の印象 | テレビその他の電機製品が陳列された店内の風景 | | 石丸 石丸 電気のことなら石丸電気 石丸電気は秋葉原（曲つき）ただいま全店ビッグバーゲン実施中 （男声のナレーション）石丸電気 |

　吉本は〈プロセスⅠ〉について、商品価値を高めることが目的であり、そういう意味で「いちばんトリックのない、ありふれたものだ。もちろんトリックがないという意味も、ありふれたという意味も、効果的でないということと、一応何のかかわりもない」と述べたあと、個別のCMについて解説する。これを要約していえば、「サワデー」のCMは、寺島純子（藤純子）の演じたやくざ映画の鉄火女を記憶している年代には特に印象深いし、「東京ガス」のCMは、プロパンガス用と都市ガス用のガスレンジの相違に悩まされた経験のあるものには鮮明な画像の印象が迫って

くることになる。また「カルピス」のCMもすぐに熱湯で薄めたカルピスの味覚が喚起されるし、「石丸電気」のCMでは「石丸　石丸」というメロディが耳について離れないことになる。いずれにしても、これらのCMでは、何のけれん味もないキーワードと何のけれん味もない画像とが組み合わされて、意図している効果を一直線に目指すことになるのだ。もちろん、これらのCMが狙っている効果がそのまま獲得できるかどうかは別問題である。

　〈プロセスⅠ〉を整理すれば、商品の使用価値（実用価値）を最もストレートに画像表現することになる。ただし、実現可能なテレビ映像の産出方法を駆使すれば、もっと高度な表現が可能なため、新しい表現が次々にあらわれてくる。これが〈プロセスⅡ〉である。

## （2）プロセスⅡ

（ここでは吉本が取り上げた05 ～ 17までの13のCMのうち、四つだけを取りあげる）

| | 特徴 | 画像 | 文字 | キーワード |
|---|---|---|---|---|
| 06 | 萩原欽一の風姿とセリフの調子の魅力に依存する | 萩本欽一がゴーゴーアニマル（滑車のついた小さなオモチャ）を走らせる | 津村順天堂 | ゴーゴーアニマル逃走中<br>いまバスクリンひと缶にゴーゴーアニマルがついている<br>道路で遊ばないでね（萩原欽一の声）<br>バスクリン　ゴーゴーアニマル　プレゼント |
| 08 | キイワードと松本伊代の組合せの適性。宣伝対象にたいする適性もふくめて | 松本伊代が椅子に座っているだけ | | すこしだけ大人になったわたしを誰も気が付かないのです<br>気分が白いなあ（松本伊代の声）<br>生理用ナプキン　　大王製紙 |

| 13 | 大竹しのぶの風姿の魅力に依存する | 大竹しのぶの冬仕度をした画像 | | ①はくしょん！（大竹しのぶの声）<br>まあかわいいくしゃみ<br>でもかぜにきをつけましょうね<br>　　　　　　　（老人の声）<br>カゼにルル　ルルおはやめに<br>　　　　　　　（大竹しのぶの声）<br>②はくしょん！（大竹しのぶの声）<br>しのぶちゃんのくしゃみ大好き<br>カゼは大嫌い<br>カゼにルル　ルルおはやめに<br>③はくしょん！<br>わあ　しのぶちゃんのくしゃみって<br>音程がいいね　（小林亜星の声）<br>カゼにルル　ルル　おはやめに |
|---|---|---|---|---|
| 17 | ナレーション、文字の字幕、画像、バックミュージックの組合せの意図性 | マヌカン風に厚く無表情なまでに化粧された二人の女性の正面像 | 時計は女の心理学<br>なぜ、時計も着替えないの | たとえば腕にアンチーク<br>女はかわる（男声のナレーション）<br><br>セイコー・ソシエ<br>セイコー・ブレスレット<br>　　　（男声のナレーション） |

　吉本は〈プロセスⅡ〉について「商品のイメージ効果を高める意図を
なくさずに産みだされたいちばん正統で、いちばん高度なものだ。文学
でいえばさしずめ〈純文学〉といったところである。そしてその意味で
とても古典的な情緒をみなぎらせている。いかにも〈純文学〉らしくし
つらえた純文学がおおく低俗なものとおなじ意味で、低俗だといっても
おなじことだ」と述べている。そしてさらに、「もっと別にいい代えるこ
ともできる。こういう画像とそれをめぐる言葉は、ひとびとが狙うであ
ろうイメージ通りに狙われ、ひとびとが期待しているにちがいないイメー
ジ通りに実現されている。それが正統的とか古典的とかいうことの意味
である」と語ったあと、個別のCMについて解説する。これを要約してい
えば、萩本欽一の「バスクリン」のCMは、軽さと笑いの庶民性をうちだ

しているが、CMとしての正統的とか古典的とかいう位置づけは変わらない。まさに萩本の持ち味が計算通りに狙われているのだ。そして同じことが、松本伊代「生理用ナプキン」、大竹しのぶ「ルル」についても言える。ここでは、それぞれのCMは個性的な性格俳優のもつイメージにおおきく依存することになるのだ。これに対して、「セイコー・ソイエ　セイコー・ブレスレッド」のCMは、性格俳優のイメージを活用するのではなく、テレビ画像のもつ機能的な要素を最大限に使おうとする。この「セイコー」のCMはかならずしも成功しているとはいえないが機能的要素はフルに活用されている。その要素とは（1）音声（またはメロディをつけられた音声）によるナレーション、（2）文字の映像表現、（3）画像、（4）バック・ミュージックである。

　あらためて〈プロセスⅡ〉とは何かを問えば、それは〈プロセスⅠ〉の画像表現の意図をそのまま引き継いだプロセスということになる。つまり、一貫して対象となる商品の価値を高めることが目的なのである。しかし、もちろん〈プロセスⅠ〉との違いもある。それは、その商品の購入者を"魅力ある人物"として描くことにある。そうすることで、商品は単なる使用価値でなく、プラスアルファの価値を付与されるのだ。つまり、交換価値が高まるのである。吉本はこの<プロセスⅡ>のCMについて最後にこう述べる。「ここにも現在が映し出されているのだが、内部にいるものの現在で、鳥瞰されている現在でもなければ、現象としてつき放された現在でもない。また劇化された現在でもない。ちがいがわかる程度の男たちが、願望となった現在なのだ」と。

　ただ、テレビCMはここにとどまるわけではない。さらに次の段階に移っていく。これが〈プロセスⅢ〉である。キーワード風に言えば、〈瞬間のドラマ性〉がこのあと生まれてくるのである。

## （3）プロセスIII

（ここでは吉本が取り上げた18〜24までの七つのCMのうち、四つを取りあげる）

| | 特徴 | 画像 | 文字 | キーワード |
|---|---|---|---|---|
| 18 | 画像の瞬間的なドラマ性<br>大原麗子の演技性 | リッツを盛りあわせた画像<br>大原麗子が芥子をたっぷりのせて背中合せの男にいたずらっぽく喰べさせる画像 | | わたしのたのしい時間<br>はい　リッツ<br>このまま喰べても　何かのせても<br>おいしいの<br>ちょっとのせすぎた（大原麗子の声）<br>リッツ　オンザ<br>リッツ「ナビスコ」 |
| 22 | 実在の五代目小原庄助を登場させたこと。瞬間のドラマ性 | 五代目小原庄助の実像と「男」（宮口精二）と「女」（友里千賀子）がフロ桶と手拭をもった画像 | | 五代目小原庄助さんにバスボン石鹸をお届けしたら<br>朝風呂をいただきました（女の声）<br>資生堂「バスボン」石鹸 |
| 23 | 画像とセリフの無駄のない遠隔での結合<br>瞬間のドラマ性 | 男が立ち去ってゆく後姿だけの画像<br>女が玄関に出てきてサントリーをつめた箱だけがのこされているのを手に持って立ひざで思い入れている画像<br>（倍償千恵子） | | 有難う<br>いつもほんとに有難う<br>きみがいるからぼくはこうしているのです<br>言葉でうまくいえないので<br>男の気持です（武田鉄矢の声）<br>サントリーオールドです |

| 24 | 瞬間のドラマを画像とセリフで構築している。機能としては音声（ナレーション）、文字、画像の組みわせを発揮している | 武田鉄矢がバーのカウンターに腰を掛けて飲みながら振向いて横顔をみせるカウンターの内側ではバーの中年のマスターが立働いているモンタージュで若い女が悲し気に「貴方はほんとうにいい人。でもどうしても愛せないの」といっている | さむい人みつけたら | 貴方はほんとうにいい人　でもどうしても愛せないの　　　　（女の声）なんていうんですよ　女はねたいしたせりふじゃないのに　　　　（武田鉄矢の声）いい人ってつまんないですね　　　　　　（男の声）さむい人みつけたらあったかいホットウイスキーサントリーオールド |

　吉本は〈プロセスⅢ〉について、「たぶんわたしたちはここにあげたCM画像まできて、現在というものの本性にはじめて出あっている。それはまず画像によって瞬間的に成立するドラマ性あるいは物語性によって象徴される」と述べる。そして続けて「もっとつきつめていえば、このドラマ性あるいは物語性によって瞬間的にうち消されるCM効果によって象徴されるといいかえてもよい。このうち消された否認されたCM効果が、ふたたびその否定性を媒介に当の商品のCM効果とより強固に結びつくかどうかは、また別の問題になる」と語ったあと、個別のCMについて解説する。これを要約していえば、「リッツ」のCMでは、クッキーの表面に女が内緒でわざとカラシをたっぷり塗って、背中あわせに後ろを向いた男に差し出す、おどけた表情の大原麗子の振舞いを、画像として眺めることになるのだが、CMを見ている人は、その一瞬あとにそれを頬ばってとび上がって辛がる男を想像して、リッツ「ナビスコ」というクッキー商品のことを忘れて、そのドラマあるいは物語のなかに入りこむことになる。そのとき、わたしたちはCM画像のなかに出現したCMの否定性を

みているのだ。CM効果を否定したドラマあるいは物語をみているのでは
なく、ドラマあるいは物語の成立する瞬間に成立しているCM効果の否定
性をみているのだ。「バスボン」のCMでは、五代目小原庄助さんにバス
ボン石鹸を送ったら、朝風呂をいただいたという画像によって、バスボ
ン石鹸の購買者が増加するかどうかは資生堂のテレビ戦略にとってたい
した問題ではないのだ。そのことより、このCM画像によってバスボン石
鹸（その製造販売者）がイメージ付加の競争に参加しているというイメー
ジを与えられるかどうかだけが、ほんとうの狙いなのである。その証し
として瞬間的なドラマあるいは物語がCM画像のうえで成立し、その成立
の頂点でCM効果自体の否認が成立するのである。しかしここではまだ、
その瞬間がすぎれば依然としてCM効果の有効性が期待されているのだと
いっていい。だがそのばあいでもCMにイメージが付加されて商品が優れ
ていると思い込む購買者を当てにするよりも、これだけのCM効果の否認
のモチーフをもつCM画像を提供できるゆとりある豊かな企業の製品を購
入してみようという購買者をあてにするのである。〈プロセスⅢ〉のCM
でもっと高度な効果を発揮しているのは、武田鉄矢によって演じられる
「サントリー」のCM画像である。バーのカウンターでサントリーのコッ
プとボトルを傍に置いて、モンタージュされた女の画像と一緒に吐きだ
される「貴方はほんとうにいい人　でもどうしても愛せないの」という
女声のセリフをうけて、武田鉄矢が「なんていうんですよ　女はね　た
いしたせりふじゃないのに」と苦笑しながら述懐し、カウンターの向う
でバーのマスター役の中年男が無表情にそれを受けて「いい人ってつま
んないですね」というとき、一瞬のうちに男女のはぐれあってしまった
ドラマが成立して、次の瞬間には消えてしまうことになる。しかし「サ
ントリー」商品のCM効果はこの逆だ。男女がはぐれあってしまったドラ
マがテレビのCM画像を介して成立したとき、CM効果は一瞬否認されて
しまい、その否認を頂点として、このCM画像は終わっていくのである。
このとき、わたしたちは「現在」というものの姿を垣間見ているのだ。
これを吉本の言葉で言えば、「わたしたちは、この瞬間的なドラマあるい
は物語の成立するところで、CM画像主体によってCMが否認される契機

のうちに、瞬間的に現在というものの姿を垣間見るのである」ということになる。

〈プロセスⅢ〉のCMとはなにかをあらためて整理しておこう。ここでは〈プロセスⅠ〉〈プロセスⅡ〉とはまったく違うことが起きているのだ。〈プロセスⅠ〉〈プロセスⅡ〉では、"商品の販売競争に打ち勝つ"という実用的な目的を果たすためにテレビCMは作成されていた。購入者イメージの附加も"商品の販売競争に打ち勝つ"ために必要だったのである。ところが〈プロセスⅢ〉では、商品の販売競争はある意味、どうでもよくなるのである。ではテレビCMは何のためにおこなうのか。それは"イメージ付加の競争に打ち勝つ"ためなのである。つまり、商品の競争ではなく、イメージ付加の競争なのである。では、なぜ商品は生産されるのか。吉本はこの問いにそら恐ろしいことを言い放つ。「商品の生産という行為を持続するためにだけ、商品は生産されるのである」と。それは"イメージ付加の競争に打ち勝つ"という目的のために手段として"商品を生産する"ということだ。言い換えれば、商品販売とイメージ付加の価値が転倒するのである。ここが一番大事なことなのだ。これが「現在」なのだ！いわば、**仮想空間の価値が現実空間の価値を超え始めている**のである。これが"飽食"の時代に起きたことなのである。

しかし、テレビCMの画像表現はここで終わるのではない。さらに次の段階に移行する。それが〈プロセスⅣ〉である。

## （4）プロセスⅣ

（ここでは吉本が取り上げた25～29までのうち、29以外のものを取りあげる）

|  | 特徴 | 画像 | 文字 | キーワード |
|---|---|---|---|---|
| 25 | 庶民風のありふれたふだん着の風姿とセリフのやりとりがあたえる異化効果 | 左端に「父」真ん中に「娘」右端に「母親」の三人が並んで正面を向いている意図的に変哲なく配置した画像 |  | かあさん<br>今夜は鍋ものにしましょうよ（娘）<br>またちゃんこ鍋？ （母）<br>お願いしますよ （父）<br>ミツカンアジポン |

| 26 | 中村敦夫の正面から麺を頬ばった画像のアップと「人類は麺類」という類似音の効果 | 中村敦夫が正面をむいて麺ドンブリをもってハシをつかって麺を口に運んでいるところ | | 中国でも麺　日本でも麺<br>人類は麺類　　　（中村敦夫の声）<br>スープできわめた<br>日清の麺皇<br>新発売 |
|----|----|----|----|----|
| 27 | セリフとセリフを喋る二人のタレントの性格的な存在感がもたらす異化効果 | パッソールⅡの車体の傍に宇崎竜童が右側に立っており、吉田日出子が左側にしゃがんでいる | | この秋パッソールⅡに乗るのが「国民の義務」だってきいたけど<br>　　　　　　（宇崎竜童の声）<br>うちじゃ「若者の自由」って言うんですけど<br>　　　　　　（吉田日出子の声） |
| 28 | キイワードの画像と宣伝対象の脈絡のなさの異化効果 | 二人の異装のマヌカン風に化粧した女どうしがにやっと笑いながら抱きあうところ | | 女が笑うと<br>男はしあわせになるのです<br>フルベール77 |

　吉本は〈プロセスⅣ〉について、「現在までのところここにあげた例で象徴されるのが、CM画像にとって最終の問題を提示している。いわばCM効果の解体というモチーフの過程で産みだされている画像だということができる」「本来的には商品の主体に附加させるイメージは美麗さに向かうものでなければ価値増殖に耐えないという常識に反して、わい雑性とずっこけを強調することによって異化効果をうみだしているものだ。そうまでいえないばあいも、解体にむかう感性の粗雑さのイメージを強調することにはなっている」と語ったあと、個別のCMについて解説する。これを要約していえば、「ミツカンアジポン」のCMでは、「おやじ」「おかみさん」「娘」の三人が、むき出しの庶民的な雰囲気をただよわせて、芸もなく並んで正面をむき「かあさん今夜は鍋ものにしましょうよ」「またちゃんこ鍋？」「お願いしますよ」というセリフを交叉させるのだが、そこにドラマが成立しているのでもなければ、いかにも美味しそうな「ミ

ツカンアジポン」のイメージがつけ加えられるのでもない。このCMを見ている人には、〈画像とキーワードによってひとつの市民的な感性の秩序が解体される象徴が感得されることになる〉のだ。中村敦夫が麺を箸でさらって、大口にかき込んでいる真正面からのズーム・アップの画像でも同じことがいえる。べつに醜悪さを強調しているわけではないが、異化の画像を送りこもうとする意図は確実に伝わってくる。それは、「人類は麺類」というわけのわからない疑似音のキーワードをともなって、異化効果を増幅しているのである。「ヤマハ・パッソールⅡ」のCMも同様である。「国民の義務」「若者の自由」という耳にさわるキーワードをヤマハ発動機のスクーターの画像と強引に結合させ、宇崎竜童と吉田日出子という性格的な強い存在感によって印象づけるとき、私たちは小市民的な平穏さが攪乱される解体の表象を受けとっているのだ。

　また、こうした解体のイメージとは一味違うCMもある。ここにあげた例でいえば「フルベール77」のCMである。このCMの解体の方向は、現在の無表情な空虚、明るい空しさともいうべきイメージに画像の全体を近づけることにある。「女が笑うと　男はしあわせになるのです」というキーワードは、異様な葉っぱの装飾を髪のうしろにつけ、厚ぼったい無表情な（無性的な）化粧をした、おなじ装いの二人の女が笑いながら抱き合う画像とは最もそぐわない、最もかけ離れた言葉である。この脈絡のないキーワードと画像とが結合されて、ひとつの空虚な、意味の繰込みを拒否した色彩と画面の効果が成立しているということができる。産出された画像の構築的な意味が、画像の効果自体によって解体されようとしているのだ。

　吉本は、これらの解体したCM画像を「ここまでCMの画像がやってきたとき、たぶんCMは企画者である資本やシステムの象徴を尖鋭化することで、逆にその管理を離脱する契機をつかまえるのだ」「テレビCMにとって最後にやってくるいちばん現在にふさわしいラジカリズムになっている。そしてテレビCMにとって最後の問題ということは、たぶん機能的には、すべてのコピイ芸術にとって最後の問題ということを意味している」と述べている。機能としてテレビCMほど多重な要素をもつものは他には

208

考えにくいのだ。

〈プロセスⅣ〉のCMとはなにかをあらためて整理しておこう。〈プロセスⅣ〉では〈プロセスⅠ〉の価値が完全に転倒される。これをプロセスの変化として振り返えれば、当初、CMは商品の使用価値（実用価値）をPRすることが目的であった。そのことに最も忠実なCMが〈プロセスⅠ〉であり、〈プロセスⅡ〉はそのことに加えて、その商品を使う購買者の魅力をそこに付加したのである。いずれにしても〈プロセスⅡ〉までは商品の使用価値（実用価値）をアピールすることがCMの目的であり、生命線だったのである。ところが、ここから大きな変化が起きる。商品の使用価値（実用価値）を否定するCMが生まれてくるのである。〈プロセスⅢ〉では、使用価値（実用価値）の瞬間的な否定が起こるのだ。そして次に〈プロセスⅣ〉に至っては、使用価値（実用価値）の全面的な否定が起こるのである。それは驚くべき事態といえる。しかしよくよく考えてみれば、この劇的な変化、劇的な解体プロセスを、既に私たちは見てきたはずだ。どこを取り上げてもよいのだが、たとえば、「解体論」における物語の起承転結の崩壊、たとえば、「地勢論」における物語そのものの解体……それと同じことがCMの画像においては、わずか30数年の間に起きてしまったのだ。この解体のスピード、これも「現在」という巨大な作者の仕業だということができる。

それからもうひとつ、心に刻んでおきたい吉本の言葉がある。「CM画像が解体を象徴してあらわれるということは、生産した商品の価値の解体を暗喩するイメージが、商品の実体につけ加えられたということと同義である。言い換えれば商品の価値の崩壊を暗喩するイメージをつけ加えることが、商品の価値を高めることだという二律背反のなかにCM画像が足をかけはじめたことを象徴している。わたしたちはここに象徴された未知にむかって、少し胸を躍らせる」という言葉だ。おそらく、これが『ハイ・イメージ論』にひきつがれるテーマなのである。

以上で「画像論」を終えるが最後にここでも振り返っておきたい。「現在」の３分割という視点で振り返れば、〈プロセスⅠ〉〈プロセスⅡ〉は、「現代」

（過去）をひきずった「現在」（第 1 分割）ということであり、商品の使用価値が土台なのだ。これに対して〈プロセスⅢ〉は「現在」のなかの「現在」（第 2 分割）であり、解体が始まるプロセスなのだ。そして、最後の〈プロセスⅣ〉では「未来（未知）」を組み込み始めた「現在」（第 3 分割）に足を踏み入れるのだ。ここでは既に「現代」が解体し尽くしている。

# 〈12〉 語相論

『マス・イメージ論』の最終章、それが「語相論」である。ここでは"言語"と"劇画"の関係を考察することになるが、吉本はたぶん、『マス・イメージ論』を劇画で締めくくりたかったのだ。そのことが"現在という巨大な作者"の姿を見極めるうえで最もふさわしいと考えたに違いない。

「語相論」では劇画作家が 6 人登場する（①山岸凉子②つげ義春③大友克洋④岡田史子⑤萩尾望都⑥高野文子）。ここでは、それぞれの作家の"表現方法"の違いを丁寧にみていきたい。見逃せないポイントはこの 6 人の登場する順序である。この〈順序の意味〉についてもあとで考えてみたい。

## （1） 山岸凉子「籠の中の鳥」

まず、山岸凉子の"表現方法"の特性を吉本は冒頭、次のように述べる。

　　画像と言葉とが補いあいながら、あるばあいに拮抗したり、矛盾したりして展開される物語性という課題に、いちばん意識的なのは、山岸凉子のコミックス画像の世界のようにみえる。そこではすくなくとも次のような<u>いくつかの差異と同一性が、明晰に分離されている</u>。
(1)　語る声あるいは語り手の言葉。たとえばそれは作品のなかで<u>二重線の囲みで表わされている</u>。

(2)　登場人物のかわす会話。たとえば作品では<u>一重線の囲み</u>で表わされている。また<u>緊迫した叫び声や叱咤の声</u>のばあい、こまかい波型や山型の一重線で表わされる。

(3)　擬音や音声にならない<u>意識の内語</u>のばあいは、<u>草書体の無囲み、あるいは崩した一重線の囲み</u>で表わされる。

(4)　画像と会話によって進行している物語のある場面が、<u>雰囲気としてもつ情緒や情念の暗喩が必要なときは、ナレーションも会話もない、景物の画像だけの一コマが挿入される</u>。たとえば登場人物の一人が恐怖に叫び立てる場面のつぎに「騒ぎ立つ潮騒」だけの画像が挿入される。

　もちろんこういう要素の大部分は、意図的でないのなら、ほとんどすべてのコミックス画像が採用している。ただ<u>山岸凉子はそれをはっきりと意識して、分離している</u>。そしてこれほど方法化されている画像の世界は、ほかにほとんどないといってよい。　（下線：宇田）


　吉本がここで注目しているのは山岸凉子の "表現方法" である。"語相" とはなにか。この答えは、さしあたって山岸凉子の "表現方法"、(1)～(4) の違いだと考えてほしい。言い換えれば、上記(1)～(4)が劇画における "言語表現の諸相" なのだ。山岸凉子は、この "言語表現の諸相" の違いを空間的な線で区分して表現するのだが、そのことを作品「籠の中の鳥」で確認していきたい。

　【図5-1】（『吉本隆明全マンガ論』より抜粋　以下、【図10】まで同じ）の場面①をみてほしい。この場面は鳥族なのに飛べない少年融（作品の主人公「ぼく」）とちょっとうす気味悪い祖母との会話場面であるが、ここには先ほど挙げた "語相" 四つのうち、三つの相があらわれる。一番右のコマは二人の会話場面であり、

【図5-1】「籠の中の鳥」場面①

「村に行くのはいやだ」「ふんそいじゃ腹すかせてここにいろ」という会話は、上記(2)一重線で示される。真ん中のコマの「ゴク」は老婆に"だったら腹を空かせてここにいろ"といわれて、少年融が生唾を飲み込む擬音である。非常に自己表出性の高い言葉だが、上記(3)の崩した一重線で示される。そして、一番左のコマは、少年融が一人称の語り手の位相で語るナレーションの言葉である。そのため、「ぼくの家はヨミノ山の奥にあります」「時どきふもとの村からむかえの人が来ることがあります」は上記(1)二重線で示されるのである。

　こうした語相の違いを山岸凉子は明晰な線の記号化によって区分けするのだが、ここからは作品内容のほうに目を転じよう。吉本は次のように語る。

　　……鳥族の老婆と少年は、村のだれかが死に、葬式があるごとに村に降りていって、通夜のお盛りものや、ご馳走ののこりを渡されて、明け方に山へ帰ってゆく。少年融は鳥類のくせ「飛べない」ために、死人を安置した居間に呼ばれるのは老婆だけである。少年はじぶんが「飛べない」ことはわかっているが、「飛ぶ」ということがどんなことなのかを知っていない。少年が村に行くのがいやなのは、暗くなってから山を降りても、夏など村の子供たちがまだ遊んでいて、少年と老婆を見つけると、トリが来たといって石を投げつけられるからだ。その冬は寒くて寝たまま布団から出られなかった祖母は、少年をじぶんの死の床に呼んで、じぶんが死んだら、そのときが最後のチャンスだから「飛んでみろ」と遺言して死ぬ。だが老婆の死に出あっても少年は「飛ぶ」ことができない。

　この時の少年融の状況を描いたのが【図5-2】の場面②だ。ここで波型あるいは山型の囲みのなかの言葉「おばあちゃん」は少年融の音声にならない呼びかけを意味している。この「おばあちゃん」は、まさに沈黙の言葉、自己表出そのものである。

　少年融はこのあと、老婆の死体のそばで日を過ごしているうちに衰弱

212

【図5-2】「籠の中の鳥」場面②　　　　　【図5-3】「籠の中の鳥」場面③

して意識を失うのだが、村人の家に授けられ、そして、かつて鳥人伝説に関心をもって鳥人を調査するために山に来たことがある民俗学者の人見康雄に引き取られることになる。謎めいているが、少年融はなぜかこの人見を「お父さん」だと思い込むのだ。そして人見にひきとられた少年融は、驚くような速さで文字を覚え、勉強はとてもよくできるのだが、「飛ぶ」ことだけはどうしてもできない。こうした１年間の推移を、作者山岸涼子は短冊型の点景だけで語る。これが【図5-3】場面③である。右から「月がかかっている画像」「モミジの枝の画像」「クリスマス飾り画像」「正月の鏡餅の画像」の点景を描写することで一年の経過を示すのだ。ここは二重線で囲んだナレーションの言葉で「一年が過ぎた」でもいいのだが、これを景物描写でやるのである。これが作者の固執する表現方法なのだ。

　この作品はこのあと、こんなふうに展開する。少年融が一生懸命、勉強に励んだのは「飛ばなく」ても、「飛べなく」ても、「勉強のできる子だ」とおもわれることで人見のところに置いてもらおうと考えたからだ。しかし、この少年に別の不安が生じる。人見康雄の死んだ「奥さん」の従妹が、たびたび人見を訪れるようになるのだ。そして、融は「この二人が結婚したらじぶんは人見の家を出てゆかなくてはならないのではないか」と思い始めるのだ。そんなある日、この許嫁の従妹の会話のなかに、どこかの「施設」か「知り合い」の家で育ててもらったらという言葉が

でてくるようになる。

　不安に駆られた少年融は行き先のあてもないまま、家を出て街をさ迷っ
ていると、人見と行きあい、その瞬間、人見のいるところへ横断歩道を走っ
て行こうとした途端……車にぶつかりそうになるのだ。しかし、とっさ
に人見にかばわれて助けられる。だが逆に、人見がまるで身代わりのよ
うに車にはねられて、道路にほうり出されて瀕死の状態におちいるのだ。

　ここがこのすぐれた作品のクライマックスである。少年融は人見の霊
魂が倒れた身体から抜け出すのがわかり、その離脱し舞い上がる人見の
霊魂のあとをどこまでも追いかけるのだ。人見の霊魂が港の上を鳥瞰し
ようとしたところで、やっと少年融は人見の霊魂に追いつき、その（霊
魂の）衣服を摑まえて引き戻すことに成功する。

　少年融は意識が醒めたとき、病院のベッドにいることに気づく。そして、
そこからよろめき出て、手術中の人見が当然即死のはずだったのに助かっ
たことを知るのである。それから融は、人見を見舞うため、毎日、病院
に通う。しかし、そんなある日、回復間近かの人見が融にこんなふうに
語り始める……「看護師がいるから毎日来なくてもいいよ」と。思わず
融が「いられるうちはできるだけ一緒にいたいもの」と答えると、こん

【図5-4】「籠の中の鳥」場面④

【図5-5】「籠の中の鳥」場面⑤

どは人見が「君をどこにもやらないよ。そんな軽い気持ちで、ひと一人をとったんじゃないんだよ」「そもそも君はぼくの命の恩人なんだから」と返す。しかし、融は自分が"人見の命の恩人"であるということがわからない。なぜなら、人見こそが"自分の命の恩人"であると思っていたから。そのため、微妙な反応を示す……！？　だって……

　これが【図5-4】、【図5-5】の劇画の場面である。


　　人見「飛んだね　　ついに」
　　融　「えっ！（内語）」
　　人見「覚えていないの？　ほくを追いかけて　ほくをつかまえてくれただろう」
　　　　「しかも君の一族の誰もがやれなかったことだ　飛んできて捕まえて引きずり戻すなんて」
　　　　「君のおばあさんだって　死返魂をやる時は亡くなった人の声を聞き取るのが精一杯だったんだよ」


| 亡くなった人 |
| --- |

| 死返魂（しにがえしだま） |
| --- |

| ああ！ |
| --- |
| そういうこと |
| だったのか |
| 飛ぶという |
| ことは |


【図5-4】、【図5-5】のやり取りを通じて、少年融は「鳥族が飛ぶ」ということを初めて理解するのである。死んだ祖母が「飛ぶ」と呼んでいたことが、瀕死のさいに身体を離れて浮遊してゆく霊魂を生の側に呼び戻そうとする巫の技術だということを、はじめて納得するのである。そして、融は人見が瀕死の場面で、はじめて人見の霊魂を追いかけて、これを生

吉本隆明『マス・イメージ論』を読む　215

の側にひきもどすことを体得したのである。このあと、融は人見から、もう「飛ぶ」必要はないし、これからは一緒に暮らせると云われて、人見の胸の中で思い切り泣くのだ。融はようやく「鳥族」から解放されるのである。吉本はこの作品について、次のように語る。

　　山岸凉子の「籠の中の鳥」が感銘ぶかい作品だというのは云うをまたないが、それよりも<u>もっと意味ぶかいのは、画像と組みあわせることが可能な言語の位相を、その同一性と差異の全体にわたってはっきりと抑えきっていることだ</u>とおもえる。たとえばこの作品は「ぼく」という主人公が語り手になり展開される物語だが、「ぼく」は同時に作品のなかで、主たる登場人物としても振舞うことになる。<u>語り手としての「ぼく」と主人公としての「ぼく」はどうちがうのか。この言葉の本質的な差異は、一重線の囲いと二重線の囲いによって区別されている。「ぼく」の内語もまた別の区別をうける。さしあたってわたしたちは、画像と組合される物語言語においては、それ以上の位相的な差異と同一性を区別しなくていいことがわかる</u>。こうみてくると山岸凉子は、現在のコミックス画像の世界を流通する言語的な手段を、意識的にとりだした明晰な作者だということがわかる。ほとんど画像をともなう言語的な位相の基軸を単独で作品に実現している作家だといえる。
　　<u>わたしたちが画像をともなう言語をかんがえるばあい、山岸凉子の作品が実現したもののヴァリエーションをかんがえることにひとしい。その意味でいちばん明晰な方法意識をもった劇画作家である。</u>

（下線：宇田）

　吉本はここで "作品内容" の素晴らしさも語っているが、より注目しているのは "表現方法" の見事さだ。だからこそ、「語相論」において山岸凉子がトップバッターなのだ。彼女は数ある劇画作家のなかで最初に〈本質的な言語的位相の基準〉を明確にした人物なのである。

## （2）　つげ義春「庶民御宿」

　次に登場するのはつげ義春である。吉本は、つげ義春の作品世界を「山岸凉子が意識的に分離している画像の精緻な語相と、対照的な位置にあるもの」とみなしている。そこでは語り手の言葉は、語相として画像空間から分離されず、むしろ画像の一部分として、画像とおなじ位相にはめこまれる。そしてこれに反して、登場人物のかわす会話の言葉は劇的な言語の位相におかれ、強引に物語を引っ張っていく。こうした語相の特徴にくわえて、つげ義春の画像は常識的な皮膜をつき破るようにラジカルに劇的事実をむき出しに正面から描き切るところに大きな特徴がある。吉本はこのことを「とくに画像は性的にラジカルな表現をとり、ポルノグラムの域に達している。たぶんここを中心にすえれば、つげ義春の世界はいい尽くすことができよう」と述べて、「庶民御宿」の一場面（【図6-1】、【図6-2】）を取り上げ、その特徴を次のように語る。

　　いま語り手の言葉が画像の位相にはめこまれていると述べたが、まったく逆をいってもおなじことだ。つげ義春の世界では、画像がナレーションの役割をはたし、物語や劇は言葉のセリフが推進して

【図6-1】「庶民御宿」場面①　　　　【図6-2】「庶民御宿」場面②

いるといいかえてよいくらいだ。画像は大胆で直接的だがスタティックであるといえる。

語り手（ナレーター）の言葉は画像の平面に埋めこまれ、会話の言葉は画像との強い結びつきを示すよりも、勝手に言葉だけで独立して、コマからつぎのコマへ、劇的な展開をおしすすめてゆく。画像自体は動きがほとんどなく、そのかわりに画像の構図は、直接的でラジカル（とくに性的にラジカル）であり、しかもコマからコマへの流れの意味をほとんどもたないことがわかる。

こういった特徴を単独にとりだすと、つげ義春のコミックス画像の世界をすぐれたものにしている根拠は、なにもみあたらないとおもえてくる。方法的にはとてもプリミティヴな要素ばかりから出来あがっているといってもいい。それなのにこの作者の作品をすぐれたものにしているのはなにか。わたしは強力なポルノグラムの本質力と直接性、それから奇譚の語り手としての特異な抜群の資質だとおもう。むき出しのエロス的な点と、奇妙な物語的偏執とが、作者の性格悲劇に内在する必然をひとびとに感じさせる。そして人間存在が誰でも、不幸な宿命的な性格悲劇をどこかにもつことを読者に内想させる点で、本格的な悲劇を劇画の世界にしている。わたしたちは、つげ義春のコミックス画像の世界がどれだけひとびとのあいだに普遍性をもつかを、うまく測ることはできない。だがかれの表出は、人間の本質的な孤独を開示することで、画像世界のひとつの極をしめしている。

（下線：宇田）

吉本は山岸凉子とつげ義春の表現方法を対照的だと述べている。山岸凉子が(1)～(4)の原則によって言語表現を"分離"し、同時に画像と言語との"非分離"を達成したとすれば、つげ義春は、言語表現を"非分離"にし、同時に画像と言語との徹底した"分離"を達成したのである。つげ義春の劇画では画像表現と言語表現とがそれぞれ独立変数として動き回るのだ。そして、画像表現という独立変数は、ラジカルでエロス的に動き回り、言語表現は物語的偏執にこだわった動きをするのである。

218

ここにさらに新しい "表現方法" が登場する。大友克洋である。

## （３） 大友克洋「スカッとスッキリ」

　吉本は大友克洋とつげ義春の画像世界はよく似ているということから、話を始める。

　　　大友克洋のコミックス画像の世界は、見掛けのうえからはつげ義春の世界によく似ていいる。とくに初期作品ではそうおもえる。わたしには両者とも特異な感覚的な執着点をもった奇譚の世界、いわば筋書き、物語性の世界だけからきているとおもえる。鍼灸のつぼみたいな感覚的な執着点をテコにして、物語が常識から反転し、常識の合間をくぐって展開されてゆく。どの作品をとってきても、表側を進行してきた物語性は、この特異な執着点にさしかかるとくるりと反転して、こんどは裏側を進行して、一種の奈落にたどりついておわる。

　　　　　　　　　　　　　　　　　　　　　　　　（下線：宇田）

　吉本はこう述べたあと、「星霜」という作品を取り上げて、大友の特徴を説明する。吉本によれば、この作品は最初、表面的で常識的な淡々とした物語が進行するのだが、ある特異な執着点で突然、反転し、そこから一挙に悲劇の物語へと突き進むのだ。その反転の場面から鳥肌が立つようなものすごい展開が始まるのである。ただ、ここでは、つげ義春と大友克洋との "表現方法" の差異に焦点を当てたいので、「星霜」についてはこれ以上ふれない。

　吉本は、大友克洋の初期作品がつげ義春とちがうところがあるとすれば、それは「語り手の言語と登場人物たちが喋言る会話の言語の位相を、まったく区別していないし、また交換可能なものとみなしている点にある」と語り、作品「スカっとスッキリ」を取りあげる。次頁の【図7-1】、【図7-2】の場面について吉本が述べていることを要約すると、(1)のコマで登場する「妻」と「娘」が暑がって発する会話の言葉は、一重線の囲い

がつけられて、(2) のコマでこれに応える「夫」のセリフは、まったくおなじ位相にあるのに語り言葉の位置にあるかのように画像に埋めこまれてしまっている。これは作者が登場人物たちの会話の語相も、語り手の語相も、区別する必要を感じていないところからきているのだ。このことは (3) のコマを並べてみるともっとはっきりする。(3)はテレビかラジオの天気予報の番組が流れているのを暗示する場面である。放送されるこの言葉はナレーションの意味はもっているが会話の意味はもっていない。それでも一重線の囲みで表わされるのである。

つげ義春の作品では、ナレーションの言語と登場人物のしゃべる会話の言葉とは、はっきりと分離の意識はなくても区別されていた。ところが大友克洋の世界では、これがまったく区別されていないだけでなく、無造作に交換できる同一性として扱われているのだ。いわばナレーションも、登場人物のかわす会話も、擬音効果も、すべておなじ言語の位相で物語の展開の流れに注ぎこまれていくのだ。そしてその代償として画像の構成に大きな特徴が生まれる。画像の構図と人物表現の両方から、めまぐるしいほどの「動勢」が与えられるのだ。

引用した「スカっとスッキリ」という作品では、部屋に縛られて監禁された「夫」と「妻」と「出前持ち」と「化粧品のセールスマン」のと

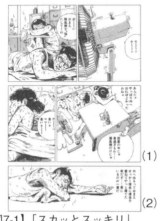

(1)

(2)

【図7-1】「スカッとスッキリ」
場面①

(3)

【図7-2】「スカッとスッキリ」
場面②

ころへ、女の児が近所のガキたちをつれてきて、縛られた大人たちにむかって「へへーッ弱虫　弱虫　キンタマなめろ」「ウルサイ　ノーナシメションベンナメロ」などと悪たれはじめることになる。また犯人にたいしては傍若無人に振舞って、家中を引っ掻きまわし、犯人を困惑させる。そこが**作品の特異な執着点**なのだが、これをテコに物語は反転して、ガキたちが引っ掻きまわしている隙に、縄を解いた「出前持ち」が犯人にとびかかって抑えつけるのだ。もともとこの犯人は、あまりの暑さに扇風機をかっぱらいたいとおもったほかには犯行動機などなかったのだ。犯人は「出前持ち」にねじ伏せられたとき、「せめて扇風機でスカッとさわやかに」というセリフを吐いて、扇風機の方へにじり寄り、この作品は終わるのである。つげ義春ほどエロス的ではないが、この作者には深い無意識の渇望があって、それをラジカルに解き放つことに作品のモチーフがおかれている。この作者の作品では「元はしかるべき存在であり、いまはさり気ない渡世をしている人物たちが、作品の世界の暗喩になっている」ということがしばしば起きる。こうした暗喩は即座に画像世界で反転できるのだ。

　いったいこの作品はなにを表現しようとしているのだろうか。吉本はこう語る。「現在しかるべき存在として通用しているもののなかに、狂暴な未知が潜在しているかも知れぬという暗喩が得られる。その反転の意味をいちばんよく象徴しているのが、ナレーションと登場人物の会話とがまったく区別されていないことだ。ふたつはおなじ平面でいつも交換、反転が可能になっている。画像にともなうその特異な言語の位相が大友克洋の特異な世界なのだ」と。

　つげ義春と大友克洋の"表現方法"の違いをもう一度、考察しておこう。山岸涼子の言語表現が徹底した"分離"だとすれば、つげ義春のそれは"非分離"であった。大友克洋はこの"非分離"をさらに徹底するのである。大友克洋の場合、語り手の言語と登場人物の会話言語の位相をまったく区別せず、交換可能なものにしてしまうのである。そして、そのことによって、つげ義春の静的な表現が大友克洋では動的な表現に変化するのだ。

　これを登場人物のアイデンティティという視点から言えば、山岸涼子

の世界では、登場人物ははっきりとした確かな輪郭をもっているのだが、つげ義春の世界では、その輪郭は不確かになり、大友克洋にいたっては、それはいともたやすく反転することになるのだ。違う言い方をすれば、吉本は「語相論」で"差異の差異性"を問題にしているのだ。これが「縮合論」との違いである。「縮合論」ではサブカルの"差異の同一性"にフォーカスしたのだが、「語相論」ではそうではない。"差異の差異性"にフォーカスするのだ。

　ここからさらに前に進みたい。次は岡田史子の"表現方法"である。

## （４）岡田史子「いとしのアンジェリカ」

　吉本は岡田史子の"表現方法"をつげ義春や大友克洋のそれにつなげて、「つげ義春や大友克洋の世界を内挿してゆくと、すぐに岡田史子の世界を想起させられる。岡田史子のコミックス画像の世界は、つげ義春や大友克洋の世界といちばん近似しているようにみえる」と述べる。そして、その近似とは「語り言語（ナレーション）の意識と、登場人物の会話の意識とが未分離のままに、連続した位相におかれている」ことだと述べた後、「いとしのアンジェリカ」を取り上げ、次のように論じる。

　　次頁（宇田註:【図8-1】、【図8-2】のこと）のコマ続きは、いちばん鮮やかに岡田史子のコミックス画像の手法の特徴を示している。(1)と(6)のコマの一重線のなかは、旅の主人公メローと宿の主人公アンジェリカの会話の言葉である。ただ岡田史子のすべての作品に共通しているように、会話自体がすでに様式化されていて、生々しくとびかっているお喋りの言葉ではない。ここで特徴的なのは、(1)の会話から(2)のコマのナレーション的な独白に移るが、このナレーション的な独白は、つぎの(3)になるとナレーション的というところから、メローの独り言という性格を、次第に濃くもつようになってゆき、(4)になるとさらに独り言の性格は大きくなっている。そして(5)のコマにいたって「ぼくって純情すぎるんかしら　ジェーンに

２２４

会いたいね……」という音声にならないが、会話の言葉の位相に入りこんでいる。そして (6) のコマではまったく会話の一重線に囲まれた喋り言葉に移行している。<u>このナレーションと会話の言語的な位相のあいだを、熔融するように、未分離のまましだいに移行する言語の構造に、岡田史子のコミックス画像の特徴はよく暗喩されている。</u>

（下線：宇田）

　吉本はまず最初に岡田史子の "表現方法" に注目する。「現在」の劇画作家のさまざまな "表現方法" の中に岡田史子の "表現方法" を置いたとき、それはどんな位置づけになるかという関心である。山岸涼子の "表現方法" が古典的な枠組みだとすれば、つげ義春から大友克洋、岡田史子にいたる "表現方法" は、この古典的な枠組みのいわば "解体" 作業なのである。

　「いとしのアンジェリカ」という作品は、ここで引用したコマ続きのあと、メローの純情さに苛立ったアンジェリカが、「いいものをみせてやるわ」といって、メローを地下室へ通ずる扉にみちびき、階段を降りてゆく。実はそこには恋人ジェーン・バーキンの白骨死体が横たわっているのだ。メローはアンジェリカにきみは誰で、ここはどこだと問う。アンジェリ

【図8-1】「いとしのアンジェリカ」
場面①

【図8-2】「いとしのアンジェリカ」
場面②

吉本隆明『マス・イメージ論』を読む　223

カはここは「死の世界」の入口で、じぶんの家だと答える。メローがアンジェリカに好きだと告白すると、アンジェリカは、わたしとキスしよう、わたしをあげようといって、メローを地下室のほうへ無理に導き、メローを死の地下室へ堕してしまうのである。そして最後に、ナレーション言語とアンジェリカの会話との中間的な位相でつぎのようなセリフが挿入される。「さわやかな　眠りと永遠の安らぎを　あなたにおくる　ホテル・アンジェリカ　チャーミングな　少女が　あなたを　なぐさめます　バストイレ冷蔵庫つき　冷房だけ完備　旅のおわりに　かならず　おたちよりください」。このセリフと丘のむこうにみえるアンジェリカの住む館の画像がこの作品の終末となる。吉本はこの作品について、次のように述べる。

> この作品の世界は、男たちのイメージのままに作られる女性という画像を、残酷に反転させてみせるところに本質があるようにみえる。「トッコ・さみしい心」のように一見すると逆にみえる世界でもおなじだとおもえる。残酷さによる「女性」的という主張に、作者のモチーフがつらぬかれている。
> 　つげ義春からはじまって岡田史子や大友克洋のコミックス画像に象徴されるような、画像の様式化と言語の位相を平準化する方法は、ラジカルな自己主張をいちばん強力に集約できる方法みたいにおもえる。だがいつも新しい様式的な補給を必要としている。そうでないと画像が言語の〈意味〉の重さにおしつぶされてしまいそうだからだ。
> （下線：宇田）

　吉本はここでは"表現方法"ではなく、"自己表現"の内容に注目している。これは、作者がこの作品を通じて、いったい何が言いたいのかという関心である。つげ義春、大友克洋、岡田史子に共通点があるとすれば、それは物語に特異な感覚的な執着点があるということだ。岡田史子の執着点は〈女性性の残酷さ〉だといってよいだろう。そして、そのことは「喩法論」における現代女流詩人たちの"男殺し"のテーマにもつながるのだ

が、ここで重要なことは、物語を特異な感覚的執着点で描こうとするならば、山岸凉子の古典的な "表現方法" を解体させることがもっとも手早いやり方だということである。つまり、吉本はここで〈表現方法〉と〈表現内容〉とを交錯させているのである。

　それでは次に移ろう。吉本は萩尾望都を指名する。

## （5）萩尾望都『革命』「メッシュ③」

　吉本は萩尾望都の表現方法を「萩尾望都のコミックス画像の世界は、もっとも見事に画像につけられた言語を微分化している。別のいい方をすれば、画像にたいして半音階ともいうべき語相を、はっきりと定着させた。そういう語相がありうることを創り出してみた」と語り、『革命』「メッシュ③」を取りあげる。【図9-1】から【図9-4】の場面について吉本が述べていることを要約すると、(1)のコマ（【図9-1】）で囲いのないセリフは、女装して女とまちがえられたままの主人公メッシュが、声にならない独白として発した言葉である。また波型または山型の囲いは、レインコートをくれたイレーネが「若向きだから」といいながら、メッシュにコートを出してくれた過去の想起にあたっている。(2)のコマ（【図9-2】）では、階段のうえでカティがいう会話のセリフは、一重線の囲みで表わされている。だが波型または山型の囲いのなかは、主人公メッシュが頭の中で〈いま自分は女装しているが、ほんとは男だとカティに告白

(1)

【図9-1】「メッシュ」場面①

(2)

【図9-2】「メッシュ」場面②

(3)

(4)

【図9-3】「メッシュ」場面③　　　【図9-4】「メッシュ」場面④

すれば、きっとこういうことになる〉と想像している場面とセリフを表わしている。このことを吉本は「作者はおなじ場面で、半音階だけ位相のずれた言葉を記号化してみせた」と述べている。さらに、画像にこういう言語の位相の微分化、多層化を行うことは、「この作者のコミックス画像の世界に、微妙な匂いや光りの反射をあたえている。そして場面によっては、この微分化や多層化は、もっと極微構造になっている」と続ける。これをうまく言葉であらわすのは難しいが、〈コミックス画像の世界がどこまで言語の位相を極微化しているかを測るには、この作者の作品を扱うのがいちばんわかりやすい〉と、たぶん、吉本は考えているのだ。

　(3)のコマ（【図9-3】）の一重線の囲みは、音声を出してしゃべっている主人公メッシュのセリフの言葉であるが、(4)のコマ（【図9-4】）の一重線（やや波型あるいは山型のニュアンスで表現されている）は、囲いなしに表わされた主人公メッシュの独白のセリフ（(1)参照）と、音声を出して喋言った主人公メッシュの会話のセリフの中間にあって、メッシュの独り言、あるいは語り手の促しの言葉として表出されているということができる。このことを吉本は「いわば半音階的な言語の位相を占めている。もちろんこの微妙な半音階だけずれた言葉の位相を、読者は確実に感受しているはずだ。ただそんなことを意識しないだけである」と述べている。

　こういう箇所は山岸凉子の世界だったらはっきりと語り手あるいは語り言説（二重線の囲み）の言葉と登場人物の会話（一重線の囲み）とに分離されて、二種類で表出されるにちがいないのだが、萩尾望都のばあ

いは、すくなくとも三種類以上の微分された言葉の位相であらわされる。たぶんこの作者には、刻々に変化してくる登場人物たちの感覚的な陰影を捉えたいという極度な欲求があって、平面画像のなかにさえも多様な言語のシートを何枚も重ねて埋め込むのだ。そんな表現様式を創りだしている。

　こういう感覚の微分化は作品の出来栄えと直接かかわるわけではないが、作者たちが自分の画像の世界を完備するために取っている手法の水準とその必然性を明らかにするには、どうしてもそこに着目するしかないのである。

　ここまでのところを整理すれば、萩尾望都まできて、ついに "言語の微分化" という語相があらわれることになる。これでようやく吉本が本論考で６人の作家を登場させた意図がはっきりする。これまで一貫して追いかけてきたテーマは "語相" の差異、つまり "表現方法" の違いであったが、そのことを表層的にとらえると、それは単なる技術的（テクニカル）な問題ということになってしまう。たぶん、そうした理解では "語相" を本当に分かったことにはならないのだ。作者がどんな "自己表現" を望んでいるのか、それが "語相" にストレートにつながっている……これが吉本のもっとも言いたいことなのだ。萩尾望都でいえば、〈刻々に変化してくる登場人物たちの感覚的な陰影を捉えたいという極度な欲求〉が言語を "微分化" させるのだ。つまり、"自己表現" という内的世界と "表現方法" という外的世界とが実は地下水脈でしっかりと手を握りあっているのである。

　このあと、吉本は最後に高野文子を指名する。

### （6）高野文子「はいー背すじを伸してワタシノバンデス」

　吉本は、高野文子の "表現内容"、"表現方法" について、まず最初に「高野文子の作品の特異さは、反転し逆行しはじめる時間意識の場面に集約されている。そしてこの時間意識の逆行は、しばしば視線の反転となってあらわれる。いままでこちらから視られていた世界が、こんどは向う側から視られることになり、世界は新しい意味に反転される」と語った

あと、作品「はい―背すじを伸してワタシノバンデス」を取り上げる。この作品は女主人公（娘）が銭湯に入ったとき、同性の女たちが裸で身体を洗っている雰囲気に嫌悪を感じ、息がつまる思いをしていると、洗い場の鏡のまえで、隣に衰えてしなびた身体の女が坐って洗いはじめる。そうすると、この女主人公（娘）は何となく呼吸が楽になる。ここからこの作品は深みに入っていく。時間意識が反転し逆行し始めるのだ。女主人公（娘）はここから逆行する時間意識、あるいは他界の視線に入り、一種の既視体験の世界で隣の老女が自分の母親であるかのように感じ始めるのだ。嬰児のころ湯を使われるとき、つっぱった足が触れた皮膚、その帝王切開の傷あとなど、すべてが母のものみたいに思われてくるのである。女主人公（娘）は奇妙な既視感の世界に漂いはじめる。そしてそのとき、時間意識がもう一度、逆に現在に反転する。突然、後背から裸の背中を知らない赤ん坊から叩かれて、"おかあちゃん"と呼びかけられるのだ。はっと我にかえり、女主人公（娘）は元の時間性にひき戻される。すると他所の幼女から裸の背中を、その母親と間違えられたことに気づくのだ。隣に坐って洗っていた老女が「こちらのお嬢さんとよっぽど似てなすったのかしらねえ」と声をかけて立ち去ってゆくと、この瞬間、その老女の裸の衰えた後ろ姿が女主人公（娘）に「やがて"アナタノバンデスヨ"と言っているように思えてくる」のである。吉本はこのあと、「はい―背すじを伸してワタシノバンデス」の一場面を取りあげる。そこで吉本が述べていることを要約すれば、【図10】のひと続きのコマにおいて、四つの言葉の位相の差異をとりだすことができる。(1)のコマで一重線に囲まれているのは、この作品では女主人公の"声にならない独白"を表わしている。(2)と(3)と(5)でカタカナで横書きされているのは、女主

(1)
(2)
(3)
(4)
(5)

**【図10】「はい―背すじを伸して**
**ワタシノバンデス」**

人公が逆行する時間意識のなかで、白昼夢みたいな状態で、洗い場の鏡の前で隣に坐った老女と交わしあっている（と女主人公が信じ込んでいる）セリフを意味している。高野文子の作品の独自性をいちばん暗喩しているのは、(4)のコマの一重線の囲みの言語の位相である。たぶんこの一重線の囲いは(1)のコマの一重線の囲いとは、まったくちがった位相を意味しているはずだ。(4)の一重線の囲いは、横書きの片カナのセリフ、言い換えれば逆行する時間意識のなかで、隣の老女を前世の母親の幻のように感じて交している問答をベースにした〈逆光時間意識のなかの女主人公〉がやっている独白の言葉ということができる。(5)のコマの円型の囲みの言葉だけが登場人物の赤ん坊が風呂場の洗い場で、じっさいに発している会話の言葉である。だとすれば、高野文子は、このわずかなコマの続きのなかで四種類のちがった言語の位相を用いていることになる。

　吉本はこのことを次のように述べている。

　　高野文子のばあい、萩尾望都みたいに感覚的に受けとったものを微分化するため、言葉の位相を多様にしているとはおもえない。そういう意味では感覚を微分化する必要はないといってよい。高野文子の作品では超感性的な世界、民俗学のいう他界を、作品世界として感性的に包括したいために、また観念の問題としていえば、無意識や幻覚としてしか体験されない世界をも、感性的な世界みたいに作品に実現したいために、どうしても言葉の位相を多重化する必然が生れた。そしてわたしたちが、現在のコミックス画像の世界を、それにともなう言語の位相からみようとすれば、萩尾望都や高野文子に象徴される作品の言語に、その精緻な達成をみることになる。

　　　　　　　　　　　　　　　　　　　　　　　　　（下線：宇田）

　今、わたしたちは高野文子の "自己表現" とその "表現方法" に向き合っているのだが、あらためて「なぜ吉本は「語相論」に 6 人の劇画作家を登場させたのか」を考えてみると、それはたぶん、サブカルチャーの "差異の差異性" を取り上げたかったからだということができる。違う言い

方もできるだろう。吉本は、『マス・イメージ論』で、サブカルチャーがどれほど優れた自己表現を達成しているかを明らかにしたかったのだと。あえて言うまでもないことだが、「差異論」の巨匠の3作品と比較すれば、その優劣は明らかであろう。

　1970年代まで、サブカルチャーはカルチャーより価値的に下位に位置するものとされていたが、吉本がここで言っていることは「サブカルチャーをなめんなよ！」ということである。「見事な達成がなされているではないか。それでも文句があるか！」と吉本は述べて『マス・イメージ論』を締めくくるのである。


　本書では『マス・イメージ論』12論考を丁寧に読んできたが、以上ですべてを読み終えたことになる。最後に全体を振り返っておきたい。1980年当時、吉本が最初に立てた問い……「現在」という作者ははたして何者なのか……はどこまで明らかになったのだろうか。これに答えることは難しい。ただ、はっきり言えることがある。それは「世界が解体にむかっている」ということだ。1980年代、思想・哲学ジャンルで"脱構築"がもてはやされたが、これは"世界構築"のひとつの言語表現であったといえるだろう。そして、吉本は固有の方法で、この解体する「現在」から「未来（未知）」を見通そうとしていたのだ。

　吉本のこうした世界把握の方法は、これまで何度か述べてきたが、いわゆる情勢論（政治・経済評論家の言葉）、原理論（学者・研究者の言葉）の方法とは、まるで違う。情勢論、原理論の言葉では、根底にある"存在"には届かないのである。このことは〈結語〉であらためて取り上げたい。

# 結　語

『マス・イメージ論』は**後期吉本**の出発点である。

　では、**後期吉本**とはいったい何なのか。

　それは、「現在」から「未来」への通路を見定めようとした吉本の思想的行為である。そして、その最初の問いが〈現在という作者ははたして何者なのか〉だったのである。『マス・イメージ論』が描く「現在」から「未来」への通路は既に本論でお読みいただいたとおりであるが、これを一言でいえば多種多様な岐路をもつ地形図だということができる。このことはあとでいくつかの象徴的な岐路を取り上げ、〈現在という作者の輪郭〉をざっと素描したいと思うが、大切なことは「現在」の "目に見えない変化" を読み取る力なのだ。

　もちろん "目に見える変化" も大事なのだが、本当の意味で「未来」を見通すためには、地中の奥深いところで起きている "目に見えない変化" を読み解く力が必要になるのだ。

　吉本はこれを二つの問いで追い詰めていく。ひとつは「世界はどう変化したのか」という問いであり、これはわかりやすい。もうひとつの問いは「言語表現はどう変化したのか」という問いであり、これはわたしたちをたじろがせる。なぜなら、"言語表現の変化" が未来を見通すことに直接、つながっているとは到底思えないからだ。しかし、吉本は断言するのだ。"言葉の変化" が未来を暗示するのだと。これは間違いなく吉本固有の考え方である。そして、忘れてはいけないことは、吉本の中では前者の問いと後者の問いとは分離できない一体となったものだということである。つまり、「世界はどう変化したのか」を問うことは "言語表現の変化" に直結しているのだ。ここに "世界知" を超える叡智の秘密が

あるのだ。

　『マス・イメージ論』の根幹をなす、この考え方は『ハイ・イメージ論』Ⅱ「拡張論」の中でその根拠が明らかにされる。実社会では言語がまず先にあって、その "拡張" として経済が生じるのだが、学問では経済学が先にあって、その "拡張" として言語学が生じるのである。何が言いたいのかといえば、「言語表現はどう変化したのか」と「世界はどう変化したのか」という問いは "拡張" という概念を通して相互に乗り入れ可能なのだということである。ただし、『ハイ・イメージ論』Ⅱ「拡張論」を論じることがここでの目的ではないので、ここでは吉本言語学になじみの薄い方のために、吉本の "言葉のとらえ方" を簡単に説明したい。

## ①　指示表出、自己表出とはなにか

　言葉は、その言葉を発する人の思いを表現することになるが、この発語の奥に "指示表出" と "自己表出" という二つの表出があるというのが吉本言語学のエッセンスである。"指示表出" と "自己表出" という概念は一般にはとてもわかりにくいので、本書ではこれを "言葉の意味"、"沈黙のメッセージ（沈黙が示唆するもの）" と表現しているのだが、そのことをここでもう少し説明したい。

　一般に心理学の教科書に出てくる "コミュニケーション" というテーマは "バーバル"、"ノンバーバル" という二つのコミュニケーションルートの話から始まることが多い。ここでいうバーバルとは言語コミュニケーション（言葉の意味）のことであり、ノンバーバルとは非言語コミュニケーション（まなざし、態度、雰囲気、声の大きさ……）を意味している。だから、先ほど述べた "言葉の意味" とはバーバルコミュニケーション、"沈黙のメッセージ（沈黙が示唆するもの）" とはノンバーバルコミュニケーションということにつながりやすいのだが、吉本言語学と心理学の教科書が語っていることは同じではない。全く違うのである。吉本言語学では言語表現そのものの中に沈黙のメッセージが宿るということが大事なのだ。吉本自身の "コミュニケーション" 定義から言えば、"沈黙のメッセージ（沈

黙が示唆するもの）" とは "非コミュニケーション" ということになる。これが "自己表出" なのである。『マス・イメージ論』では、この "非コミュニケーション（自己表出）" を多数の作品の中から取り出し、この「共同性」を "差異" "縮合" "地勢" "接合" "全体的な暗喩" "微分" という言葉によって「現在という巨きな作者」を探り当てようとするのである。具体的に言えば、たとえば【喩法論】における女流詩人は、言葉の意味として "男殺し" を語っているわけではない。全くそのことを語っていないのである。しかし、"沈黙のメッセージ（自己表出）" が "男殺し" を語るのだ。言い換えれば、吉本言語学では、書かれていない "男殺し" という言葉を嗅ぎつけ、探し当てることが大事なのである。つまり、"沈黙のメッセージ（自己表出）" への "気づき" がとても大事なのである。さらに言えば、吉本はこの "沈黙のメッセージ（自己表出）" を "非コミュニケーション" と定義するのだが、人と人とが本当の意味でつながるのは、実はこの "非コミュニケーション" にほかならないと言うのである。だから、アカデミックな学問体系が吉本言語学を受け入れるわけがないのだ。

　そういう意味で、"自己表出" という概念は今も世の中では、ほとんど理解されていない。学校で習う "言語学" は基本的に「言語は意味」と考えているからである。バーバルコミュニケーションとは、まさに「言葉は意味」ととらえたコミュニケーションのあり方なのだ。だから意味以外のものはすべて、ノンバーバル（非言語）で構成されることになる。これに対して、吉本が言っていることは「言葉は言葉自体の中に意味を超えるもの（沈黙のメッセージ）を内包している」ということなのである。実はこのことは実生活では誰もがはっきり分かっていることなのだ。たとえば、あなたが街中で「あんたなんか大っ嫌い！」と言われたとする。このとき、あなたは「言葉の意味」だけでその言葉を受け取るだろうか。そんなはずはない。あなたが好きな人から、あるいは嫌いな人から、あるいはロボットからそういわれたとき、受け取り方は全然違うはずだ。そして、それこそが大事なのだ。一般の心理学の教科書では、この発語のニュアンスの違いを言葉の外側にあるノンバーバルなものとして構成する。つまり、相手という "個体" が醸し出す雰囲気としてノンバーバル

を構成するのだ。しかし、吉本言語学では「あんたなんか大っ嫌い！」という言葉のニュアンスの違いをそれだけではなく、**相手と自分との "関係性"** から引き出そうとするのである。よく考えれば、当然のことである。言葉の中にこうした可能性が眠っていなければ、17文字の俳句が芸術として成り立つわけがない。17文字の言葉の意味はたいてい、たわいのないものだ。だから、17文字の言葉を "言葉の意味" だけでとらえている限り、逆立ちしても芸術にはたどり着けないのである。

　　古池や　蛙飛びこむ　水の音

　芭蕉のこの俳句は誰もが知っているが、意味だけで言えば、「古い池にカエルが跳びこんだら、水の音がした」というたわいないものである。ではなぜ、この句が350年の時空を超えて生命力を保ち続けているのか。吉本言語学では、こう説明するのだ。そこに "沈黙のメッセージ" の存在があるからだと。

　これまで述べてきたことで少し訂正したいことがある。先ほど、世の中の多くの学説が「言葉は意味である」と考えていると述べたが、これは言い過ぎている。西欧近代の学問体系すべてが「言葉は意味である」と単純に考えているわけではない。たとえば、ソシュールは言葉をシニフィアン（音）とシニフィエ（意味）から成り立つものとしてとらえる。そして、ソシュールは "言語本質" をシニフィエ（意味）ではなく、シニフィアン（音）にあると考えるのである。これは、吉本が "言語本質" を指示表出（意味）ではなく、自己表出（沈黙のメッセージ）にあると考えるのと構造が同じである。そういう意味で、ソシュールと吉本との言語学の枠組みには共通した基盤があると言ってよい。しかし、もちろん違いもある。ソシュール言語学の根底には "音楽" があるが、吉本言語学の根底には "沈黙" があるのだ。つまり、ソシュール言語学は、赤ちゃんの "あわわ言葉" や動物の鳴き声も言語の射程圏内に組み込み、吉本言語学は "非言語（沈黙）" をも言語の射程圏内に組み込んだのだ。

234

"沈黙" に焦点を当てる吉本言語学では "沈黙のメッセージ（自己表出）" がどこに宿るかに注目することになる。その宿りやすい場所は「韻律、撰択、転換、喩」という場面にある。また、品詞によっても宿り方に違いがあるのだ。これはこれまで吉本以外に誰も語っていないことである。ここに『言語にとって美とはなにか』のすごさがあるのだ（関心があれば、拙書『吉本隆明「言語にとって美とはなにか」の読み方』を参照されたい）。

【図11】「図と地」（ルビンの壺）

　ただ、こうした議論は現在の学問体系から言えば、亜流にすぎない。なぜなら、あまりにもわかりにくいのである。「言語表現には "意味" と "意味でないもの（沈黙のメッセージ）" が存在する」という枠組み自体がわかりにくいのである。だから、わたしは最近、このことを【図11】の「図と地」（ルビンの壺）を用いて説明するようにしている。指示表出（"言語の意味"）だけを追いかければ、【図11】は白地の "壺" がみえるのだが、黒地の方をみれば、人の横顔が浮かんでくる。悲しそうな、あるいは寂しそうな、あるいはニタっと笑ったような横顔……これは言葉の意味ではない……これこそが自己表出（"沈黙のメッセージ"）なのである。

　「世界はどう変化したのか」という問いに対して、ほとんどすべての人は "壺" を語る。しかし、吉本はそうではないのだ。「現在」から「未来」への通路を見定めるためには "言葉の意味" として浮上してこない "黒い横顔" を注視せよ、と吉本は言っているのである。『マス・イメージ論』とはそういう本なのだ。

　ちなみに吉本は敗戦以来、ずっとこの "黒い横顔" に注目し続けてきたのである。キリスト教（共同幻想）の原典、"聖書" についていえば、吉本は "聖書" に書かれている言葉の意味よりも、"聖書" を作成・編集した作者の意図（沈黙のメッセージ）に注目するのだ（『マチウ書試論』）。また、天皇制（共同幻想）の原典、"古事記" についていえば、"古事記" に書かれている言葉の意味よりも、"古事記" を作成・編集した作者の意図（沈

黙のメッセージ）に注目するのだ（『共同幻想論』）。これが吉本なのだ。一貫して作者の"自己表出"に耳をすませるのである。

## ② 「未́来́」社会をどうとらえるか

　次に「未́来́」社会をどうとらえるかを考えておきたい。序論で述べた「Society5.0」の近未来が"AI社会"だとすれば、いったいこの社会は何を意味するのだろうか。それは"情報社会"と何が違うのだろうか。そのことを一般的な言い方でいえば、"情報社会"とは「仮想空間が現実空間に浸透し始めた社会」のことであり、"AI社会"とは「仮想空間が現実空間をコントロールし始めた社会」のことだということができる。

　具体的にいえば、1980年当時、監視カメラは文字通り、監視・管理するための手段であり、それに対する人間の無意識の反応は恐怖や怒りに軸足があった。本書のテキストでいえば「変成論」の筒井康隆『脱走と追跡のサンバ』が、まさにそのことを表現していたのである。しかし、それから40年経った2020年現在、監視カメラはもはや人間社会にとってなくてはならないものになっている。つまり、社会の安心・安全を確保するうえで必要不可欠なのだ。逆の言い方をすれば、人間社会が次第に安全でない、安心できないものになってきたともいうこともできるのだが、いずれにしても2020年という現在は、「仮想空間が現実空間に浸透し始めた社会」から「仮想空間が現実空間をコントロールし始めた社会」へ社会が着々と変化しているのである。

　では、"AI社会"が描く「近未来」社会とは、いったいどんな姿なのだろうか。経団連が2018年11月に発表した内容では、「Society 5.0」は"デジタル革新と多様な人々の想像・創造力の融合によって社会の課題を解決し、価値を創造する社会"と定義され、"AI社会"は創造社会と呼ばれている。また、経済産業省は「Society 5.0」を実現する鍵として、IoT、ビッグデータ、人工知能（AI）、ロボットを挙げている。これが2020年現在、経団連、経済産業省が考える「未́来́」社会の姿だと言ってよいだろう。

　ではもし今、吉本が生きていたなら、この"AI社会"をどのようにとら

**【表1】** "人間の身体構造"【内臓系と体壁系】

| 大分類 | 中分類 | 人体解剖学 |
|---|---|---|
| 植物の構造（心臓を中心とした内臓系） | 臓器系 | 消化器系―呼吸器系―内分泌器系―生殖器系―泌尿器系 |
| | 循環器系 | 血管系―リンパ系 |
| 動物の構造（脳を中心とした体壁系） | 運動器系 | 骨系―靱帯系―筋系 |
| | 神経系 | 中枢神経系―末梢神経系 |
| | 感覚器系 | 視覚器系―聴覚器系―嗅覚器系―外皮系 |

えただろうか。そのヒントは解剖学者、三木成夫にある。吉本は後期吉本において三木から非常に大きな影響を受けているのだが、その影響の大きな枠組みは「身体構造を体壁系と内臓系にわけて考察する」という視座を手に入れたことにある【表1】。ここから吉本は言語表出について、指示表出（空間系）の身体基盤は体壁系にあり、自己表出（時間系）の身体基盤は内臓系にあるという、いわば身体・言語非分離の考えに到達するのである【図12】。

　「Society5.0」に話を戻せば、この考え方は、人類の歴史的展開を"生産手段"に焦点を当ててとらえることに特徴がある。"生産手段"が"狩猟採集"→"農業"→"工業"→"情報"→"AI"と変化するにつれ、人間社会が大きく変動するのだ。これはまさに体壁系（指示表出）の歴史であり、1980年以降の社会についていえば、仮想空間が現実空間に浸透してくるのである。

**【図12】「体壁表出」「内臓表出」と「指示表出」「自己表出」**

そして、ポスト "情報社会" ともいうべき "AI社会" は、まさにこうした流れの最先端に位置する社会だということができる。これが "目に見える変化" としての未来像なのだ。つまり、"AI社会" とは「体壁系（指示表出）の極限を目指す社会」とよぶのがふさわしい。ここからたとえば、労働のあり方がどのように変化するかとか、少子高齢化、人口減の社会をどうするかといった言及が始まるのである。もちろん、そのことは有用だろう。ただ、"言説" ということでいえば、これは情勢論、原理論にすぎないのだ。知識・技術の問題なのだ。存在論ではないのである。この議論から "倫理" を生み出すことはできないのだ。逆の言い方をすれば、もうひとつ問われるべきテーマがあるのだ。それは『マス・イメージ論』に沿って言えば、"システム的価値" の極大化に伴う無意識の反応の行方がクローズアップされるべきなのだ。

　実は『マス・イメージ論』の後に出版された『ハイ・イメージ論Ⅰ』の冒頭（「映像の終わりから」）を読めば、吉本が "AI社会" 的近未来の到来を予感していたことが、すぐにわかる。ただし、その表現は「AI」ではなく、「高度情報化」である。

　　　「高度情報化」の社会像は、それ自体として希望でも絶望でもありえない。また体制的でも反体制的でもありえない。たまたま体制を担う権力によってタクトをふられるというだけだ。

　　　　　　　　　　（『ハイ・イメージ論Ⅰ』「映像の終わりから」下線：宇田）

　　　わたしたちの想定している「高度情報化」の社会像では、たとえ不可能にちかくとも、この 像 価値を動かしている方向性をもったパラメーター、あるいは世界方向とたんなる和の数列に解体されるマトリックスの全体に照射してくる世界方向からの認識の場所を、見つけつづけることが肝じんだとおもえる。

　　　　　　　　　　（『ハイ・イメージ論Ⅰ』「映像の終わりから」下線：宇田）

　"AI社会" は〈それ自体として希望でも絶望でもない〉という吉本の言

238

葉はいったい何を意味しているのだろうか。それは "AI社会" そのものに存在論を問うことはできないということだ。つまり、"AI社会" をどの方向にデザインするかが大事なのだ。"AI社会" に存在論をどう絡ませるかが大事なのである。

　この "AI社会" の方向性を決める力こそが内臓系（自己表出）の働きである。では、情報論、原理論としての社会の "未来像" ではなく、存在論としての社会の "未来像" はいったいどんな姿をしているのだろうか……このことを考える必要があるのだ。「"目に見えない変化" はどんな方向に進んでいくのか」、「"沈黙が示唆するもの" は何か」、「内臓系（自己表出）の極限を目指す社会とは何なのか」をここで問いたいのである。そして、このことに役立つのが実は1980年の "目に見えない変化" を見定めようとした『マス・イメージ論』の試みなのだ。ここでの「未来」像は、1980年から40年を経た2020年「現在」においても、依然として活き活きとした生命力を保ち続けているのである。これこそが "沈黙の世界の方向" を示唆しているのである。

　〈結語〉の冒頭で『マス・イメージ論』とは地中の奥深いところで起きている "目に見えない変化" を多種多様な岐路として描いた地形図だと述べたが、この "目に見えない変化"、"耳に聞こえない変化"、"鼻で嗅げない変化" をあえて言葉で表現すれば、いったいどんなことが言えるのだろうか。

　わたしが『マス・イメージ論』12論考を読み込みながら感じた主な岐路は次のとおりである。

(1) シゾフレニー（分裂）からパラノイア（妄想）への移行

(2) アイデンティティの液状化

(3) "西欧近代" の解体（近代的家族、共同体の崩壊）

(4) 意味からイメージへのシフト（現実空間から仮想空間へのシフト）

(5) カルチャーとサブカルチャーとの境界線の消失、価値の転倒

(6) "個体" 監視システムの極大化に伴う無意識の必然的な孤立

(7) 父系から母系へのシフト

(8) 古代的（アジア的）なものの反復と再構成

　もちろん、これらの項目はわたしが個人的に『マス・イメージ論』から感じた像喚起に過ぎない。『マス・イメージ論』には、これ以外にもさまざまなイメージが地中の奥深いところに岐路として埋め込まれていて、今後、次々と新しい「未来」像が露出してくることだろう。それが『マス・イメージ論』の可能性なのだ。

## ③　精神病理はどのように変容したのか

　さらにもうひとつ、実はわたしの "持ち場" である「精神障害はどのように変容したか」という問題を『マス・イメージ論』を援用して述べておきたい。1980年当時、精神障害に何が起きたのか。そのことを象徴的に言えば、1980年代まで産業領域に "メンタルヘルス" という言葉は存在しなかったのである。ところがこの言葉が突如、地表に露出してくるのである。それまで企業において産業医といえば内科医のことであったが、これ以降、徐々に精神科医が産業医になるケースが増えてくるのである。個人的なことで言えば、当時、わたしは企業の人事労務担当者として、この問題から逃げることができなくなる。自分がかかわった人事異動で、ある人を追い詰めることになったのだ。それからわたしは社内のメンタルヘルス不調の社員ときちんと向き合えるようになろうと思い、カウンセリングスクールに 3 年通ったあと、川崎・広島で 7 年間、"いのちの電話" の相談員業務に従事することになった。そして、そのことが退職後の今の仕事につながっている。

　ただ当時、精神病理の問題は、単に産業領域だけの問題ではなく、社会全体の問題として、より大きな、より本質的な、想像を絶するような変化に見舞われていたのである。その変化は三つある。ひとつは統合失調症の軽症化であり、もうひとつはうつ病の構造変化であり、さらにもうひとつは発達障害という障害（いくつかの診断名の総称）の誕生である。ちなみに "発達障害" が世界で最初に命名されたのは、1963年、アメリカ

においてである。

　この三つの変化については、さまざまなとらえ方がある。現在のとらえ方の主流は、精神病理そのものを当事者の"脳の問題"に還元する考え方である。その考え方は、精神病理を薬物療法にストレートにつなげることになった。なぜなら"脳"にどのような作用をもたらすかが治療のテーマになったからだ。また、これとは別に、ほんの20年ほど前までは、精神病理の問題を当事者の"脳の問題"ではなく、"親や家族の問題"に還元する考え方がもてはやされた時期もあった。この二つの考え方は全く違うように見えるが、実は共通点がある。それはどちらも問題を"個体"の人間に還元することだ。これはいうまでもなく、自然科学を土台にした学問体系の基本的な考え方なのだ。このことを吉本の枠組みに引き寄せて言えば、精神病理の問題を【図2】の"了解論"（Y軸）、さらに言えば、【図12】の指示表出の問題として取り扱うということになる。

　しかし、わたしたちはこれを【図2】の"関係論"（X軸）の立ち位置からも問題にしたいのだ。つまり、近代的家族、共同体が崩壊し、人間が"個体"として吹きっさらしの場所で浮遊するようになったことが精神のあり方に関係しているにちがいない……こうした観点から、この問題をとらえたいのである。具体的に言えば、「現在」の3分割という視点から考えたいのである。つまり、(1)「現代」（過去）をひきずった「現在」、(2)「現在」のなかの「現在」、(3)「未来（未知)」を組み込み始めた「現在」というところから補助線を引くことで"精神病理の変容"にアプローチしたいのである。

　たとえば「現代」（過去）をひきずった「現在」の流れから補助線を引けば、うつ病の構造変化にたどりつき、たとえば「現在」のなかの「現在」から補助線を引けば、統合失調症の軽症化にたどりつき、たとえば「未来（未知)」を組み込み始めた「現在」の流れから補助線を引けば、発達障害の問題にたどりつく、というふうにだ。

　関係論（X軸）の観点から精神病理の問題をとらえれば、うつ病は個人幻想の問題であり、統合失調症と発達障害は共同幻想の問題であるが、これを関係構造にまで踏み込んで言えば、うつ病は個人幻想に共同幻想

が侵入する "生きにくさ" であり、統合失調症は高強度の共同幻想が "個体" を圧倒する "生きにくさ" であり、発達障害は共同幻想の欠如による "生きにくさ" だということができる。そして1980年という「現在」、なにが起きたかということにフォーカスすれば、うつ病は共同幻想の変容によって構造に変化が生じ、統合失調症は共同幻想の強度の弱体化によって症状が軽症化し、さらに発達障害は共同幻想の欠如の社会的拡がりが顕在化した、と言えるのではないだろうか。

　ただこれ以上のことを今、語れるわけではない。だから、ただの空言と思われても仕方ないのだが、「身体（脳）の変化」と「関係の変化」は別々に生じるのではなく、同時に起きるのだという吉本の根源的なもののとらえ方は精神病理においてもおそらく適用できるはずであり、これに基づいてこれらの問題を取り扱いたいのだ。いつかそこへたどりつきたい……その思いが本書をわたしに書かせたともいえる。

　そうしたわたしの思いは吉本をよく読み込んでおられる人からすれば、とんでもない妄想だと言われるかもしれない。ただ、わたしにとっては5冊目の本でようやく、"わたしだけの吉本隆明" が書けた気がするのだ。やっと何かが始まるかもしれないところにやってきた気がするのだ。

　現在、わたしは精神・発達障害者の方の就労定着支援活動にかかわっている。私の動機は「人は働くべきだ」という "倫理の言葉" に基づくものではない。「"働きたい" と思っている人が働くことは抗精神病薬よりはるかに効果がある」と思っているのだ。この支援活動をわたしたちは基本的にSPISという枠組みを用いておこなうのだが、この枠組みの大きな特徴は、利用者と支援者が一定期間、毎日、"対話" を続けることにある。そしてその結果、就労が格段に安定するのである。ではなぜ、対話をすることで利用者が安定するのか、言い換えれば、安心で安全な居場所を確保できるのか。それを決定づけるのは、やはり "言葉" なのである。わたしがこの "言葉" による対話の方法を誰から学んだのかと言えば、まず第一に利用者の方、第二に吉本隆明からだということができる。吉本の考えは実用に役立たないとよく言われるが、それはまったくのでたらめだということを述べて本書を閉じたい。

# あとがき

　本書は書き始めて足かけ 3 年の時間を要したが、最後はコロナ禍の中で仕上げることになった。この間、たくさんの方にお世話になったが、ここでは直接、出版を支えてくださった方にお礼を述べたい。。

　本書が出版できたのは小鳥遊書房の高梨治さんのおかげである。高梨さんとは、コロナ禍の2020年3月から7月にかけて集中的にやり取りをし、たくさんの気づきをいただいた。自分がこの本をどういうふうに書きあげようとしているのかということは、あまり考えていなかったのだが、高梨さんとのやり取りの中で「あぁ、わたしは、この本をこういうふうに書きたいんだ」と納得した。わたしは『マス・イメージ論』のいわば地図を作りたかったのである。吉本隆明の主要著書は、何処を読んでも深い味わいがあるのだが、読み終えた後、この本はいったい何が書いてあったんだろう……と考えると即座に答えられないことが多い。吉本隆明の本を〈一つの町〉にたとえると、そこには目を見張る美しい建物、ゆったりとくつろげる川べり、なんだか急に泣きたくなるような夕日……そうしたものがたくさん詰め込まれているのだが、あとで、この町はいったいどんな町だったんだろうかと問い返すとなんだかうまく答えられない。これが吉本隆明の魅力でもあるのだが、わたしはこれまで吉本について何かを書くとき、一貫して "この町" の全体像をはっきりさせようとしていたのだ。そのために "わかりやすい地図" を書こうとしてきたのだ。この道は800m先で三叉路になり、山に行くなら一番右の道ですとか、600m先でこの道とこの道が出会うが、そのまま歩けば隣町に行けるとか、ここをまっすぐ進めば、海に出るとか……そういう地図を書こうとしていたのである。そして、この本でいえば〈序論〉と〈結語〉が地図に該当し、〈本論〉はその資料編になっていたのである。今回、そのことを高梨さんにあらためて気づかせてもらった気がする。

高梨さんから助言してもらったことは、地図は地図でいいんだけど、目を見張る美しい建物、ゆったりとくつろげる川べり、なんだか急に泣きたくなるような夕日……そこもしっかり書いてくださいよと言われ続けた気がする。ただ、その仕事はわたしにとっては気の乗らない作業で遅々として進まなかったのだ。「まぁ、仕方ない」くらいの思いで手を付けていたのだが、出来上がってみるとその作業を積み重ねることで〈序論〉〈本論〉〈結語〉がずいぶんしっかりとつながり、内容も引き締まってきた気がする。手前味噌な話ではあるが、もし、本書にすこしでも味わいや深みをもてる箇所があるとすれば、それは高梨さんのおかげである。心からお礼申し上げる。

　また、本書を書こうという気にさせてもらったのは高橋順一さんのおかげである。現在、高橋順一さんを講師とした読書会が早稲田大学であり、ここで『言語にとって美とはなにか』と『ハイ・イメージ論』をここ数年間、読み継いできた。高橋さんからはさまざまなことを教わったが、特に学んだことは“世界知”の歴史的な布置ということになる。この読書会は「吉本隆明研究会」といってよいのだが、ここで仲間とやり取りする時間は、わたしにとって極上のひとときであった。この会がなければ、たぶん、本書は生まれなかっただろう。高橋さんならびに読書会の皆さんにお礼申し上げる。

　さらに言えば、今述べた「吉本隆明研究会」は、最初は中野で三上治さんを講師とした『共同幻想論』を読む会であり、次に山本哲士さんを講師とした『心的現象論序説』『心的現象論本論』を読む会であった。ふと気づくといつの間にか10数年を超える時間をわたしたちは吉本隆明研究会で過ごしてきたのだ。三上さんに関して言えば、今回、「世界論」で中上健次が取り上げられていることもあり、『吉本隆明と中上健次』をあらためて読ませてもらった。読み始めるまでは、この本で『マス・イメージ論』が論じられていることを忘れていたのだが、三上さんの「今という時代の分からなさの起源がこの頃にあり、今をまだ現在という概念で折出する多くのヒントがあることは間違いない。時代の方からこの本を読めるようになることもあるのではないか」という言葉に接して、思わ

ず頷いた。山本哲士さんについて言えば、『おもてなしとホスピタリティ
の文化学』「ホスピタリティとサービスと "もてなし" の資本経済様式」、
『アジア的ということ』「吉本 "アジア的ということ" で提起された諸問題」
を読ませてもらった。この人の分厚い著書は難解で読み切れないことが
多いのだが、こうした個別論文を読めば、この人がどれほどの力能の持
ち主であるかが一瞬にしてわかる。もちろん、ふたりともアカデミズム
とは一線を画している立場であるが、あらためてこの場を借りてお礼申
し上げたい。

　それから、吉本多子（ハルノ宵子）さんに表紙のイラストを描いてい
ただいたことは言葉にできないほどうれしかった。「断られて当然」と思
いながらお願いしたところ、あっさり引き受けてくださったのだ。その
ことがこの本を仕上げるうえでの "遠くに見える光" となった。光があれ
ば、人は歩き続けられる……そんな体験をさせてもらうことになった。
そして、表紙のイラストの猫が察知している「未来」の姿にすこし胸を
踊らせている。この一冊はわたしにとって、とても大切な本となった。
そのことを心よりお礼申し上げる。


　　　　　　　　　　　　　　　　　　2020年8月　　宇田亮一

〈主な引用・参考文献〉

| 吉本隆明 | 2001年 | 『言語にとって美とはなにかⅠ』（角川学芸出版） |
| 吉本隆明 | 2001年 | 『言語にとって美とはなにかⅡ』（角川学芸出版） |
| 吉本隆明 | 1982年 | 『共同幻想論』（角川学芸出版） |
| 吉本隆明 | 1971年 | 『心的現象論序説』（北洋社） |
| 吉本隆明 | 2008年 | 『心的現象論　本論』（文化科学高等研究院出版局） |
| 吉本隆明 | 2003年 | 『ハイ・イメージ論Ⅰ』（ちくま学芸文庫） |
| 吉本隆明 | 2003年 | 『ハイ・イメージ論Ⅱ』（ちくま学芸文庫） |
| 吉本隆明 | 2003年 | 『ハイ・イメージ論Ⅲ』（ちくま学芸文庫） |
| 吉本隆明 | 2013年 | 『マス・イメージ論』（講談社） |
| 吉本隆明 | 1980年 | 『世界認識の方法』（中央公論社） |
| 吉本隆明 | 1987年 | 『超西欧的まで』（弓立社） |
| 吉本隆明 | 1989年 | 『吉本隆明全対談集12』（青土社） |
| 吉本隆明 | 1990年 | 『渦巻ける漱石』（東京糸井重里事務所）Audible版 |
| 吉本隆明 | 2019年 | 『ふたりの村上』（論創社） |
| 吉本隆明 | 2009年 | 『吉本隆明全マンガ論』（小学館） |
| 吉本隆明 | 2008年 | 『日本語のゆくえ』（光文社） |
| 吉本隆明 | 2016年 | 『アジア的ということ』（筑摩書房） |
| 高橋順一 | 2011年 | 『吉本隆明と共同幻想』（社会評論社） |
| 山本哲士 | 2019年 | 『述語制の日本語論と日本思想』（文化科学高等研究院出版局） |
| 山本哲士 | 2020年 | 『iichiko』No. 146（文化科学高等研究院出版局） |

"ホスピタリティとサービスと「もてなし」の資本経済様式"

| 三上治 | 2017年 | 『吉本隆明と中上健次』（現代書館） |
| 三木成夫 | 2013年 | 『内臓とこころ』（河出文庫） |
| 三木成夫 | 1992年 | 『海・呼吸・古代形象』（うぶすな書院） |
| 山岸凉子 | 1984年 | 『山岸凉子作品集11「籠の中の鳥」』（白泉社） |
| 村瀬学 | 2012年 | 『次の時代のための吉本隆明の読み方』（飢餓陣営叢書） |
| 山崎行太郎 | 1997年 | 『小林秀雄とベルクソン──「感想」を読む』（彩流社） |

【著者】

# 宇田亮一
(うだ　りょういち)

臨床心理士
心理臨床ネットワーク　アモルフ　代表
https://www.amorph.jp/
一般社団法人　SPIS(エスピス)研究所　理事長
https://www.spis.jp/laboratory/

大阪大学経済学部経済学科卒業後、
キリンビール㈱山口支社長、
㈱キリンビジネスシステム取締役社長、
キリンビール㈱横浜工場副工場長
立教大学大学院現代心理学研究科臨床心理学専攻博士課程前期課程修了後、
立教大学心理教育相談所研究員を経て、現職。

著書
『吉本隆明「心的現象論」の読み方』(文芸社)
『吉本隆明「共同幻想論」の読み方』(菊谷文庫)
『吉本隆明"心"から読み解く思想』(彩流社)
『吉本隆明「言語にとって美とはなにか」の読み方』(アルファベータブックス)
共著
『発達障害のある人の雇用と合理的配慮がわかる本』(弘文堂)
(コラム執筆)「SPIS(エスピス)による体調管理と発達障害の特徴のあらわれ方」

# 吉本隆明
# 『マス・イメージ論』を読む

2020 年 9 月 30 日　第 1 刷発行

【著者】
## 宇田亮一
©Ryoichi Uda, 2020, Printed in Japan

発行者：高梨 治
発行所：株式会社小鳥遊書房
〒 102-0071　東京都千代田区富士見 1-7-6-5F
電話 03 (6265) 4910（代表）／ FAX 03 (6265) 4902
http://www.tkns-shobou.co.jp

装画：ハルノ宵子
装幀：渡辺将史
印刷：モリモト印刷株式会社
製本：株式会社村上製本所
ISBN978-4-909812-41-4　C0010